Александр Сергеевич Пушкин

Капитанская дочка

•

대위의 딸

창비세계문학
43

•

대위의 딸

•

알렉산드르 뿌시낀
김성일 옮김

창비

차례

•

1장 근위대 중사
9

2장 길 안내자
23

3장 요새
38

4장 결투
48

5장 사랑
64

6장 뿌가초프의 난
76

7장 공격
93

8장 초대받지 않은 손님
104

9장 이별
117

10장 포위당한 도시
125

11장 폭도들의 마을
137

12장 고아
155

13장 체포
166

14장 재판
177

부록 / 『대위의 딸』의 '빼버린 장'
195

작품해설 / 역사의 우연성과 사랑의 필연성
214

작가연보
240

발간사
244

일러두기

1. 이 책은 소련과학아카데미 출판사에서 출간한 뿌시낀 전집(A. C. Пушкин, *Полное собрание сочинений в десяти томах*, Москва: Российская Академия Наук 1962~65)을 번역 저본으로 삼았다.
2. 본문 중의 각주는 옮긴이의 것이다.
3. 외국어는 가급적 현지 발음에 준하여 표기하되, 일부 우리말로 굳어진 것은 관용을 따랐다.
4. 본문과 각주 등 이 책에서 언급하는 날짜는 구력(율리우스력)을 기준으로 한다.

명예는 젊어서부터 지켜야 한다.

—속담

1장
근위대 중사

"그 사람은 당장 내일 근위대 대위가 될 수 있는데."
"그럴 필요 없지. 보병대에서 근무하라고 해."
"말 잘했어! 슬픔을 좀 맛봐야 해……"
………
그런데 그의 부친이 누구지?
—끄냐즈닌[1]

나의 아버지 안드레이 뻬뜨로비치 그리뇨프는 젊을 때 미니흐 백작 밑에서 근무했고 17××년에 일등 소령으로 퇴역했다. 그때부터 아버지는 고향인 씸비르스끄의 시골에서 살았고 그곳에서 그 지방 가난한 귀족의 딸인 아브도찌야 바실리예브나 Iu.라는 아가씨와 결혼도 했다. 나의 형제는 아홉명이었지만 형제들과 누이들은 모두 어려서 죽었다.

가까운 친척인 B 공작이 근위대 소령으로 있을 때 나는 그의 후의로 쎄묘놉스끼 연대의 중사로 이름을 올리게 되었는데 그때 나

1 야꼬프 끄냐즈닌(Я. Б. Княжнин, 1740~91)의 희극 『허풍쟁이』(*Хвастун*, 1786) 3막 6장에서 인용.

는 아직 어머니의 배 속에 있었다. 만약에 전혀 뜻밖으로 어머니가 딸을 낳았다면 아버지는 태어나지도 않은 중사의 사망 신고를 정해진 절차에 따라 했을 것이고 그로써 모든 일은 끝났을 것이다. 나는 공부를 마칠 때까지 휴가 중인 것으로 되어 있었다. 당시 우리들은 지금과는 다른 방식으로 양육되었다. 다섯살 때부터 나는 말 돌보는 일을 하던 싸벨리치의 손에 맡겨졌는데 그는 신중한 행실 덕분에 나를 돌보는 일을 하게 된 것이었다. 그의 감독 아래 나는 열두살이 되던 해에 러시아어 읽고 쓰기를 깨우쳤고 보르조이 수캐의 특성을 아주 훌륭하게 이야기할 수 있게 되었다. 이 시기에 아버지는 나를 위해 프랑스인 므시외Monsieur 보프레를 고용했는데 일년 치 포도주와 프로방스산 올리브유와 함께 그를 모스끄바에서 데려왔다. 싸벨리치로서는 그의 도착이 아주 못마땅했다. "다행히도," 그는 혼잣말로 투덜거렸다. "도련님을 잘 씻겨드렸고 머리도 말끔히 빗겨드렸고 식사도 잘 챙겨드렸어. 그런데 집에 일할 사람이 부족해서 쓸데없이 돈을 써가며 므시외를 고용한단 말인지!"

보프레는 자기 나라에서 이발사로 일했고 그후 프로이센에서는 병사로 근무했으며 그다음에는 '가정교사가 되기 위해'[2] 러시아로 왔다. 이 말의 뜻도 제대로 이해하지 못하면서 말이다. 그는 좋은 사람이었지만 한없이 경박하고 방탕했다. 그의 주된 약점은 여성을 향한 열정이었다. 그는 여자들을 상냥하게 대했지만 그 보답으

---

2 원문은 "뿌레트르 우치쩰"(pour être outchitel). 앞의 두 단어는 프랑스어이며 마지막 단어는 '선생'(учитель)이라는 러시아어의 프랑스어 음역임.

로 냅다 떠밀릴 때가 많았는데 그럴 때면 하루 종일 오오, 아아 하며 탄식하기 일쑤였다. 게다가 그는 (그 자신의 표현에 따르자면) 술병의 적이 아니었다. 즉 (러시아식으로 말해) 거나하게 마시기를 좋아했다. 그렇지만 우리 집에서는 포도주가 오찬에서만 작은 유리잔으로 나오는데다가 그마저도 대개 가정교사는 주지 않고 넘어갔기 때문에 나의 보프레는 얼마 안 가서 러시아 과실주에 익숙해져버렸다. 그리고 자기 나라의 포도주보다 러시아 과실주를 더욱 좋아하게 되었는데 위장에 이보다 더 좋은 것은 없다고 떠들 정도였다. 우리는 즉시 의기투합했다. 비록 계약서에 따르면 그는 프랑스어와 독일어, 그외 모든 학문을 가르치도록 되어 있었지만 그는 어떻게든 나에게서 러시아어로 떠드는 법을 하루빨리 배우는 데에 마음이 더 가 있었다. 그후 우리는 각자 자신의 일을 하며 지냈다. 우리는 사이좋게 지냈다. 나는 다른 선생을 원한 적도 없었다. 하지만 곧 운명이 우리를 갈라놓았는데 바로 다음 사건 때문이었다.

얼굴이 얽은 뚱뚱한 세탁부 빨라시까와 애꾸눈 소몰이 처녀 아꿀리까는 마치 약속이나 한 듯, 함께 우리 어머니의 다리를 붙잡고 늘어지면서 자신들의 죄 많은 나약함을 고백하고 경험이 없는 자기들을 유혹한 므시외의 잘못을 울며 일러바쳤다. 어머니는 이런 일을 농담으로 넘기는 법이 없었으므로 아버지에게 고해바쳤다. 아버지는 단호하게 처벌을 내렸다. 그는 즉시 프랑스 불한당을 호출했다. 므시외가 나를 가르치는 중이라는 보고를 듣자 아버지는 내 방으로 향했다. 그때 보프레는 침대에 누워 무죄의 꿈을 꾸며

자고 있었고 나는 뭔가를 하느라 몹시 바빴다. 나를 위해 모스끄바에서 지도가 주문되어 왔다는 사실을 알릴 필요가 있겠다. 이 지도는 전혀 사용되지 않는 채 벽에 걸려 있었는데 그 널따랗고 질 좋은 종이로 나를 오랫동안 유혹해온 터였다. 나는 드디어 이 지도로 연을 만들기로 결심했고 보프레가 잠든 것을 기화로 작업에 착수했다. 보리수 껍질로 만든 꼬리를 희망봉에 막 붙이려고 할 때 아버지가 방으로 들어왔다. 내가 지리 공부를 하는 꼬락서니를 본 아버지는 내 귀를 한번 잡아당기고는 보프레에게 다가가 아주 거칠게 깨웠고 비난을 퍼붓기 시작했다. 당황한 보프레는 몸을 일으켜 앉아보려고 했으나 그러지 못했다. 이 불행한 프랑스인은 곤드레만드레 취해 있었던 것이다. 어쨌든 간에 답은 하나였다. 아버지는 그의 옷깃을 움켜쥐고 침대에서 일으켜세운 다음 문밖으로 밀쳐버렸고 바로 그날로 우리 집에서 내쫓아버렸다. 싸벨리치의 기쁨은 이루 말할 수 없었다. 그리고 그것으로 나의 교육은 끝났다.

나는 비둘기를 쫓아다니고 하인 아이들과 말타기를 하면서 놀기 좋아하는 철부지 귀족으로 살았다. 그러는 사이에 열여섯살이 되었다. 그런데 이때 나의 운명이 변해버렸다.

어느 가을날 어머니는 응접실에서 꿀을 넣은 잼을 졸이고 나는 입맛을 다시면서 부글부글 끓어오르는 더껑이를 바라보고 있었다. 아버지는 창가에서 매년 받아 보시는 『궁중 연감』을 읽고 계셨다. 언제나 이 책은 아버지에게 강력한 영향력을 행사했다. 아버지는 엄청난 집중력으로 한장 한장 꼼꼼히 읽었고, 읽고 나면 언제나 굉장히 신경질적인 흥분 상태가 되었다. 아버지의 이런 습관들을 뻔히 아는 어머니는 이 불길한 책을 가능한 한 멀리 숨겨놓으려고 애썼고 그렇게 해서 『궁중 연감』이 몇달이나 아버지의 눈에 띄지 않는 적도 가끔 있었다. 그 대신 어쩌다 우연히 찾게 되는 날이면 몇시간씩이나 손에서 내려놓지 않았다. 어쨌든 아버지는 이따금 어깨를 움츠리기도 하고 낮은 목소리로 "육군 중장이란 말이지……! 이 사람은 우리 중대에서 중사로 있었는데……! 러시아 훈장을 두개 다 받은 수훈자라고……! 벌써 이렇게 오래되었나, 우리가……" 하고 되풀이하면서 『궁중 연감』을 읽고 있었다. 마침내 아버지는 연감을 소파 위로 내던지고 깊은 생각에 잠겼다. 결코 좋은 징조가 아니었다.

갑자기 아버지가 어머니에게 말했다. "아브도찌야 바실리예브나, 뻬뜨루샤가 지금 몇살이지?"

"그러니까 이제 열일곱살이 됐네요." 어머니가 대답했다. "뻬뜨루샤가 태어나던 바로 그해에 나스따샤 게라시모브나 고모님이 애꾸눈이 되었지요. 그리고 그해에 또……"

"됐소." 아버지가 말을 끊었다. "이 아이가 군대에 갈 때가 되었소. 계집애들 쫓아다니고 비둘기장에 기어올라가는 짓도 그만둘 때가 되었지."

나와 곧 헤어진다는 생각에 어머니는 크게 충격받아서 그만 숟가락을 냄비에 빠뜨려버렸고 눈물이 볼을 타고 흘러내렸다. 그와 반대로 나는 기쁨을 표현하기 어려울 정도였다. 군 복무라는 생각은 머릿속에서 자유에 대한 상념, 뻬쩨르부르그에 살면서 맛보게 될 여러 만족에 대한 상념과 하나로 합쳐졌다. 나는 근위대 장교가 된 나를 상상했다. 내 생각대로라면 근위대 장교야말로 인간이 누릴 수 있는 행복의 극치였다.

아버지는 자신의 뜻을 바꾸는 것도 그 실천을 미루는 것도 좋아하지 않았다. 출발 날짜가 결정되었다. 떠나기 전날 아버지는 내 미래의 상관에게 보내는 편지를 같이 쓰자며 펜과 종이를 가져오라고 했다.

"잊지 마세요, 안드레이 뻬뜨로비치." 어머니가 말했다. "B 공작에게 내가 고개 숙여 인사드린다고 꼭 써주세요. 그리고 뻬뜨루샤를 잘 돌봐주실 걸로 기대한다고도요."

"무슨 허튼소리!" 아버지가 눈썹을 찡그리며 대답했다. "도대체 무슨 이유로 내가 B 공작에게 편지를 쓴단 말이오?"

"아니, 뻬뜨루샤의 상관에게 편지를 쓰겠다고 당신이 말했잖아요."

"그런데, 거기는 왜?"

"뻬뜨루샤의 상관이 B 공작이니까요. 뻬뜨루샤는 세묘놉스끼 연대에 등록되어 있잖아요."

"등록되어 있다고! 그애가 등록되어 있는 것이 나랑 무슨 상관이오? 뻬뜨루샤는 뻬쩨르부르그에 가지 않을 거요. 뻬쩨르부르그에서 근무하면서 이 애가 과연 무엇을 배운다는 거요? 흥청망청 돈을 써대고 건달 노릇 하는 걸 배우란 말이오? 아니야, 이 아이는 보병대에서 근무해야 해. 아무렴, 힘든 일도 하고 화약 냄새도 맡고 하면서 날건달이 아니라 진짜 군인이 되는 거야. 근위대에 등록되어 있다고! 그애 신분증이 어디 있지? 이리 주오."

어머니는 내가 세례받을 때 입었던 옷과 함께 넣어두었던 내 신분증을 귀중품 함에서 찾아내서 떨리는 손으로 아버지에게 건네주었다. 아버지는 그것을 주의 깊게 읽었고 앞에 있는 탁자에 올려놓고는 편지를 쓰기 시작했다.

호기심이 나를 괴롭혔다. 뻬쩨르부르그가 아니라면 대체 어디로 보내시려는 것일까? 나는 무척이나 천천히 움직이는 아버지의 펜으로부터 눈길을 돌리지 않았다. 마침내 아버지는 편지 쓰기를 마치자 신분증과 함께 봉투에 넣고 봉했다. 안경을 벗고 나를 부르시더니 말씀하셨다. "자, 여기 나의 오랜 동료이자 친구인 안드레이 까를로비치 R에게 보내는 편지를 주마. 너는 오렌부르그로 가서 그의 지휘 아래 근무하도록 해라."

이렇게 해서 나의 찬란한 모든 희망이 여지없이 무너지고 말았다! 뻬쩨르부르그에서의 즐거운 생활 대신에 머나먼 외딴곳에서 지루하게 보내야 하는 생활이 나를 기다렸다. 아주 잠깐 황홀하게 떠올렸던 군 복무가 나를 짓누르는 불행으로 여겨졌다. 하지만 논쟁해보았자 아무 소용이 없었다! 이튿날 이른 아침에 현관 앞으로 여행용 마차가 대어지고 여행가방이며 차 끓이는 도구가 든 손가방이며 빵과 고기 만두가 든 꾸러미 따위가 마차에 실렸다. 이것들은 집에서 응석 부리며 보내던 시기의 마지막 증표인 셈이었다. 부모님은 나를 축복해주셨다. 아버지가 내게 말했다. "잘 가라, 뾰뜨르. 서약한 사람에게 충성을 다해 근무하도록 해라. 상관들의 말을 잘 듣되 호의를 얻어내려고 애쓰지는 마라. 근무에 지나치게 욕심을 부리지도 말고 핑계를 대며 게을리하지도 마라. 그리고 외투는 새것일 때부터 아끼고 명예는 젊어서부터 소중히 하라는 속담을 기억해두어라." 어머니는 눈물을 흘리며 건강을 중히 여기라고 당부했고 싸벨리치에게 이 어린애를 잘 돌봐주라고 지시했다. 사람들이 나에게 토끼털 외투를 입혀주었고 그 위로 여우털 외투를 덮어주었다. 나는 싸벨리치와 함께 마차에 탔고 눈물을 흘리며 길을 떠났다.

그날밤 나는 씸비르스끄에 도착했는데 그곳에서 하루를 머물며 싸벨리치가 필요한 물건들을 사기로 되어 있었다. 나는 여인숙에 묵었다. 싸벨리치는 상점들을 돌기 위해 아침부터 나섰다. 나는 적적해하며 창밖의 더러운 골목을 바라보다가 방마다 돌아다니기 시작했다. 나는 당구실에 들어갔다가 키 큰 귀족 한사람을 보았다. 그는 서른다섯쯤으로 보였는데 길고 검은 콧수염을 길렀고 가운 차림에 한 손에는 당구 채를 들고 입에는 담배 파이프를 물고 있었다. 그는 점수 계산원을 데리고 게임을 하고 있었는데 이기면 계산원이 보드까를 한잔 들이켜고 지면 당구대 밑을 기어서 지나가야 했다. 나는 그들의 시합을 지켜보기 시작했다. 게임이 길어지면 길어질수록 네발로 기는 산책의 횟수가 잦아지더니 마침내 계산원은 당구대 밑에서 뻗어버리고 말았다. 귀족은 그를 두고 추도사 비슷한 몇마디 강렬한 언사를 읊조렸다. 그러더니 나에게 함께 게임을 하자고 제안했다. 나는 할 줄 모른다며 거절했는데 그는 이것이 이상한 모양이었다. 그는 유감이라는 듯이 쳐다보았지만 어쨌든 우리는 대화를 시작했다. 나는 그의 이름이 이반 이바노비치 주린이며 ×× 경기병 연대의 대위이고 신병 인수차 씸비르스끄에 머물면서 여인숙에서 묵고 있다는 것을 알게 되었다. 주린은 변변치 않지만 병영식으로 함께 점심식사를 하자며 나를 초대했다. 나는 기꺼이 응했다. 우리는 식탁 앞에 앉았다. 주린은 꽤 마셨고 나를 잘 대접했다. 그는 군대에 익숙해질 필요가 있다고 말했다. 그는 군대와 관련된 재미있는 일화들을 들려주었고 나는 웃느라 바닥에 나뒹굴 지경이었다. 식탁에서 일어설 때 우리는 이미 완전히 친구가 되어 있었다. 그때 그는 당구 치는 법을 가르쳐주겠다고 자청하고 나섰다. “이것은,” 그가 말했다. “우리 군인 친구들에게 반드시 필요한 일이라네. 예를 들어 출정에 나섰는데 어떤 마을에 들어섰다고 해봐. 무엇을 하겠나? 유대인들만 줄곧 때리고 있을 수는 없지 않겠나. 하는 수 없이 선술집이라도 가서 당구를 치게 되는 거야. 그러려면 치는 법을 알아야 하지!” 나 또한 그러리라 전적으로 확신했고 그래서 커다란 열의를 가지고 수업에 임했다. 주린은 큰 소리로 나를 격려했고 내가 재빨리 성공을 거두자 깜짝 놀랐다. 몇차례 교습이 끝나고 그는 1그로시[3]를 걸고 하자고 제안했는데 돈을 따기

3 러시아의 옛 화폐단위. 1657~1838년에 통용되었으며 2꼬뻬이까에 해당함.

위해서가 아니라 단지 허투루 시합하지 않기 위해서라고 했다. 그의 말에 따르면 공연히 시합하는 것만큼 추잡한 습관은 없다는 것이었다. 나는 여기에도 동의했는데 주린은 펀치[4]를 내오도록 지시했고 군대에 익숙해져야 한다고 거듭 말하며 자꾸 마시라고 권했다. 펀치가 없다면 군대가 다 뭐란 말인가! 나는 그의 말을 귀담아들었다. 그러는 와중에도 시합은 계속 이어졌다. 술잔을 홀짝거리는 횟수가 빈번해질수록 나는 점점 더 대담해졌다. 당구공들이 끊임없이 당구대의 턱을 넘어 날아갔다. 나는 흥분해서 대체 어떻게 점수를 기록하고 있는지 모를 점수 계산원에게 욕을 퍼부어댔고, 시간이 흐를수록 판을 키웠다. 한마디로 나는 이제 막 자유를 얻은 소년처럼 행동했던 것이다. 그러는 동안 시간이 꽤 흐른 모양이었다. 주린이 시계를 흘긋 보더니 당구 채를 내려놓고는 내가 100루블을 잃었다고 선언했다. 그 말이 나를 약간 뒤흔들어놓았다. 내 돈은 싸벨리치가 가지고 있었다. 나는 변명을 늘어놓기 시작했다. 주린이 나를 가로막았다. "그만두게! 걱정 말게나. 나는 기다릴 수 있으니까. 그럼 아리누시까에게 잠깐 다녀옴세."

어떻게 해야 하나? 나는 그날 하루를 경솔하게 시작했듯이 경솔하게 끝내버렸다. 우리는 아리누시까의 집에서 함께 저녁식사를 했다. 주린은 군대에 익숙해져야 한다고 되풀이 말하며 매분 술을 따라주었다. 탁자에서 일어서니 나는 두 발로 버티기도 어려운 지

4 위스키, 꼬냑 등에 사탕, 과즙, 물을 섞어 끓여 만드는 술의 일종.

경이었다. 자정이 되자 주린은 나를 여인숙으로 데려다주었다.

싸벨리치가 현관에서 우리를 맞았다. 군대에 대한 나의 의심할 바 없는 헌신성의 증표를 보자 그는 "아아" 하고 한숨을 내뱉었다. "도련님, 대체 무슨 일이 있었던 겁니까요?" 그는 애석해하면서 말했다. "어디서 이렇게 곤죽이 되도록 마신 겁니까? 아이고, 하느님! 여태껏 한번도 이런 죄를 지은 적이 없었는데!" "조용히 해, 이 늙은이야!" 나는 비틀거리며 그에게 대꾸했다. "너 분명히 취했구나. 어서 가서 자…… 그런데 날 눕혀줘."

이튿날 나는 두통을 느끼며 잠에서 깨어났고 어제 있은 일을 어렴풋이 떠올렸다. 나는 깊은 생각에 잠겼다가 찻잔을 들고 들어온 싸벨리치로 인해 중단되었다. "이릅니다, 뾰뜨르 안드레이치," 그는 고개를 저으며 말했다. "방탕한 생활을 하기에는 아직 이르다고요. 그런데 대체 누구를 닮으신 겁니까? 부친께서도 조부께서도 술꾼은 아니셨던 걸로 아는데요. 모친에 대해서는 말할 필요도 없고요. 태어나서 여태껏 끄바스 외에는 입에도 안 대신 분이니까요. 그럼 이 모든 게 누구 잘못인가요? 저주받을 놈의 므시외 같으니. 툭하면 안찌뻬예브나에게 달려가서는, '마담, 주 부 프리 보드꾸'[5] 하고 씨불여댔으니. 이젠 도련님도 주 부 프리네요! 뭔 말을 하겠어요. 좋은 것도 가르쳐놨지, 개자식 같으니. 그런데도 가정교사로 그런 이교도 놈을 고용해야 했다, 이거지요. 마치 나리께 집안에 일할

5 원문은 "Мадам, же ву при, водкю." '마담, 보드까 좀 주세요'(Madame, je vous prie, vodka)라는 뜻으로 프랑스어와 러시아어를 섞어서 말하고 있음.

사람이 없기라도 한 것처럼 말이에요!"

나는 부끄러웠다. 나는 돌아누워서 말했다. "저리 가, 싸벨리치. 차를 마시고 싶지 않으니까." 그러나 일단 설교를 늘어놓기 시작하면 싸벨리치를 만류하기란 정말이지 힘들었다. "바로 이렇다니까요, 뾰뜨르 안드레이치. 부어라 마셔라 하는 게 어떤 것인 줄 알았나요? 머리는 무지근하게 아프고 밥 생각이 싹 없어진다니까요. 술 마시는 사람은 아무짝에도 쓸모가 없는 법이지요…… 오이 절인 물에 꿀을 좀 넣어서 드셔볼랍니까. 뭐니 뭐니 해도 해장하는 데는 과실주 반잔이 최고지요. 가져오라 할까요?"

이때 한 사내아이가 방으로 들어와 I. I. 주린이 보낸 쪽지를 전해주었다. 나는 쪽지를 펼쳤고 다음의 구절들을 읽었다.

친애하는 뾰뜨르 안드레예비치, 어제 자네가 잃은 100루블을 이 사내아이 편에 보내주기 바라네. 나는 돈이 몹시 궁하다네.

언제나 헌신할 것을 약속하며

이반 주린

어쩔 수가 없었다. 나는 냉담한 척하면서 돈과 속옷을 간수하고 내 시중꾼 일[6]을 하고 있는 싸벨리치를 향해 사내아이에게 100루블을 내

주라고 명령했다. "뭐라고요! 대체 왜요?" 깜짝 놀란 싸벨리치가 물었다. "내가 그 사람에게 100루블을 빚졌어." 나는 냉정한 척하려고 기를 쓰면서 대답했다. "빚졌다고요!" 시시각각 더욱더 경악하면서 싸벨리치가 받아쳤다. "도련님, 도대체 빚질 시간이 언제 있었나요? 무언가 석연치 않은데요. 도련님 뜻이야 그렇다 쳐도, 저는 돈은 못 내드립니다요."

바로 이 결정적인 순간에 저 고집불통 늙은이를 꺾어놓지 못한다면 시간이 흐를수록 그의 감시에서 벗어나 자유를 쟁취하기가 더 어려워지리라는 생각이 들어 나는 거만하게 쳐다보며 말했다. "내가 너의 주인이고 넌 내 하인이야. 돈은 내 것이다. 내가 그 돈을 시합에서 잃었어. 왜냐하면 그렇게 하겠다는 생각이 들었으니까. 너에게 한가지 충고하는데 잘난 척하지 말고 명령받은 대로 하기나 해."

싸벨리치는 내 말에 너무나 충격을 받아서 두 손을 움켜쥐더니 멍하니 굳어버렸다. "왜 그렇게 서 있는 거야!" 나는 화가 나서 소리쳤다. 싸벨리치는 울음을 터뜨렸다. "뾰뜨르 안드레이치 나리," 그는 떨리는 목소리로 입을 열었다. "제가 슬퍼서 죽어버리게 하지 마십쇼. 도련님은 나의 빛이십니다요! 이 늙은이의 말을 들으세요. 그 강도 같은 놈에게 편지를 써서 농담이었다, 우리는 그런 돈이 없다,라고 하십시오. 100루블이라니! 하느님 맙소사! 부모님이 호

6 러시아 극작가 제니스 폰비진(Д. Фонвизин, 1744~92)의 시 「나의 충복 슈밀로프, 반까, 뻬뜨루시까에게 보내는 서한」(1770)에서 인용.

두까기 이외에는 아무 노름도 하지 말라고 아주 단단히 이르셨다고 말하세요……" "허튼소리 그만해." 나는 엄격하게 말을 막았다. "돈을 이리 내놔. 아니면 네놈 목덜미를 움켜쥐고 내쫓아버릴 테니까."

싸벨리치는 깊은 슬픔이 담긴 눈으로 나를 잠깐 쳐다보더니 내 빚을 가지러 갔다. 나는 가엾은 노인네로 인해 마음이 아팠다. 하지만 나는 속박에서 벗어나고 싶었고 이미 어린애가 아니라는 것을 증명하고 싶었다. 주린에게 돈이 전달되었다. 싸벨리치는 저주받은 여인숙에서 나를 끌어내려고 서둘렀다. 그는 말이 준비되었다는 전갈을 가지고 나타났다. 불편한 양심과 말없는 후회 속에서 나는 씸비르스끄를 떠나왔다. 나의 스승과 작별도 하지 않았고 언젠가 다시 그를 본다는 생각도 하지 않았다.

2장
길 안내자

내 마을인가, 작은 마을아,
낯선 마을아!
나 스스로 너를 찾아온 것이 아닌가,
착한 말이 나를 태워온 것이 아닌가
착하고 젊은 나를 태워 온 것은
날렵함과 젊은 활기
그리고 선술집의 술기운이라네.
—옛 노래[7]

길 위에서의 상념은 썩 즐거운 것이 못되었다. 내가 잃은 돈은 당시의 가치로 봐서 상당한 것이었다. 나는 씸비르스끄 여인숙에서 어리석은 행동을 했다고 마음속으로 인정하지 않을 수 없었고 싸벨리치에게 잘못을 저질렀다고 느꼈다. 이 모든 것이 나를 괴롭혔다. 노인네는 마부석에 침울하게 앉아 있었다. 내게서 등을 돌리고 가끔 헛기침을 할 뿐 말이 없었다. 나는 꼭 화해하고 싶었지만 어떻게 시작해야 할지 몰랐다. 마침내 나는 그에게 말을 꺼냈다. "저기, 저, 싸벨리치! 됐어, 화해하자고. 내가 잘못했어. 내가 잘못

7 출꼬프(Чулков)의 『러시아 노래 모음집』(*Собрание русских песен*, 1770)에서 변형하여 인용.

한 걸 알고 있어. 내가 어제 몹쓸 장난을 많이 해놓고선 공연히 자네를 모욕했어. 앞으로는 좀더 똑똑하게 처신하고 자네 말을 듣겠다고 약속할게. 그러니까 화내지 마. 화해하는 거야."

"허 참, 뾰뜨르 안드레이치 도련님!" 그는 깊은 한숨을 내쉬며 대답했다. "저는 저 자신에게 화를 내고 있는 겁니다요. 전적으로 제 잘못입죠. 어쩌자고 도련님을 여인숙에 혼자 남겨놓았을까요! 어쩌겠습니까? 뭐에 홀린 거지요. 성당 일꾼 마누라에게 잠깐 들렀다가 대모님 얼굴만 보고 가자는 생각이 떠올랐지 뭡니까. 그래서 대모님께 들렀다가 감옥에 들어앉은 셈이 된 거지요. 재앙뿐입니다요……! 주인님들 보시기에 제가 어떻겠습니까요? 자식이 술 마시고 논다는 것을 알면 부모님이 뭐라고 하실까요."

이 가엾은 싸벨리치를 달래기 위해서 나는 금후 그의 동의 없이는 단 한푼도 멋대로 쓰지 않겠다고 맹세했다. 그는 차츰 안정을 되찾았지만 고개를 저으며 여전히 가끔씩 혼잣말을 웅얼거렸다. "100루블이라니! 만만한 돈이 아닌데!"

나는 목적지에 가까워졌다. 주변에는 슬퍼 보이는 황야가 펼쳐졌고 언덕과 골짜기가 황야를 가로지르고 있었다. 모든 것이 눈으로 덮여 있었다. 해가 지고 있었다. 마차는 좁은 길을 따라 달려갔는데 정확히 말하자면 길이 아니라 농민들의 썰매가 만들어놓은 흔적이었다. 갑자기 마부가 한쪽을 살펴보기 시작하더니 마침내 모자를 벗고 나서 나를 향해 얼굴을 돌리고 말했다. "나리, 돌아가도록 분부하지 않으시렵니까?"

"왜 그러나?"

"날씨가 영 수상쩍어 그렇습니다요. 바람이 슬슬 일어나고 있거든요. 바람에 눈이 이리저리 쓸리는 게 보이지요?"

"이게 무슨 낭패람!"

"저기 저쪽에 보이십니까요?" (마부는 채찍으로 동쪽을 가리켰다.)

"하얀 들판과 맑은 하늘 외에 아무것도 안 보이는걸."

"저기, 저기 말입니다요. 저기 작은 구름 말입니다요."

나는 정말 하늘 한끝에 떠 있는 작은 흰 구름 한조각을 보았다. 처음에 볼 때는 멀리 있는 작은 언덕이라고 생각했던 것이 구름이었다. 마부는 그 작은 구름이 눈보라를 예고하는 것이라고 설명했다.

나는 그 지방의 눈보라에 대해 여러번 들어서 짐마차 행렬 전체가 눈보라에 파묻혀버리곤 한다는 것을 알고 있었다. 싸벨리치는 마부의 의견에 동의하면서 되돌아가자고 했다. 하지만 내가 보기에는 바람이 그다지 세지 않은 듯했다. 나는 눈보라가 몰아치기 전에 다음 역에 도착할 수 있을 거라 기대하고 더 빨리 말을 몰도록 명령했다.

마부는 말들이 내달리게끔 다그치면서도 연방 동쪽을 돌아다보았다. 말들은 사이좋게 달렸다. 그사이에 바람은 시시각각으로 강해졌다. 작은 구름은 희뿌연 먹구름으로 변해서 무겁게 드리웠고 점점 커지더니 서서히 하늘을 뒤덮어버렸다. 작은 눈발이 날리다가 갑자기 함박눈이 퍼붓기 시작했다. 바람이 울부짖었고 마침내 눈보라가 되었다. 일순간에 어두운 하늘이 눈의 바다와 뒤섞여버렸다. 모든 것이 사라졌다. "이런, 나리," 마부가 외쳤다. "큰일입니다요. 눈보라예요……!"

나는 마차 밖을 내다보았다. 온통 암흑천지에 바람에 날리는 눈발뿐이었다. 무자비하게 몰아치며 윙윙대는 바람 소리는 너무도 끔찍해서 마치 살아 있는 짐승 같았다. 눈이 나와 싸벨리치에게 흩뿌려졌다. 말들은 느릿느릿 걸어가다가 잠시 후 멈춰섰다. "여보게, 왜 안 가는 거야?" 나는 참지 못하고 마부에게 물었다. "어찌 가란 말씀입니까?" 마부석에서 기어내려오면서 그가 대답했다. "어디로 왔는지도 알 수가 없는 판국이란 말입니다. 길은 없고 온통 어두우니." 나는 그에게 욕을 하려고 했다. 그러자 싸벨리치가 그의 역성을 들고 나섰다. "공연히 고집을 부리지 않았습니까요." 그는 화가 난 듯이 말했다. "주막집으로 되돌아갔더라면 차를 실컷 마시고 아침까지 잠이나 푹 잤을 텐데 말입니다요. 그러면 눈보라도 그치고 계속 길을 갈 수 있었을 게 아닙니까. 뭐하러 서두릅니까? 결혼식이라면 또 몰라도!" 싸벨리치가 옳았다. 어쩔 도리가 없었다. 눈이 계속해서 쏟아졌다. 마차 주위로 눈 더미가 쌓여갔다. 말들은 머리를 푹 숙인 채 이따금 몸을 떨면서 서 있었다. 마부는 하릴없이 마구를 손보며 주위를 돌아다니고 있었다. 싸벨리치가 투덜거렸다. 나는 혹시 집이나 길의 징표를 찾을까 기대하며 사방을 둘러보았지만 희뿌옇게 소용돌이치는 눈보라 외에는 아무것도 구별할 수 없었다…… 갑자기 나는 시커먼 무언가를 발견했다. "이봐, 마부!" 나는 소리쳤다. "저기 좀 봐. 저기 검게 보이는 게 뭐지?" 마부는 살펴보기 시작했다. "알 게 뭐랍니까, 나리." 자기 자리에 앉으면서 그가 말했다. "짐수레 같기도 하고 나무 같기도 하고, 움직이는 것 같던데요. 분명 늑대 아니면 사람일 겁니다."

나는 막 우리 쪽을 향해 움직이기 시작한 그 정체불명의 물체 쪽으로 마차를 몰도록 지시했다. 이분 뒤 우리는 한사람과 나란히 서게 되었다. "여보시오!" 마부가 그에게 소리쳤다. "어디가 길인지 혹시 아나?"

"여기가 바로 길이지. 내가 서 있는 곳이 단단하게 다져진 좁은 땅이니까." 길에서 만난 자가 대답했다. "알려주면, 뭐?"

"들어보게, 이 사람아." 내가 그에게 말했다. "자네, 이 근방을 잘 알고 있나? 나를 숙소까지 안내해줄 수 있나?"

"이쪽 동네야 제가 잘 알다마다요." 길에서 만난 자가 대답했다. "하느님 덕분에 걷고 타고 종횡무진으로 안 다닌 데가 없습지요. 날씨가 참 이 모양이니 자칫 길 잃어버리기 십상이죠. 여기 멈춰서서 좀 기다려보는 것이 낫겠습니다. 혹시 눈보라가 수그러들고 하늘이 갤 수도 있으니까요. 그러면 그때 별을 보고 길을 찾으면 됩니다요."

그의 침착한 모습이 마음을 움직여 나는 그렇게 할 생각이 들었다. 나는 스스로를 하느님의 뜻에 맡기고 이 들판 한가운데서 밤을 지새우리라 이미 결심한 상태였다. 그때 갑자기 길에서 만난 자가 마부석에 민첩하게 올라앉더니 마부에게 말했다. "참 다행이네. 멀지 않은 곳에 집이 있어. 오른쪽으로 돌려서 좀만 가보자고."

"아니, 왜 나더러 오른쪽으로 가라는 거야?" 불만 어린 목소리로 마부가 물었다. "네 눈에 어디 길이 보이는데? 흥, 말도 남의 말이겠다, 멍에도 자기 것이 아니니 멈추지 말고 한번 달려보자는 판이군." 내가 보기에는 마부가 옳은 것 같았다. "맞는 말이야." 내가 말했다. "왜 자네는 가까운 곳에 집이 있다고 생각하나?" "왜냐하면 바람이 그쪽에서 불어왔기 때문입죠." 길에서 만난 자가 대답했다. "연기 냄새를 맡은 것 같습니다. 마을이 멀지 않다는 뜻이지요." 그의 총명함과 예리한 감각에 나는 놀라버렸다. 나는 마부에게 마차를 몰라고 지시했다. 말들은 깊게 쌓인 눈 속을 힘겹게 걸어나갔다. 눈 더미 속으로 들어가거나 푹 파인 곳에 빠지고, 이쪽저쪽으로 기우뚱대고 쏠리면서 마차는 조용히 앞으로 나아갔다. 이것은 마치 거친 바다 위로 배가 항해하는 것과 비슷했다. 싸벨리치는 일분에 한번씩 내 옆구리에 부딪히며 오오 하고 비명을 질렀다. 나는 가림막을 내리고 털외투를 둘러쓰고는 눈보라의 노래와 조용한 마차의 흔들림을 자장가 삼아 졸기 시작했다.

이때 나는 평생 결코 잊을 수 없는 꿈을 꾸었는데 지금까지도 내 인생의 기묘한 상황과 이 꿈을 연결시켜 생각하면 그 꿈속에 무언가 예언적인 것이 있었다고 생각된다. 독자들은 나를 용서하기 바란다. 왜냐하면 편견에 대한 그 모든 멸시에도 불구하고 사람은 미신에 푹 빠지는 성향을 타고났음을 아마도 독자들도 경험으로 알 것이기 때문이다.

나는 현실이 꿈에게 자리를 양보하면서 꿈과 하나로 합쳐져 막 잠드는 순간의 불명료한 환상을 빚어내는 그런 감각과 정신 상태에 놓여 있었다. 눈보라가 여전히 광포하게 몰아치고 우리는 아직도 눈 덮인 황야에서 헤매고 있는 것 같았다…… 불현듯 나는 대문을 보았고 우리 저택의 정원으로 마차를 타고 들어서고 있었다. 맨 처음 떠오른 생각은 내가 부득이하게 부모님 집으로 돌아온 것에 대해 아버지가 화를 내지 않을까, 고의적인 불복종으로 여기지나 않을까 하는 염려였다. 불안해하면서 나는 마차에서 뛰어내렸고 어머니가 깊은 슬픔에 잠긴 모습으로 현관에서 나를 맞이하는 것을 보았다. "조용히 하여라." 어머니가 나에게 말씀하셨다. "아버지가 위독하시단다. 너와 작별인사를 하고 싶어하신다." 공포에 휩싸여서 나는 어머니의 뒤를 따라 침실로 향했다. 방 안의 불빛은 희미했다. 침대 주변에는 사람들이 슬픈 얼굴로 서 있었다. 나는 조용히 침대로 다가갔다. 어머니가 침대 휘장을 살짝 들어올리고 말씀하셨다. "안드레이 뻬뜨로비치, 뻬뜨루샤가 왔어요. 당신이 아픈 것을 알고 가던 길을 돌아왔어요. 이 아이를 축복해주세요." 나는 무릎을 꿇고 앉아 병자에게 눈을 돌렸다. 이것이 무슨 일이람……? 나의 아버지 대신에 침대에 누워 있는 것은 검은 수염을 기르고 명랑하게 나를 흘긋거리는 어떤 사내가 아닌가. 어리둥절한 나는 어머니를 향해 말했다. "대체 이게 뭡니까? 아버지가 아니잖아요. 그리고 내가 대관절 무슨 이유로 이 사내에게 축복을 부탁해야 합니까?" "아무렴 어떠니, 뻬뜨루샤." 어머니가 대답했다. "이 사람은 너의 아버지를 대신하는 분이란다. 그분 손에 입 맞추고, 그분의 축복을 받도록 해라……" 나는 거부했다. 그러자 사내가 침대에서 벌떡 일어서더니 등 뒤에서 도끼를 꺼내들고 닥치는 대로 휘두르기 시작했다. 나는 달아나고 싶었다…… 그러나 그럴 수 없었다. 방 안은 죽은 몸뚱이들로 가득했다. 나는 몸뚱이에 걸려 넘어지고 피 웅덩이 속에서 미끄러졌다…… 무시무시한 남자가 상냥하게 나를 부르며 말했다. "두려워 마라. 내가 축복할 테니 이리 오렴……" 공포와 혼란이 나를 사로잡았다…… 그리고 바로 그 순간 나는 잠에서 깼다. 말들이 서 있었다. 싸벨리치가 내 팔을 잡아당기면서 "내리세요, 도련님. 다 왔어요" 하고 말하고 있었다.

"어딜 다 와?" 눈을 비비면서 내가 물었다.

"농가 여인숙입니다. 하느님이 도우셔서 울타리에 곧바로 부딪혔지 뭡니까. 내리세요, 도련님. 어서 몸을 녹여야지요."

나는 마차 밖으로 나왔다. 비록 기세는 다소 약해졌지만 눈보라가 아직도 계속되고 있었다. 눈알을 찔러서 빼가도 모를 정도로 지독하게 어두웠다. 주인은 갓을 씌운 등을 쥐고 대문 옆에서 우리를 맞았다. 그리고 좁긴 해도 꽤 깨끗한 살림방으로 안내했다. 불을 붙인 나뭇개비가 방을 밝히고 있었다. 벽에는 라이플총과 높다란 까자끄 모자가 걸려 있었다.

야이끄 출신 까자끄인 주인은 예순살가량의 농부로 아직 씩씩하고 기운이 넘쳤다. 내 뒤를 따라온 싸벨리치가 차도구가 든 손가방을 가지고 들어왔다. 그는 차를 끓이기 위해 불을 달라고 했는데 나에게 이때만큼 따끈한 차가 간절한 적은 없었다. 주인은 불을 가지러 나갔다.

"길을 안내한 사람은 어디 있지?" 나는 싸벨리치에게 물었다.

"여기 있습니다, 귀족 나리." 목소리가 위에서 들려왔다. 나는 뻬치까 위 천장 밑에 마련된 잠자리에서 검은 턱수염과 반짝이는 두 눈을 보았다. "여보게, 어때, 잔뜩 얼었나?" "다 떨어진 외투 한 벌 차림으로 어찌 꽁꽁 얼지 않을 수 있겠습니까! 털외투가 있었지만, 젠장, 다 털어놓을까요? 엊저녁에 술집 주인에게 잡혀먹었습니다. 추위가 대단치 않을 줄 알았지요." 이때 주인이 끓는 싸모바르를 가지고 들어왔다. 나는 길 안내자에게 차 한잔을 권했다. 사내는 잠자리에서 내려왔다. 그의 외모는 놀라웠다. 나이는 마흔살 정도로, 보통 키에 몸집은 여위었으나 어깨가 딱 벌어졌다. 검은 턱수염에서 흰 터럭도 눈에 띄었다. 생기 있는 커다란 눈동자가 이리저리 바삐 움직였다. 얼굴은 퍽이나 유쾌한 표정을 하였으나 교활한 빛도 담고 있었다. 머리는 작은 바가지처럼 위만 남기고 빵 둘러 깎여 있었고 너덜너덜한 농민 외투와 따따르식 헐렁한 바지를 입고 있었다. 나는 그에게 찻잔을 건넸다. 그는 맛을 보더니 눈썹을 찡그렸다. "귀족 나리, 저한테 친절을 베푸시려면 술 한잔을 가져오라고 하세요. 차는 우리 까자끄들이 마시는 음료가 아닙니다." 나는 기꺼이 그가 원하는 것을 들어주었다. 주인이 찬장에서 술병과 술잔을 꺼내 그에게 다가갔다. 그리고 그의 얼굴을 들여다보더니 "어이구," 하고 말했다. "네가 또 우리 동네에 나타났어! 어디서 오는 길이야?" 나의 길 안내자는 의미심장하게 눈을 찡긋하더니 속담으로 대답했다. "텃밭에 날아들어 삼을 쪼아먹고 있으려니 할망구가 돌멩이를 던지더군. 다행히 옆에 떨어졌어. 그래, 당신들은 어땠나?"

"어떻긴, 뭘!" 수수께끼 같은 대화를 이어가면서 집주인이 대꾸했다. "저녁 기도회에 종을 치려고 했더니 신부 마누라가 못하게 하더군. 신부는 손님으로 나갔고 교회 묘지에는 악마들이 있었지."

"말 말게, 아저씨," 나의 부랑자가 받아쳤다. "비가 조금이라도 내리면 버섯도 자라날 거야. 버섯이 생기면 바구니도 나오지 않겠나. 하지만 지금은 (여기서 그는 또다시 눈을 찡긋했다) 도끼는 등 뒤에 찔러넣고 있을 때야. 산지기가 돌아다니고 있으니까. 나리! 당신 건강을 위해서 들지요!" 이 말을 하면서 그는 술잔을 집어들고 성호를 긋더니 단숨에 들이켰다. 그러고 나서 내게 절을 하고 지붕 밑 잠자리로 되돌아갔다.

그때 나는 이 역적들의 대화를 전혀 이해할 수 없었다. 그러나 그들이 1772년의 폭동 후 막 진압된 참이었던 야이끄 군대 사건에 대해 이야기하던 것임을 나중에야 짐작하게 되었다. 싸벨리치는 굉장히 불쾌하다는 태도로 듣고 있었다. 그는 의혹의 눈초리로 집주인과 길 안내자를 번갈아 살펴보았다. 농가 여인숙, 혹은 그곳 말로 우묘뜨라 불리는 이곳은 외딴 황야에 위치했고 사람들이 많이 사는 곳에서 꽤나 멀리 떨어져 있었다. 그리고 강도들의 소굴과 아주 흡사했던 것이다. 그렇다고 해도 할 수 있는 것은 아무것도 없었다.

다시 길을 나선다는 것은 생각도 못할 일이었다. 싸벨리치가 안절부절못하는 꼬락서니가 나는 아주 재미있었다. 그사이에 나는 잠잘 채비를 하고 긴 의자에 누웠다. 싸벨리치는 뻬치까 위로 올라가서 자기로 했다. 주인은 바닥에 누웠다. 곧 농가에는 코 고는 소리가 울려퍼졌다. 나는 죽은 듯이 잠들었다.

아침에 꽤 늦게 일어났다. 나는 눈보라가 그쳤음을 알았다. 해가 눈부시게 빛나고 있었다. 아득히 펼쳐진 대초원 위로 눈이 멀 것만 같은 희디흰 덮개로 눈이 누워 있었다. 말들이 마차에 매여 있었다. 나는 집주인과 셈을 치렀다. 지극히 적당한 값을 요구했기 때문에 싸벨리치조차 그와 실랑이를 벌이지 않았고 자기 습관대로 값을 깎으려 들지 못했다. 게다가 어제의 의혹도 머릿속에서 완전히 지워진 모양이었다. 나는 길 안내자를 불러 그의 도움에 감사를 표하고 술값으로 50꼬뻬이까짜리 은화를 주라고 싸벨리치에게 명령했다. 싸벨리치는 즉각 얼굴을 찌푸렸다. "술값으로 50꼬뻬이까라니요!" 그가 말했다. "무슨 일을 했다고 그렇게나? 도련님이 그놈을 이 농가 여인숙으로 태워다준 댓가로 말입니까? 그야 도련님 뜻이지만 우리에게 남는 은화 따윈 없습니다요. 아무한테나 술값을 내주다간 곧 우리가 굶주리게 될걸요." 나는 싸벨리치와 말씨름을 벌일 수 없었다. 내가 약속한 대로 돈은 전부 그의 관리하에 있었으니까. 그러나 재앙에서 목숨을 구해준 것은 아니라고 해도 최소한 매우 불편한 상황에서 나를 끌어내준 사람에게 사의를 표할 수 없다는 것이 분했다. "좋아." 나는 냉정하게 말했다. "50꼬뻬이까짜리 은화를 내주기 싫으면 내 외투 중에서 아무거나 하나 가지고 와서 저 사람에게 주도록 해. 저 사람은 너무 얇게 입었으니까 내 토끼털 외투를 줘."

"제발요, 뾰뜨르 안드레이치 도련님!" 싸벨리치가 말했다. "왜 저자에게 도련님의 토끼털 외투를 줍니까? 저 개 같은 놈은 가다가 첫번째로 들른 술집에서 홀랑 바꿔 마셔버릴걸요."

"그거야, 이 늙은이야, 네가 걱정할 바 아니잖나." 나의 부랑자가 말했다. "내가 홀랑 마셔버리건 말건. 저 나리께서 어깨에서 친히 외투를 벗어 내게 주시겠다는데 그건 나리의 뜻이 아닌가 말이야. 네가 종놈으로서 할 일은 따지지 않고 고분고분 하라는 대로 하는 거야."

"넌 하느님이 두렵지도 않으냐, 이 날강도야!" 싸벨리치가 분노에 찬 목소리로 그에게 대꾸했다. "도련님이 아직 제대로 분별하지 못하시는 걸 네가 모르겠느냐. 그런데도 넌 그 순진함을 기화로 우리 도련님을 털어먹으려 들다니. 귀족이 입는 털외투가 너 따위에게 왜 필요해? 네놈의 그 저주받은 어깨짝이 그 옷에 억지로라도 들어갈 성싶으냐."

"나서지 마." 나는 시중꾼에게 말했다. "지금 그 옷을 이리 가져와."

"하느님 맙소사!" 나의 싸벨리치가 신음했다. "토끼털 외투는 거의 새것이나 다름없는데! 그것을 저런 뻔한 주정꾼에게 준다니!"

하지만 결국 토끼털 외투가 모습을 드러냈다. 사내는 당장 옷을 대보기 시작했다. 사실 나도 몸이 자라서 맞지 않게 된 그 외투가 그한테는 좀 작았다. 하지만 그는 어떻게든 재간을 부려서 옷 솔기를 두드득 뜯어버리며 기어코 입어버렸다. 실이 뜯기는 소리를 듣자 싸벨리치는 거의 울부짖을 뻔했다. 부랑자는 내 선물에 굉장히 만족해했다. 그는 마차까지 따라 나와서 넙죽 절하며 말했다. "고맙습니다, 나리! 나리의 친절한 마음씨에 하느님께서 복을 내려주시기를 빕니다. 나리의 고마움을 평생 잊지 않겠습니다." 그는 자기 갈 길로 갔고 나는 싸벨리치가 분해하는 것에 신경 쓰지 않고 출발하여 갈 길을 이어갔다. 곧 나는 어제의 눈보라도, 길 안내자도, 토끼털 외투도 다 잊어버렸다.

오렌부르그에 도착하자 나는 곧바로 장군 앞에 출두했다. 키가 컸지만 노령으로 인해 이미 등이 굽어 있는 남자가 보였다. 긴 머리칼은 완전히 백발이었다. 빛바랜 낡은 제복이 안나 이오안노브나[8] 시절의 군인을 떠올리게 했다. 그의 말은 독일어 억양이 강했다. 나는 그에게 아버지의 편지를 건넸다. 아버지의 이름을 보자 그는 재빨리 나를 일별했다. "일헐 쑤가!"[9] 그가 말했다. "벌써 이렇케 됐나, 안드레이 페트로비치가 바로 엊그제 자네 나이였던 것 같은데 말일세. 지금은 벌써 이런 젊은 아들이 있다니! 아 참, 세월이란!" 그는 편지의 봉인을 뜯고 혼잣말을 섞어가며 낮은 목소리

8 Анна Иоанновна(1693~1740). 뾰뜨르 대제의 질녀로 재위 기간은 1730~40년.

9 주인공 그리뇨프를 맞이하는 오렌부르그 사령관은 강한 독일어식 말투에 문법에 맞지 않게 말하고 있음. 이러한 어감을 최대한 살리고자 우리말 맞춤법에 맞지 않는 표현을 사용하였음.

로 읽기 시작했다. "'친애하는 안드레이 카를로비치, 원컨대 각카께서……' 이게 웬 격식이야? 에이, 부끄럽지도 않나! 물론 규율이 무엇보다 우선이지만 그렇다고 옛 동료에게 편지를 이렇게 쓰다니……? '각카께서는 잊지 마시고……' 음…… '그리고…… 고인이신 육군 원수 민…… 원정에서…… 마찬가지로……카롤린카를……' 이런, 브루더[10]! 우리가 옛날에 장난치던 걸 여태 기억하고 있구먼? '이제 업무에 대해서…… 당신께 나의 건달 놈을……' 음…… '코슴도치로 만든 장갑을 끼고 다루듯……' 코슴도치 장갑이란 게 뭔 소리야? 이건 분명 러시아 속담일 텐데…… '코슴도치 장갑'이란 게 대체 뭔 소리야?" 나를 향하면서 그가 되풀이했다.

"그것은," 나는 가능한 한 순진하게 보이려고 애쓰며 대답했다. "지나치게 엄격하지 않고 상냥하게 대하고 보다 많은 자유를 주라는 뜻입니다. 고슴도치 장갑을 끼고 다루듯 한다는 것 말입니다."

"음, 그렇군…… '그리고 그에게 자유를 주지 말 것이며……' 아닌데, 코슴도치 장갑이 그런 뜻이 아닌 게 분명해…… '이것으로…… 그의 신분증을……' 신분증이 어디 있나? 아, 여기 있군…… '쎄묘놉스끼 연대로 통보해……' 좋네, 좋아. 모두 처리될 거야…… '관등과 상관없이 포옹을 허락…… 오랜 동료이자 친구로서' 아! 이제야 알겠군…… 그리고 어쩌구저쩌구…… 그래, 이보게나," 편지를 다 읽은 후 내 신분증을 한쪽으로 따로 두면서 그가

10 원문은 "Bruder". 독일어로, '형제' '동무' '동료'를 뜻함.

말했다. "모든 것이 다 처리될 걸세. 자네는 ××× 연대의 장교로 이관될 거야. 그러니 시간을 공연히 허비할 것 없이 내일 당장 벨로고르스끄 연대로 떠나 미로노프 대위 지휘 아래 있도록 하게. 선량하고 명예로운 사람이지. 자네는 거기서 진짜 군 복무를 하게 될 거고 규율을 익히게 될 거야. 오렌부르그에서 자네가 할 일은 아무것도 없어. 놀며 시간 보내는 건 젊은 사람에게 해로운 법이라네. 오늘은 내 청을 들어주게. 우리 집에 와서 식사하도록 하지."

'점입가경이로구나!' 나는 속으로 생각했다. '어머니 배 속에서 이미 근위대 중사로 되어 있던 것이 나한테 무슨 득이 있는 거지! 날 어디로 보내는 거야? ××× 연대라, 끼르기즈까이사쯔끼 초원 국경에 있는 외딴 요새로 보낸단 말인가……!' 나는 안드레이 까를로비치의 집에서 그의 늙은 부관과 함께 셋이서 식사를 했다. 엄격한 독일식 절약 정신이 그의 식탁을 지배하고 있었다. 독신으로 사는 자신의 조촐한 식탁 너머로 불필요한 손님을 때로 봐야 한다는 공포심이 서둘러 나를 수비대로 멀리 보내버린 이유의 하나가 아니었나 하고 나는 생각한다. 다음날 나는 장군과 작별인사를 나누고 임명지를 향해 출발했다.

3장
요새

우리는 요새에서 산다
빵을 먹고 물도 마시지
흉포한 적들이
고기 만두를 차지하려고 찾아오면
손님들에게 잔치를 베풀어주마
산탄포를 재워두마
—병사의 노래

옛날 분들이시지요, 나리.
—『미성년』[11]

벨로고르스끄 요새는 오렌부르그에서 40베르스따[12] 떨어진 곳에 위치했다. 야이끄 강의 가파른 강변을 따라 길이 이어졌다. 강은 아직 얼지 않았고 흰 눈으로 덮인 단조로운 강가에 잿빛 물결이 구슬픈 듯 검게 일렁였다. 강 뒤쪽으로 끼르기즈의 대초원이 펼쳐졌다. 나는 생각에 잠겼는데 대부분 서글픈 상념들이었다. 수비대에서의 생활은 별로 마음을 끌지 못했다. 나는 곧 내 상관이 될 미로노프 대위를 그려보려고 애썼다. 근무 외에는 아무것도 모르는 엄격하고 분노에 찬 노인으로, 온갖 사소한 트집을 잡아 나를 체포해 빵

11 폰비진의 희곡 『미성년』(*Недоросль*, 1782)에서 인용.
12 1베르스따는 1,067미터로, 40베르스따는 약 42.6킬로미터임.

과 물만 먹이려 드는 사람일 것이라고 상상했다. 땅거미가 지기 시작했다. 우리는 상당히 빨리 달린 편이었다. "요새까지 아직 멀었나?" 나는 마부에게 물었다. "멀지 않습니다." 그가 대답했다. "저기 보입니다." 나는 웅장한 보루와 탑, 토성이 눈에 들어올 것을 기대하며 사방을 둘러보았다. 그러나 통나무 울타리로 둘러싸인 작은 농촌 마을 말고는 아무것도 보이지 않았다. 절반쯤 눈에 파묻힌 건초 낟가리 서너개가 한쪽에 서 있었다. 다른 쪽에는 기울어진 풍차가 나무껍질로 만들어진 날개를 게으르게 축 늘어뜨린 채 서 있었다. "요새가 어디 있단 말이야?" 나는 깜짝 놀라 물었다. "저기 있지 않습니까?" 마부가 작은 농촌 마을을 가리키며 대답했고 이 말과 동시에 우리는 요새 안으로 달려들어갔다. 나는 대문 옆에서 무쇠로 만든 오래된 대포를 보았다. 길은 좁고 구불구불했다. 집들은 나지막했고 대부분 짚으로 지붕을 이었다. 나는 사령관이 있는 곳으로 가도록 명령했고 일분 후 마차는 높은 지대에 나무로 지은 교회 근처에 세워진 작은 목조주택 앞에 멈춰섰다.

아무도 나를 맞아주지 않았다. 나는 현관으로 가서 현관방으로 들어가는 문을 열었다. 늙은 상이군인이 의자에 앉아서 녹색 제복의 팔꿈치에 푸른 천 조각을 덧대느라 바느질을 하고 있었다. 나는 그에게 내가 도착했음을 보고하라고 일렀다. "들어가십시오, 나리." 상이군인이 대답했다. "안에들 계십니다." 나는 옛날식으로 꾸며진 깨끗한 작은 방으로 들어갔다. 구석에는 식기를 넣어둔 그릇장이 서 있었고 벽에는 장교 임명장을 넣고 유리를 끼운 액자가 걸려 있었다. 액자 옆에는 퀴스트린 요새[13]와 오차꼬프 요새[14]의 점령 장면을 그린 목판화와 약혼녀를 고르는 장면, 고양이를 매장하는 모습을 그린 목판화가 이목을 끌려는 것처럼 보란 듯이 걸려 있었다. 창가에는 솜저고리를 입고 두건을 쓴 노파가 앉아 있었다. 그녀는 장교 제복을 입은 애꾸눈 노인이 두 팔을 벌려 쥔 실 꾸러미를 타래로 감고 있었다. "무슨 일인가요, 젊은이?" 자기 일을 계속하면서 그녀가 물었다. 나는 발령을 받아 왔으며 규정에 따라 대위님께 신고하러 왔다고 대답하면서 애꾸눈 노인을 향했다. 그를 사령관으로 생각했기 때문이었다. 그런데 여주인이 내가 외워 온 말을 끊어버렸다. "이반 꾸즈미치는 집에 안 계신답니다." 그녀가 말했다. "그분은 게라심 신부 댁에 가셨어요. 하긴 상관없지만 말이에요. 젊은이, 내가 안주인이랍니다. 앞으로 많이 사랑해주시고 잘 봐주세요. 앉으세요." 그녀는 소리쳐 하녀를 불렀고 하사를 불러오라고 일렀다. 노인은 외눈에 호기심을 담아 나를 흘끗거리며 쳐다보았다. "실례지만 여쭙겠습니다." 그가 말했다. "어느 연대에서 근무하셨는지요?" 나는 그의 호기심을 만족시켜주었다. "실례지만 또 묻겠습니다." 그가 계속했다. "어째서 근위대에서 수비대로 전속하시는 겁니까?" 나는 지휘부의 뜻이었다고 대답해주었다. "아마도 근위대 장교로서 적절치 못하게 처신한 탓이겠지요." 지칠 줄 모르는 질문자가 이어갔다. "쓸데없는 소리는 관둬요." 대위 부인

13 1758년 러시아군이 함락시킨 프로이센 요새.

14 1737년 러시아군이 함락시킨 터키 요새.

이 노인에게 말했다. "젊은이가 먼 길을 오느라 지친 것이 뵈지도 않나요. 저 사람은 당신을 상대해줄 여유가 없다고요…… (손을 좀 더 똑바로 들란 말이에요……) 그런데 당신," 그녀가 나를 향해 말을 이었다. "당신을 우리가 있는 이 외지고 궁벽한 촌으로 쫓아버렸다고 슬퍼하지 마세요. 당신이 처음도 아니고 마지막도 아니랍니다. 참고 지내다보면 좋아질 거예요. 알렉세이 이바니치 시바브린도 살인을 저지르고 우리에게 전속되어 온 지 벌써 오년째랍니다. 그가 어쩌다 그리 홀려서 죄를 지었는지는 하느님만이 아시겠지요. 그 사람은, 젊은이도 보게 되겠지만, 긴 칼을 가지고 교외로 나가 육군 중위 한사람이랑 칼싸움을 벌였답니다. 그런데 알렉세이 이바니치가 중위를 찔러 죽여버린 거예요. 증인도 두명이나 있는 자리에서 말이에요! 어쩌겠어요? 누구도 죄는 어쩔 수 없는 법이지요."

바로 이때 젊고 체격 좋은 까자끄 하사가 들어왔다. "막시미치!" 대위 부인이 그에게 말했다. "장교님을 숙소로 안내해요, 좀 깔끔한 곳으로." "알겠습니다, 바실리사 예고로브나." 하사가 대답했다. "장교님을 이반 뽈레자예프 집으로 모시면 어떨까요?" "무슨 소릴, 막시미치," 대위 부인이 말했다. "뽈레자예프의 집은 안 그래도 비좁을걸. 그분은 내 대부이지만 우리를 자신의 윗사람이라고 여기고 계시거든. 장교님을…… 이름과 부칭이 어떻게 되나요? 뾰뜨르 안드레이치라고요……? 뾰뜨르 안드레이치를 쎄묜 꾸조프 집으로 데려다드려요. 사기꾼 같으니, 그자가 자기 말을 우리 채마밭에 풀어놓았다니까. 그런데, 막시미치, 다 별일 없나요?"

"네, 다행히도 다들 조용합니다." 까자끄가 대답했다. "다만 하사 쁘로호로프가 목욕탕에서 우스찌냐 네굴리나와 더운물 한 양동이 때문에 싸웠답니다."

"이반 이그나찌이치!" 대위 부인이 애꾸눈 노인에게 말했다. "쁘로호로프와 우스찌냐 둘 중에 누가 옳고 누가 그른지 알아보세요. 그리고 두사람 다 벌을 주도록 해요. 그럼, 막시미치, 어서 가봐요. 뾰뜨르 안드레이치, 막시미치가 당신을 숙소로 모실 거예요."

나는 작별인사를 했다. 하사는 요새의 제일 외곽 쪽 높은 강변에 서 있는 농가로 나를 데려갔다. 쎄묜 꾸조프의 가족이 농가의 반을 쓰고 있었고 나머지 절반이 나에게 할당되었다. 내가 사용하게 된 곳은 살림방 한개였는데 상당히 말쑥했고 칸막이를 해서 둘로 나뉘었다. 싸벨리치는 방 안을 정리하기 시작했다. 나는 좁고 작은 창을 내다보기 시작했다. 내 앞으로 서글픈 초원이 펼쳐져 있었고, 작은 농가 몇채가 비스듬히 서 있었다. 닭 몇마리가 길바닥을 돌아다녔다. 노파 한명이 구유를 들고 현관에 서서 돼지에게 소리치자 돼지들이 정답게 꿀꿀거리며 노파에게 응답했다. 바로 이런 촌구석에서 청춘을 보내도록 결정된 것이다! 우울함이 나를 사로잡았다. 나는 창문에서 물러나 싸벨리치가 자꾸만 탄식하며 권하는데도 불구하고 저녁도 먹지 않고 잠자리에 들었다. "어이구, 하느님! 아무것도 들지 않으신다니! 도련님이 병이라도 나시면 마님께서 뭐라 하실지?"

다음날 아침 막 옷을 입으려고 할 때 문이 열리고 한 젊은 장교가 나를 찾아 방으로 들어왔다. 그는 키가 크지 않았고 거무스름한 얼굴은 분명 잘생기지는 않았지만 대단히 활기차 보였다. 그가 프랑스어로 내게 말했다. "격식도 차리지 않고 당신과 인사를 나누려고 찾아온 것을 용서하세요. 나는 당신이 온 것을 어제 알았습니다. 마침내 사람다운 사람을 볼 수 있다는 열망이 강렬하게 나를 사로잡아 참을 수 없었습니다. 당신이 이곳에서 얼마쯤 지내다보면 나를 이해할 겁니다." 바로 이 사람이 결투 때문에 근위대에서 전속되었다는 그 장교라고 나는 짐작했다. 우리는 즉시 인사를 나누었다. 시바브린은 결코 어리석은 사람이 아니었다. 그와의 대화는 기지가 넘치고 흥미로웠다. 그는 사령관 가족과 그의 동료들, 그리고 운명이 나를 이끌어 온 이 지역에 대해서 대단히 유쾌하게 이야기해주었다. 사령관 집의 현관방에서 제복을 수선하던 그 상이군인이 방으로 들어와서 바실리사 예고로브나가 나를 점심식사에 초대한다고 알릴 때 나는 순수한 마음으로 웃어대고 있었다. 시바브린이 함께 가겠다고 나섰다.

사령관의 집으로 가는 길에 우리는 연병장에서 머리채를 길게 늘어뜨리고 삼각모자를 쓴 스무명 정도의 늙수그레한 상이군인을 보았다. 그들은 횡대로 정렬하고 있었다. 앞쪽에 사령관이 서 있었는데, 원기 왕성하고 키가 큰 노인으로 원추형 모자를 쓰고 중국식 가운을 입고 있었다. 우리를 보자 그는 다가와서 내게 다정하게 몇 마디 말을 건네고는 다시 지휘를 시작했다. 우리는 멈춰서서 훈련을 지켜보려고 했다. 그러나 그는 곧 뒤쫓아갈 테니 어서 바실리사 예고로브나에게 가라고 권했다. "여기에는 자네들이 볼만한 것이 아무것도 없으니까"라고 그가 덧붙였다.

바실리사 예고로브나는 허물없이 친절하게 맞아주었고 한 백년쯤은 알고 지낸 사이처럼 나를 대했다. 상이군인과 빨라시까가 상을 차렸다. "우리 이반 꾸즈미치가 오늘따라 왜 저리도 훈련에 열심이실까!" 대위 부인이 말했다. "빨라시까, 나리를 식사하시도록 불러라. 그런데 마샤는 어디에 있지?" 그때 통통하게 살찐 얼굴에 홍조를 띤 열여덟살가량의 아가씨가 방으로 들어왔다. 밝은 연갈색 머리칼을 잘 빗어서 귀 뒤로 넘겼는데 귀가 붉게 달아올라 있었다. 첫눈에 그녀는 내 마음에 썩 들지 않았다. 선입견을 가지고 그녀를 바라보았던 것이다. 시바브린은 대위의 딸인 마샤가 완전히 바보라고 내게 이야기했다. 마리야 이바노브나는 구석에 앉아서 수를 놓기 시작했다. 그사이에 수프가 나왔다. 바실리사 예고로브나는 남편이 보이지 않자 빨라시까를 재차 내보냈다. "나리께 말씀드려라, 손님들이 기다리시고 수프가 다 식는다고. 훈련이 어디로 달아나는 것도 아니니까 앞으로도 실컷 고함칠 시간은 충분하다고 말이야." 곧 애꾸눈 노인을 데리고 대위가 나타났다. "이게 뭐예요, 여보?" 아내가 그에게 말했다. "음식이 벌써 옛날에 나왔는데 당신을 부를 수가 없으니." "내 말 좀 들어봐, 바실리사 예고로브나." 이반 꾸즈미치가 대꾸했다. "나는 근무하고 있었단 말이야. 병사들을 훈련시키고 있었다고." "어이구, 됐네요!" 대위 부인이 반박했다.

"병사들 훈련시킨다는 것도 말뿐이지, 그네들이 병사라고 근무할 일도 없거니와 당신도 근무가 뭔지 하나도 모르잖아요. 집에 들어앉아서 하느님께 기도나 드리면 그게 훨씬 나을걸요. 손님 여러분, 이제 식탁으로 가세요."

우리는 식사하기 위해 자리에 앉았다. 바실리사 예고로브나는 단 일분도 쉬지 않고 떠들면서 나에게 질문을 쏟아부었다. 부모님은 누구시며, 아직 살아 계신지, 어디에 살고 재산은 얼마나 되는지? 아버지가 삼백명의 농노를 가졌다는 것을 듣자 "대단하네요!" 하고 그녀가 말했다. "정말로 세상에는 부자들이 있군요! 그런데 우리한테는 말이지, 젊은이, 기껏해야 빨라시까라는 하녀 하나뿐이라오. 하느님 덕분에 간소하나마 꾸려가고 있어요. 한가지 걱정은 우리 마샤랍니다. 시집보낼 때가 되었는데 지참금은 하나도 없으니! 참빗 하나랑 빗자루 한개, 목욕탕 갈 3꼬뻬이까짜리 동전 하나가 다이니. (주여, 용서하소서!) 좋은 사람을 찾으면 정말 다행인데, 아니면 시집도 못 가고 혼기를 놓친 노처녀로 그저 늙게 되겠지요." 나는 마리야 이바노브나를 슬쩍 바라보았다. 그녀는 얼굴이 온통 빨개져서 접시 위로 눈물까지 똑똑 떨구고 있었다. 나는 그녀가 안쓰러웠다. 그래서 서둘러 화제를 바꿨다. "제가 듣기에는," 나는 상당히 자리에 걸맞지 않는 말을 했다. "바시끼르인들이 이 요새를 공격할 계획이라고 하던데요." "이보게, 자네는 누구한테서 그 소리를 들었나?" 이반 꾸즈미치가 물었다. "오렌부르그에서 다들 그렇게 이야기하고 있었습니다." 내가 대답했다. "헛소리야!"

사령관이 말했다. "우리는 아무런 소리도 못 들은 지 오래됐어. 바시끼르인들은 겁을 잔뜩 먹었고 끼르기즈인들은 단단히 혼이 났지. 아마도 우리를 건드리지 못할 거야. 만약 불시에 쳐들어온다면 내가 아주 뜨거운 맛을 보여주어서 한 십년은 잠잠하게 만들어줄 거야." "그러면 부인께서도 두렵지 않으신가요?" 나는 대위 부인을 향해서 말을 이었다. "이렇게 위험에 처한 요새에 있는 것이 말입니다." "익숙해졌다오, 젊은이." 그녀가 대답했다. "연대에서 우리를 이곳으로 보낸 지도 어언 이십년인데 내가 그 저주받을 이교도들을 얼마나 무서워했는지, 정말 질색이야! 멀리서 스라소니 털모자가 보이기만 해도, 멀리서 그놈들의 쩨지는 소리를 듣기만 해도, 하느님 아버지, 심장이 그대로 멎는 것만 같았다니까! 하지만 지금은 이미 익숙해져서 악당들이 요새 근처를 싸돌아다닌다고 와서 알려준다 해도 이 자리에서 한치도 움직이지 않을 거예요."

"바실리사 예고로브나는 아주 용감한 여성이오." 시바브린이 점잖게 한마디했다. "이반 꾸즈미치가 그걸 증명할 수 있다오."

"맞아, 알겠나," 이반 꾸즈미치가 말했다. "이 아주머니가 겁쟁이는 아니지."

"그럼 마리야 이바노브나는요?" 내가 물었다. "두분처럼 용감한가요?"

"마샤가 용감하냐고요?" 그녀의 모친이 대답했다. "아니지요. 마샤는 겁쟁이랍니다. 아직까지도 소총 사격 소리를 듣지 못하는 걸요. 어찌나 덜덜 떠는지 말입니다. 이년 전 내 명명일에 이반 꾸즈미치가 대포를 쏘자는 생각을 해냈는데, 이 애가, 아유 예쁜 것, 얼마나 무서워하던지 하마터면 저세상에 갈 뻔했었다니까요. 그때부터 그 빌어먹을 대포는 쏘지 않고 있어요."

우리는 식탁에서 일어섰다. 대위와 대위 부인은 잠자러 갔다. 나는 시바브린의 숙소로 가서 저녁 시간을 그와 함께 보냈다.

4장
결투

"정 그렇다면, 자세를 취해.
잘 보라고, 내가 네 몸을 찔러 구멍을 내주는 걸!"
—끄냐즈닌[15]

몇주가 지났다. 벨로고르스끄 요새에서의 생활은 견딜 만한 것이 되었을 뿐 아니라 나아가서 유쾌하기까지 했다. 사령관의 집에서는 마치 가족처럼 나를 맞아주었다. 그들 부부는 진정으로 존경받을 만한 사람들이었다. 이반 꾸즈미치는 신참 병사에서부터 시작해서 장교의 지위까지 올라간 인물로 교육을 받지 못한 단순한 사람이었으나 더없이 정직하고 선량한 사람이었다. 아내가 그를 틀어쥐고 있었는데 이는 무사태평한 그의 성품과 잘 어울렸다. 바실리사 예고로브나는 군대 일도 가정을 돌보는 일과 똑같다고 생

15 끄냐즈닌의 희곡 『괴짜들』(*Чудаки*, 1793)에서 인용.

각해서 자신의 작은 가정을 꾸려나가는 것과 똑같이 요새를 관리했다. 마리야 이바노브나는 내 앞에서 수줍어하기를 곧 그만두었다. 우리는 서로에 대해 알아나갔다. 나는 그녀가 생각이 깊고 감수성이 풍부한 아가씨임을 알게 되었다. 알지 못하는 사이에 조금씩 나는 이 선량한 가족에 애착을 갖게 되었고 수비대의 애꾸눈 하사인 이반 이그나찌이치에 대해서도 마찬가지였다. 이 상이군인 하사가 바실리사 예고로브나와 용납할 수 없는 관계를 맺고 있는 것처럼 시바브린이 꾸며댄 적이 있었다. 물론 거기에는 추호의 진실 비슷한 것도 없었다. 그러나 시바브린은 개의치 않았다.

나는 장교로 임명되었다. 근무는 힘겹지 않았다. 신의 가호를 받는 이 요새에는 사열도, 훈련도, 보초 근무도 없었다. 사령관은 기분이 내킬 때면 가끔씩 병사들을 훈련시켰는데 병사 전원이 어디가 오른쪽이고 어디가 왼쪽인지 알도록 한다는 목표를 아직도 달성하지 못해서 병사들 상당수가 훈련할 때마다 실수하지 않기를 빌면서 성호를 긋는 판이었다. 시바브린에게는 프랑스어 책이 몇 권 있었다. 나는 그 책들을 읽기 시작했는데 내 마음속에서 문학을 향한 열정이 눈을 떴다. 아침이면 책을 읽고 번역 연습을 했는데 때로는 시를 써보기도 했다. 점심식사는 거의 항상 사령관의 집에서 먹었는데 오후의 나머지 시간을 보통 그 집에서 보냈다. 저녁이면 이따금 게라심 신부가 온 동네에서 벌어지는 일이라면 빠삭하게 꿰고 있는 소식통인 아내 아꿀리나 빰필로브나와 함께 모습을 드러내곤 했다. A. I. 시바브린과는 물론 매일 보고 지냈다. 그러나 시간이 흐를수록 나는 그가 늘어놓는 이야기들에 점점 흥미를 잃게 되었다. 그가 사령관 가족에 대해 늘 던지는 농담들이 전혀 마음에 들지 않았고 특히 마리야 이바노브나에 관한 신랄한 말들이 듣기 싫었다. 요새에는 달리 교제할 사람들이 없었고 나는 다른 교유를 원하지도 않았다.

예견에도 불구하고 바시끼르인들은 폭동을 일으키지 않았다. 요새 주변은 잠잠하기만 했다. 그런데 예상치 못한 불화가 평화를 깨뜨렸다.

내가 문학에 심취해 있었음은 이미 말한 바 있다. 나의 습작들은 당시로서는 상당한 수준에 이르러서 몇년 후에 알렉산드르 뻬뜨로비치 쑤마로꼬프[16]도 아주 칭찬했을 정도였다. 어느날 나는 아주 만족스러운 시 한편을 지었다. 글을 쓰는 사람들이 조언을 구한다는 핑계로 호의적인 독자를 찾는다는 것은 잘 알려진 사실이다. 그래서 나는 시를 옮겨 적은 다음 시바브린에게 가져갔는데, 그는 요새 안에서 시인의 작품을 평가할 수 있는 유일한 사람이었다. 짤막하게 서두를 늘어놓은 다음 나는 주머니에서 작은 공책을 꺼내 그에게 다음과 같은 시구절을 들려주었다.

사랑의 상념을 끊으려 하며
아름다운 그녀를 잊으려 애쓰네,

16 А. П. Сумароков(1718~77). 러시아 고전주의의 대표 시인이자 극작가.

아아, 마샤로부터 도망쳐
자유를 얻고 싶다는 생각뿐!

그렇지만 나를 사로잡은 그 눈동자,
언제나 내 앞에 있네
그 눈동자 내 영혼을 뒤흔들며
나의 평온을 무너뜨리네.

그대여 나의 불행을 알면
마샤, 나를 가엾게 여겨주오
공연히 나를 이 잔인한 운명 속에 두고 있으니
나는 이미 당신의 포로인 것을.[17]

"어떻게 생각하나?" 으레 뒤따르는 공물처럼 칭찬을 기대하며 나는 시바브린에게 물었다. 그런데 보통 관대하게 구는 시바브린이 정말 분하게도 내 시가 좋지 않다고 단호하게 선언하는 것이었다.

"어째서 그렇지?" 분한 마음을 감추며 그에게 물었다.

"왜냐하면," 그가 대답했다. "그런 시는 내 스승인 바실리 끼릴리치 뜨레지야꼽스끼[18]에게 어울리기 때문이지. 자네 시는 그분의

17 이 시는 1780년 작가 니꼴라이 노비꼬프(Н. И. Новиков, 1744~1818)가 간행한 출꼬프의 『새로운 러시아 노래 모음집』(*Новое и полное собрание российских песен*)에 실린 로망스를 개작한 것임.

18 В. К. Тредиаковский(1703~69). 러시아 시 작법 개혁에 기여한 고전주의 시인.

연애시 구절들을 연상시키는군."

그러더니 그는 내 공책을 들고서 가장 가시 돋친 방식으로 나를 조롱하며 한 구절 한 구절, 단어 하나하나를 혹독하게 꼬집기 시작했다. 나는 참지 못하고 그의 손에서 공책을 빼앗고 앞으로는 그에게 절대로 내 글을 보여주지 않겠다고 말했다. 시바브린은 이 협박마저도 비웃었다. "두고 보자고." 그가 말했다. "자네가 그 말을 과연 지킬 수 있는지 말이야. 시를 쓰는 사람에게는 독자가 필요한 법이거든. 마치 이반 꾸즈미치에게 점심식사 전에 보드까 술병이 필요한 것처럼 말이야. 그런데 자네가 그토록 상냥한 정열과 운명적인 사랑을 늘어놓고 있는 그 마샤가 대체 누구지? 설마 마리야 이바노브나는 아니겠지?"

"이 마샤가 누구든," 나는 눈썹을 찡그리며 대답했다. "자네가 상관할 바가 아니야. 자네의 견해나 추측은 사양하겠어."

"아하! 자존심이 강한 시인이시며 수줍은 연인이시군그래!" 갈수록 내 신경을 더욱더 자극하며 시바브린이 말을 계속했다. "하지만 우정 어린 내 충고를 들어봐. 만일 자네가 사랑을 쟁취하고 싶으면 노래 따위로 공략하는 짓은 그만두라고 충고하네."

"대체, 자네, 그게 무슨 뜻인가? 설명해보게."

"기꺼이 설명해주고말고. 마샤 미로노바가 어둑어둑할 때 자네를 찾아오게 만들고 싶으면 말랑말랑한 시보다는 귀걸이 몇개라도

창작에 있어서는 이류로 평가받음.

그녀에게 선물하란 뜻이야."

나는 피가 끓어올랐다. "자네는 도대체 왜 그녀에 대해 그리 생각하는 거지?" 나는 간신히 분노를 억제하며 물었다.

"왜냐하면," 그는 악랄하기 짝이 없는 비웃음을 머금고 대답했다. "경험으로 그 여자의 성격과 버릇을 알기 때문이지."

"거짓말, 이 비열한이!" 나는 미친 듯이 소리쳤다. "자넨 정말 수치스럽기 짝이 없는 거짓말을 늘어놓는군."

시바브린의 얼굴 표정이 싹 바뀌었다. "자넨 그 말을 그냥 넘길 수 없을 걸세." 그는 내 팔을 꽉 잡으며 말했다. "당신은 내 결투 신청에 응해야 할 거요."

"좋아, 언제든지!" 나는 기뻐하며 대답했다. 바로 그 순간 나는 그를 갈기갈기 찢어버릴 준비가 되어 있었다.

나는 그 즉시 이반 이그나찌이치를 찾아갔고 두 손에 바늘을 들고 있는 그를 만났다. 사령관 부인의 부탁으로 그는 겨울에 먹을 버섯을 말리기 위해 실에 꿰던 참이었다. "아니, 뾰뜨르 안드레이치 아니십니까!" 나를 보자 그가 말했다. "잘 오셨습니다! 무슨 바람이 불어서 저를 찾으셨는지? 무슨 일인지 여쭤도 될까요?" 나는 알렉세이 이바니치와 말다툼이 있었음을 짤막하게 설명했고 그, 즉 이반 이그나찌이치에게 결투 입회인이 되어달라고 부탁했다. 이반 이그나찌이치는 하나밖에 없는 눈을 나를 향해 둥그렇게 뜨고서 내 말을 주의 깊게 들었다. "그러니까 장교님께서는," 그가 내게 말했다. "알렉세이 이바니치를 찔러버리고 싶은데 제가 그 자리에 입회해주길 바라신다는 말씀 아닙니까? 그렇지요? 실례지만."

"바로 그렇소."

"제발이지, 뾰뜨르 안드레이치! 무슨 일을 벌이려는 겁니까! 장교님과 알렉세이 이바니치가 서로 욕을 퍼붓고 싸우셨나요? 아주 큰 난리로군요! 욕지거리는 대문에 내걸리지 않는 법이지요. 그자가 장교님에게 퍼부으면 장교님께서도 그자에게 한바탕 대거리해주면 될 거 아닙니까. 그자가 장교님의 주둥이를 갈기면 장교님은 그자의 귓등을 후려치고, 그렇게 주거니 받거니, 주거니 받거니 하다가 제 갈 길로 가면 됩니다. 그러고 나면 우리가 두분을 화해시키지요. 아니, 친한 사람을 칼로 찌르는 것이 과연 제대로 된 일인지, 실례지만, 안 그렇습니까요? 그리고 장교님께서 그자를 정말로 찌른다면 퍽이나 좋기도 하겠습니다. 알렉세이 이바니치야 멋대로 하고 싶은 대로 하라지요. 저부터도 그자를 별로 좋아하지 않으니까요. 하지만 만약 그자가 당신 몸에 구멍을 내버린다면? 그렇게 되면 대체 그게 무슨 꼴이겠습니까? 그러면 대체 누가, 실례지만, 바보가 되겠느냐고요?"

하사의 이야기는 현명했지만 내 마음을 흔들지는 못했다. 나는 뜻대로 하리라고 마음을 굳혔다. "좋을 대로 하십시오." 이반 이그나찌이치가 말했다. "뜻한 대로 하세요. 그런데 제가 왜 그런 일에 입회인이 된답니까? 무슨 이유에서요? 사람들이 치고받고 싸움질하는 것이, 실례지만, 무슨 진기한 볼거리나 된답니까? 저는 스웨덴 전쟁에도 나갔었고 터키 전쟁에도 나갔었지요. 그런 꼴은 실컷

보았습니다."

나는 어떻게든 입회인의 의무를 늘어놓으며 그를 설득하려고 했지만 이반 이그나찌이치는 결국 수긍하지 않았다. "그것은 당신의 뜻이지요." 그가 말했다. "만약에 제가 이 일에 개입하기로 한다면 이반 꾸즈미치에게 달려가서 요새 안에서 국가의 이익에 반하는 만행을 저지르려는 기도가 진행되고 있다는 것을 제 의무로서 보고하지 않으면 안됩니다. 그렇게 되면 사령관께서는 응당한 조치를 취해야만 하지 않겠습니까……"

나는 깜짝 놀라서 사령관에게는 아무 말도 하지 말아달라고 이반 이그나찌이치에게 부탁하기 시작했다. 나는 가까스로 그를 설득했고 그는 나에게 약속을 했다. 나는 그를 포기하기로 마음먹었다.

그날 저녁, 여느 때와 마찬가지로 사령관의 집에서 시간을 보냈다. 나는 아무런 의심도 받지 않고 성가신 질문들도 피하려는 생각으로 쾌활하고 무심한 듯 보이려고 애를 썼다. 하지만 나의 입장에 놓인 사람들이 거의 항상 우쭐대며 과시하려 들기 마련인 그 냉정함을 나는 가지고 있지 못했다는 것을 인정해야겠다. 그날 저녁 나는 따스하고 다정하며 감상적인 것에 끌리고 있었다. 보통 때보다 마리야 이바노브나가 마음에 더욱 깊이 들어왔다. 어쩌면 그녀를 마지막으로 보는 것이라는 생각이 나의 눈에 비친 그녀의 모습에 뭔가 감동적인 것을 더해주었다. 시바브린도 그곳에 모습을 나타냈다. 나는 그를 한쪽으로 데려가 이반 이그나찌이치와 나눈 대화 내용을 알려주었다. "우리한테 입회인이 왜 필요하지?" 그가 내게 건조하게 말했다. "입회인 없이 하도록 하지." 우리는 요새 근처에 있는 난가리 뒤에서 결투를 벌이기로 합의했고 다음날 아침 6시에 그곳에서 보기로 약속했다. 겉으로 보기에 우리가 아주 친밀하게 대화를 나누고 있었으므로 이반 이그나찌이치가 기뻐서 무심코 입을 열고 말았다. "진작 그랬어야지요." 그는 만족스럽게 내게 말했다. "얄팍한 평화가 좋은 말싸움보다 나은 법이니까 말입니다. 부당해도 건강은 남으니까요."

"뭐, 뭐라고요, 이반 이그나찌이치?" 구석에서 카드점을 보던 사령관 부인이 말했다. "잘 못 들었어요."

내 얼굴에서 불만의 표정을 알아차리고 자신의 약속을 떠올린 이반 이그나찌이치는 당황해서 뭐라 대답해야 할지 몰라했다. 시바브린이 재빨리 그를 도우러 나섰다.

"이반 이그나찌이치는," 그가 말했다. "우리가 화해한 것을 칭찬하는 겁니다."

"그럼 당신은 누구와 싸웠나요?"

"뾰뜨르 안드레이치와 꽤 크게 다투었습니다."

"무슨 일로?"

"정말로 하찮은 일 때문이지요. 노래 한곡 때문이었답니다, 바실리사 예고로브나."

"정말 대단한 싸울 건수를 발견했군요! 노래 한곡 때문이라니……! 대체 어찌 된 일인데요?"

"바로 이렇게 된 겁니다. 뾰뜨르 안드레이치가 얼마 전에 노래 한곡을 지었는데 오늘 제게 들려주었지요. 그래서 저는 제 애창곡을 한 곡조 뽑았습니다.

> 대위의 딸이여
> 한밤중에는 밖에 산책 나가지 마시라.[19]

그리고 서로 틀어지기 시작했습니다. 뾰뜨르 안드레이치는 화를 냈지만 조금 후에는 누구나 자기 좋을 대로 노래 부를 자유가 있다는 데 생각이 미쳤지요. 그렇게 다 끝난 겁니다."

시바브린의 후안무치함에 나는 거의 광분할 지경이었다. 그렇지만 나를 제외하고는 그 누구도 그의 천박한 암시를 알아차리지 못했다. 최소한 아무도 그 암시에 관심을 기울이지 않았다. 노래로 인해 시작된 대화는 시인들에 대한 것으로 이어졌다. 사령관은 시인들이란 몽땅 허황된 알코올중독자들이라면서 내게 시 쓰는 일을 그만두라고 허물없는 친구처럼 충고했다. 근무를 방해할 뿐 그 어떤 좋은 결과도 가져오지 않는다는 것이었다.

시바브린이 그 자리에 있다는 것이 참을 수 없었다. 나는 곧 사령관과 그의 가족과 작별을 나누었다. 숙소로 돌아오자 나는 긴 칼을 잘 살펴보고 칼끝을 시험해본 다음 싸벨리치에게 6시에 깨우라 이르고는 잠자리에 들었다.

---

19 이반 쁘라치(Иван Прач)의 『러시아 민요집』(*Собрания народных русский песен*, 1790)에 실린 민요.

다음날 예정된 시각에 나는 이미 낟가리 뒤에 서서 적수를 기다리고 있었다. 곧이어 그도 나타났다. “발각될 수도 있어.” 그가 말했다. “서두르자고.” 우리는 제복을 벗고 조끼 차림으로 서서 칼을 뽑아들었다. 바로 그때 낟가리 뒤에서 이반 이그나찌이치와 상이군인 다섯명이 불쑥 모습을 드러냈다. 그는 우리에게 사령관에게 출두할 것을 요구했다. 우리는 분통이 터지는 가운데에도 고분고분히 말을 따랐다. 군인들에 에워싸여서 우리는 이반 이그나찌이치를 따라 요새로 향했다. 이반 이그나찌이치는 놀라울 정도로 거드름을 피우며 걸으면서 짐짓 엄숙하게 우리를 인솔했다.

우리는 사령관의 집으로 들어섰다. 이반 이그나찌이치는 엄숙하게 “데려왔습니다!” 하고 알리면서 문을 열었다. 우리를 맞이한 것은 바실리사 예고로브나였다. “아 참, 이 사람들 좀 보게! 이게 도대체 무슨 일이란 말이에요? 예? 뭐냐고요? 우리 요새 안에서 살인을 저지르려 들다니! 이반 꾸즈미치, 당장 이 두사람을 체포하도록 해요! 뾰뜨르 안드레이치! 알렉세이 이바니치! 어서 칼들을 내놔요. 내놔요, 내놓으라니까. 빨라시까야, 이 칼들을 광에 갖다놓아라. 뾰뜨르 안드레이치! 난 당신이 이런 짓을 할 줄은 꿈에도 몰랐어요. 부끄럽지도 않나요? 알렉세이 이바니치야 뭐 그렇다고 칩시다. 저 사람은 살인죄를 짓고 근위대에서 쫓겨난 인물인데다가 하느님도 믿지 않는 사람이니까. 하지만 당신이 대체 왜 이런 짓을? 무슨 일에 말려든 거예요?”

이반 꾸즈미치는 아내에게 전적으로 동의하면서 선언했다. “자네, 내 말 들어보게. 바실리사 예고로브나의 말이 옳아. 결투 행위는 군사형법[20]에서 공식적으로 금하고 있어."

그러는 사이에 빨라시까가 우리의 군도를 모아서 들고 광으로 가져가버렸다. 나는 웃지 않을 수 없었다. 시바브린은 거만함을 잃지 않고 있었다. "저는 진심으로 당신을 존경하고 있습니다만," 그가 그녀에게 침착하게 말했다. "당신이 우리를 심판하다니 공연히 번거로운 일을 만드는 것이란 점을 말씀드리지 않을 수 없습니다. 이 일을 이반 꾸즈미치에게 맡기십시오. 이것은 그의 업무입니다." "아니! 당신은!" 사령관의 아내가 반박했다. "부부가 일심동체라는 것을 모르나요? 이반 꾸즈미치! 뭘 멍청하게 가만히 서 있는 거예요? 당장 이 두사람을 각각 다른 감방에 집어넣고 빵과 물만 주도록 해요. 어리석은 생각이 싹 달아나게 말이에요. 게라심 신부님이 이들에게 보속補贖을 내리도록 하는 것도 좋겠어요. 하느님 앞에서 용서를 구하는 기도를 드리고 사람들 앞에서 회개하도록 말이에요."

이반 꾸즈미치는 어떤 결정을 내려야 할지 몰랐다. 마리야 이바노브나는 굉장히 창백했다. 한바탕 소동도 점차 가라앉았다. 사령관 부인은 흥분을 가라앉혔고 우리가 서로 입을 맞춰야 한다고 고집을 피웠다. 빨라시까가 우리의 칼을 다시 가져왔다. 우리는 겉으로 보기에는 화해한 사람들처럼 행동하며 사령관의 집을 나왔

20 1716년에 공포되어 1839년까지 시행된 군법을 말함.

다. 이반 이그나찌이치가 우리와 동행했다. "당신은 부끄럽지도 않소?" 나는 화가 나서 말했다. "보고하지 않겠다고 내게 약속을 해 놓고 사령관에게 우리 일을 일러바치다니!" "거룩하신 하느님을 두고 말씀드리지만 나는 이반 꾸즈미치에게 이야기하지 않았습니다." 그가 대답했다. "바실리사 예고로브나가 나한테서 죄다 알아냈다오. 그분이 사령관에게 알리지도 않고 모든 일을 처리했습니다. 어쨌든, 하느님 덕택에 이렇게 마무리됐으니 잘된 일이오." 이 말을 하고 나서 그는 집으로 향했고 시바브린과 나 둘만이 남았다. "우리 일을 이렇게 끝낼 수는 없지." 나는 그에게 말했다. "물론이지." 시바브린이 대답했다. "당신은 피로써 그 무례함의 댓가를 내게 치러야 할 거요. 하지만 아마도 우리를 감시하려 들 테니 며칠 동안 조심해야 할 거요. 그럼 잘 가시오!" 우리는 마치 아무 일도 없었다는 듯이 이렇게 헤어졌다.

사령관의 집으로 돌아와서 나는 으레 그랬듯이 마리야 이바노브나 곁에 앉았다. 이반 꾸즈미치는 집에 없었다. 바실리사 예고로브나는 집안일로 바빴다. 우리는 낮은 목소리로 이야기를 나누었다. 마리야 이바노브나는 나와 시바브린 사이의 다툼이 모두에게 불러일으킨 불안에 대해서 다정하게 이야기했다. "저는 거의 기절할 뻔했어요." 그녀가 말했다. "당신들 두사람이 긴 칼을 가지고 싸우려고 한다는 이야기를 들었을 때 말이에요. 정말로 남자들은 이상해요! 일주일이 지나면 까맣게 잊어버릴 것이 분명한 말 한마디 때문에 칼싸움을 할 각오를 하다니. 그렇게 해서 자신의 목숨과 양심을 희생할 뿐 아니라 다른 사람의 행복까지도…… 하지만 당신이 말싸움의 원인을 제공한 장본인이 아니라고 저는 확신해요. 잘못한 사람은 알렉세이 이바니치가 분명해요."

"그런데 당신은 왜 그렇게 생각하나요, 마리야 이바노브나?"

"왜냐하면…… 그는 비웃기를 즐기는 사람이니까요! 저는 알렉세이 이바니치를 좋아하지 않아요. 그 사람이 아주 싫어요. 그런데 이상하지요. 그 사람도 저를 그렇게 안 좋아하는 것은 절대로 원치 않거든요. 그렇게 된다면 무서울 거예요."

"그런데 당신은 어떻게 생각하는지, 마리야 이바노브나? 그 사람이 당신을 좋아하나요, 좋아하지 않나요?"

마리야 이바노브나는 말을 잇지 못하고 더듬거렸고 얼굴이 빨개졌다.

"제 생각에는," 그녀가 말했다. "저를 좋아하는 것 같아요."

"왜 그렇게 생각하지요?"

"그 사람이 저에게 청혼했기 때문이지요."

"청혼했다고요! 그자가 당신에게 청혼을 했습니까? 언제요?"

"작년에요. 당신이 오기 두달 전쯤."

"그런데 당신이 거절했나요?"

"보시다시피요. 알렉세이 이바니치는 물론 똑똑한 사람이고 집안도 좋고 재산도 가졌지요. 하지만 생각해보니까 머리에 화관을 쓰고 모두가 보는 앞에서 그 사람과 입을 맞춰야 하잖아요…… 절대로요! 어떤 행복이 주어진다 해도 그건 절대로 싫었어요!"

마리야 이바노브나의 이야기는 나의 눈을 뜨이게 했고 많은 것을 설명해주었다. 나는 시바브린이 그녀에 대해 지칠 줄 모르고 악담을 늘어놓던 이유를 알게 되었다. 아마도 그는 우리가 서로에게 끌리고 있음을 알아차리고 우리를 떼어놓으려고 애를 쓴 모양이었다. 우리의 다툼에 원인을 제공한 그의 말이 천박하고 뻔뻔스러운 희롱을 넘어서 계획적인 중상을 담고 있음을 알게 되자 한층 더 추악하게 느껴졌다. 파렴치한 독설가를 응징하고자 하는 열망이 내 안에서 더욱 강렬해졌고 나는 조급한 마음으로 좋은 기회를 찾기 시작했다.

나는 오래 기다리지 않아도 되었다. 다음날 내가 엘레지를 쓰기 위해 자리에 앉아서 운을 떠올리려 애쓰며 펜을 물어뜯고 있으려니 시바브린이 창문을 두드렸다. 나는 펜을 멈추고 칼을 움켜쥔 다음 그에게 달려나갔다. "미룰 이유가 없지 않나?" 시바브린이 내게 말했다. "우리를 감시하지 않는 모양이야. 강으로 가세. 거기라면 아무도 방해하지 않을 거야." 우리는 말없이 강으로 향했다. 가파른 오솔길을 내려가서 우리는 강 바로 옆에 멈춰섰고 칼을 뽑아들었다. 시바브린이 칼을 다루는 기술이 더 능숙했으나 나는 힘이 더 좋았고 더 용감했다. 그리고 병사로 근무한 적이 있었던 므시외 보프레가 격검술을 몇차례 가르쳐준 적이 있어서 그때 배운 것을 활용했다. 시바브린은 내가 그처럼 위협적인 적수가 되리라고는 생각하지 못했다. 꽤 시간이 흐르도록 우리는 서로에게 아무런 위해도 입히지 못하고 있었다. 마침내 시바브린이 지쳐가는 것을 알아챈 나는 적극적으로 공격에 나섰고 그를 강 바로 옆까지 바싹 몰아붙였다. 갑자기 나는 커다랗게 내 이름을 부르는 소리를 들었다. 돌아보니 싸벨리치가 언덕으로 이어지는 오솔길을 뛰어내려오고 있었다…… 바로 그 순간 오른쪽 어깨 아래 가슴을 강하게 찔렸다. 나는 쓰러졌고 정신을 잃었다.

5장
사랑

아아, 그대, 아가씨, 아름다운 아가씨!
젊어서는, 아가씨, 시집가지 마라
물어보렴, 아가씨, 아버지와 어머니께
아버지와 어머니께, 일가와 친척에게
지혜와 분별을, 아가씨, 갖추려무나
지혜와 분별이 지참금이란다.
—민요

나보다 나은 사람을 만나면 날 잊어주고
나보다 못한 사람을 만나면 날 기억해주오.
—민요

눈을 뜨고 나서 잠시 동안 나는 제정신을 차릴 수 없었고 나에게 무슨 일이 벌어졌는지 이해할 수 없었다. 낯선 방 안에서 침대에 누워 있었는데 스스로 아주 나약한 상태임을 느꼈다. 내 앞에는 싸벨리치가 두 손에 양초를 들고 서 있었다. 누군가 내 가슴과 어깨에 두른 붕대를 조심스럽게 풀고 있었다. 차츰 사고가 명료해졌다. 나는 결투를 기억해냈고 부상을 입었음을 짐작했다. 이때 문이 삐걱거렸다. "그래, 좀 어떤가요?" 한 목소리가 속삭이듯 말했는데 그 목소리를 듣자 몸이 떨리기 시작했다. "마찬가지입니다." 한숨을 내쉬며 싸벨리치가 대답했다. "계속 의식이 없어요. 벌써 닷새째입니다." 나는 고개를 돌리려고 했으나 돌릴 수 없었다. "여기가 어디야? 누가 있지?" 나는 간신히 말했다. 마리야 이바노브나가 내가 누워 있는 침대로 다가와 몸을 숙였다. "뭐라고 하셨어요? 좀 어떠세요?" 그녀가 말했다. "덕분에." 약한 목소리로 내가 대답했다. "마리야 이바노브나, 당신인가요? 말해주세요……" 나는 말을 이을 힘이 없어서 입을 다물었다. 싸벨리치가 아아 하고 외쳤다. 그의 얼굴에 기쁨의 빛이 넘쳤다. "정신이 드셨군요! 정신이 드셨어!" 그가 거듭 말했다. "도련님, 다행입니다요! 아이고, 뾰뜨르 안드레이치 도련님! 저를 얼마나 놀라게 하셨는지 아시나요! 정말 큰일 아닌가요? 닷새째라니……!" 마리야 이바노브나가 그의 말을 가로막았다. "그분께 말을 많이 시키지 마세요, 싸벨리치." 그녀가 말했다. "아직 몸이 좋지 않아요." 그녀는 밖으로 나가며 조용히 문을 닫았다. 나의 생각이 뛰놀기 시작했다. 그러니까 나는 사령관 집에 있는 것이고 마리야 이바노브나가 나를 보러 들어왔다. 나는 싸벨리치에게 몇가지 질문을 하려고 했으나 노인네는 고개를 가로저으며 자기 귀를 막아버렸다. 나는 괘씸하게 여기며 눈을 감았고 곧 잠에 빠져들었다.

잠에서 깨어난 나는 싸벨리치를 불렀다. 그런데 싸벨리치 대신에 내 앞에 있는 마리야 이바노브나를 발견했다. 천사 같은 그녀의 목소리가 인사를 건넸다. 그 순간 나를 사로잡은 달콤한 감정은 이루 표현할 수가 없다. 나는 그녀의 손을 움켜쥐고 감동의 눈물로 적시며 내 얼굴에 갖다댔다. 마샤는 손을 뿌리치지 않았다…… 그리고 갑자기 그녀의 작은 입술이 내 뺨을 스쳤고 나는 뜨겁고 상큼

한 입맞춤을 느꼈다. 뜨거운 열기가 몸을 훑고 지나갔다. "사랑스러운, 예쁜 마리야 이바노브나," 내가 그녀에게 말했다. "나의 아내가 되어주오. 나의 행복을 허락해주세요." 그녀는 생각에 빠졌다. "진정하세요." 자신의 손을 내 손에서 빼내고 나서 그녀가 말했다. "당신은 아직 위험한 상태예요. 상처가 벌어질 수 있어요. 저를 위해서라도 몸을 소중히 해주세요." 이 말을 하고서 그녀는 나갔다. 나를 황홀한 기쁨 속에 남긴 채. 행복감이 나를 소생시켰다. 그녀는 나의 것이 된다! 그녀가 나를 사랑해! 이 의미가 나의 모든 존재를 가득 채웠다.

그때부터 나는 시시각각으로 호전되었다. 요새에는 다른 의사가 없었기 때문에 의생 노릇을 겸하고 있던 연대 이발사가 나를 치료했는데 다행하게도 그는 잘난 척하지 않았다. 젊음과 천성이 나의 회복을 빠르게 했다. 사령관 가족 모두가 나를 돌봐주었다. 마리야 이바노브나는 곁을 떠나지 않았다. 물론 나는 첫번째로 다가온 좋은 기회를 이용해서 미처 다 하지 못한 고백을 했고 마리야 이바노브나는 한결 더 참을성 있게 이야기를 다 들어주었다. 그녀는 진정으로 나에게 호감을 가지고 있음을 아무런 꾸밈 없이 인정했고 그녀의 부모님이 당연히 그녀의 행복을 기뻐해줄 것이라고 말했다. "하지만 잘 생각해보세요." 그녀가 덧붙였다. "당신의 가족들 쪽에서 아무 반대가 없을까요?"

나는 생각에 잠겼다. 나는 어머니의 다정다감함을 의심하지 않았다. 그러나 아버지의 성격과 사고방식을 아는 나로서는 나의 사랑이 부친의 마음을 전혀 움직이지 못하리라는 것, 아버지가 나의 연애를 젊은이의 느닷없는 변덕쯤으로 치부할 것이라는 생각이 들었다. 나는 이 점을 솔직하게 마리야 이바노브나에게 인정했고 그렇지만 아버지에게 최대한 감동적인 편지를 써서 부모님의 축복을 빌기로 결심했다. 내가 편지를 마리야 이바노브나에게 보여주자 그녀는 편지가 아주 확신에 차 있고 감동적이므로 성공을 의심치 않는다고 말했다. 그리고 젊음과 사랑이 지니는 모든 순진한 믿음과 더불어 자신의 따뜻한 마음에서 우러나오는 감정들에 의지하는 것이었다.

시바브린과는 내가 회복한 바로 첫날 화해했다. 이반 꾸즈미치는 결투에 대해 잔소리하면서 이렇게 말했다. "이봐, 뾰뜨르 안드레이치! 자네를 체포해서 구금해야 마땅한데 말이야, 자네는 안 그래도 이미 처벌받은 셈이잖나. 하지만 알렉세이 이바니치는 곳간에 가두어놓고 감시도 붙여두었지. 그의 칼은 바실리사 예고로브나가 자물쇠를 채워놓았고. 거기 앉아서 스스로 잘 생각해보고 뉘우치도록 말일세." 가슴에 미워하는 마음을 품고 있기에는 내가 지나치게 행복했다. 나는 시바브린을 위해 간청하기 시작했고 선량한 사령관은 배우자의 동의하에 그를 풀어주기로 결정했다. 시바브린이 나를 찾아왔다. 그는 우리 사이에 벌어진 일에 대해 심심한 유감의 뜻을 표했고 전적으로 자신에게 잘못이 있음을 인정하고 지나간 일은 잊으라고 내게 청했다. 천성적으로 앙심을 품어두는 사람이 못되는 나는 우리의 다툼도, 그가 입힌 부상도 모두 진심으로 용서해주었다. 그가 늘어놓은 비방 속에서 나는 모욕당한 자존심과 거절당한 사랑의 분노를 보았고 그래서 불행한 적수를 관대하게 용서해준 것이었다.

곧 나는 상태가 많이 좋아져서 숙소로 돌아갈 수 있었다. 나는 내가 보낸 편지에 대한 답장을 애타게 기다리고 있었는데 감히 긍정적인 기대를 걸지 못하면서도 슬픈 예감을 지워버리려 애쓰고 있었다. 바실리사 예고로브나와 그녀의 남편과는 아직 이야기를 나누지 않았다. 그러나 나의 청혼이 그들을 놀라게 하지는 않을 것이 분명했다. 나도 마리야 이바노브나도 그들에게 우리의 감정을 숨기려고 하지 않았고 그들이 동의해줄 것을 미리 확신하고 있었다.

마침내 어느날 아침 싸벨리치가 손에 편지를 들고 방으로 들어왔다. 나는 덜덜 떨며 편지를 움켜쥐었다. 아버지의 글씨로 주소가 쓰여 있었다. 이것은 나로 하여금 무언가 중차대한 것에 대비하도록 했는데 보통의 경우 내게 보내는 편지는 어머니가 썼고 아버지는 끝에 몇줄 적어넣는 식이었기 때문이었다. 한참이나 봉투를 열지 못하고 신중해 보이는 서명을 거듭 읽기만 했다. "나의 아들 뾰뜨르 안드레예비치 그리뇨프에게, 오렌부르그 현, 벨로고르스끄 요새." 나는 필적을 보고 편지가 어떤 마음가짐에서 쓰였는지 알아맞히려고 애를 써보았다. 마침내 편지를 뜯어보기로 결심을 하고 첫 줄을 읽자 만사가 다 틀려버렸음을 알았다. 편지의 내용은 다음과 같았다.

내 아들 뾰뜨르야! 미로노프 대위의 딸 마리야 이바노브나와의 결혼에 대해 우리의 축복과 허락을 구하는 너의 편지는 이달 15일에 받아 보았다. 그리고 나는 축복도 결혼에 대한 허락도 내려줄 의향이 없을 뿐 아니라 네 장교 신분 따위에 아랑곳없이 마치 사내아이 다루듯 너의 막돼먹은 장난질에 대해 제대로 버릇을 가르쳐주기 위해 네가 있는 곳까지 가서 널 면회할 생각이다. 왜냐하면 조국을 지키는 데 사용하라고 하사한 칼을 네놈과 똑같은 패악스러운 악동과 결투를 벌이는 데 사용함으로써 네가 칼을 차고 다닐 자격이 없음을 스스로 입증했기 때문이다. 안드레이 까를로비치에게 당장 편지를 써서 너를 벨로고르스끄 요새에서 어디든 네 바보짓이 얼른 자취를 감출 더 먼 곳으로 전속시켜달라고 요청할 참이다. 너의 어머니는 너의 결투와 부상 소식에 상심한 나머지 병이 나서 지금도 누워 있다. 장차 네가 무엇이 되려느냐? 비록 하느님의 크신 은혜를 감히 기대하지는 못해도 네가 정신 차리기를 신께 기도드린다.

너의 아비 A. G.

이 편지를 읽자 마음속에서 여러가지 감정들이 솟구쳐올랐다. 아버지가 아끼지 않고 사용한 잔인한 표현들이 깊은 모욕감을 주었다. 마리야 이바노브나에 대해 언급하며 보여준 소홀한 태도는 몹시 무례하고 부당하게 생각되었다. 벨로고르스끄 요새에서 나를 전속시키겠다는 말은 내게 공포심을 안겨주었지만 나를 가장 슬프게 만든 것은 어머니가 병석에 계시다는 소식이었다. 나는 싸벨리치에게 화가 났다. 부모님이 분명 그를 통해 내 결투에 관해 알게 되었다고 생각했기 때문이었다. 좁은 방 안을 왔다 갔다 하던 나는 그의 앞에 멈춰서서 위협적으로 눈을 치켜뜨고 말했다. "바로 네놈 때문에 내가 부상을 입고 한달 동안 무덤 옆에 누웠던 것도 모자라서 이제 우리 어머니까지 돌아가시게 만들려는 모양이구나." 싸벨리치는 벼락을 맞은 듯 놀랐다. "천만에요, 도련님," 거의 흐느껴 울다시피하며 그가 말했다. "그게 무슨 말씀이십니까? 도련님이 다치신 게 저 때문이라고요! 제가 알렉세이 이바니치의 칼로부터 도련님을 제 가슴으로 막아드리기 위해서 달려가는 것을 하느님은 보고 계셨습니다요! 그런데 이 빌어먹을 늙은 몸뚱이가 망쳐버린 거지요. 그리고 제가 도련님의 어머니께 대체 뭘 어쨌다고요?" "네가 뭘 어쨌다고?" 내가 대답했다. "누가 너한테 나를 일러바치는 편지를 쓰라고 하더냐? 첩자 노릇 하려고 내 옆에 붙어 있는 거 아니야?" "제가요? 도련님을 일러바치는 편지를 썼다고요?" 싸벨리치가 눈물을 흘리며 대답했다. "하느님 아버지! 그렇다면 나리께서 제게 써 보내신 이 편지를 읽어보시지요. 제가 도련님에 대해 어떻게 일러바쳤는지 알게 될 테니까요." 그러면서 그는 주머니에서 편지를 꺼냈다. 그리고 나는 다음 내용을 읽었다.

부끄러운 줄 알아라, 이 늙은 수캐야. 내가 엄격히 지시했는데도 불구하고 내 아들 뾰뜨르 안드레예비치에 대해 내게 고하지 않다니. 옆에 있던 사람이 어쩔 수 없이 그의 못된 행동에 대해 알려주었다. 네놈이 정녕 그따위로 주인의 뜻을 좇고 네 본분을 하겠다는 말이냐? 진실을 은폐하고 젊은 놈을 묵과한 댓가로 내가 네놈을, 이 늙은 수캐야! 돼지치기로 쫓아버리겠다. 회복되었다고 다른 사람이 알려왔지만 이 편지를 받는 즉시 지금 그의 건강 상태가 어떠한지 답신을 써 보낼 것을 명령한다. 또 정확히 어느 부위를 다쳤는지, 그리고 제대로 치료했는지 써 보내도록 해라.

싸벨리치의 말이 맞았고 내가 괜한 비난과 의심으로 그를 모욕했음이 명백했다. 나는 용서를 빌었지만 노인은 설움에 잠겼다. "이러니 내가 뭐하러 이렇게 오래 살았는지." 그가 되풀이해서 말했다. "주인으로부터 겨우 이런 대접이나 받게 됐단 말이지! 그래, 내가 늙은 수캐이고 돼지치기인데다가 도련님이 부상당하게 만든 원인이라고요? 아니올시다, 뾰뜨르 안드레이치 도련님! 제가 아니라 바로 그 저주받을 므시외에게 모든 죄가 있습니다. 그자가 발을 굴러가며 쇠꼬챙이로 쿡쿡 찌르는 것을 도련님에게 가르치지 않았습니까. 마치 발을 구르면서 쿡쿡 찌르면 악당에게서 자기 몸을 지킬 수나 있다는 듯이 말입니다! 정말이지 므시외를 고용해서 공연한 돈을 낭비할 필요가 분명히 있었던 것이지요!"

그런데 대체 누가 부친에게 내 행동을 알리는 수고를 자청한 것일까? 장군일까? 그러나 그는 나에게 그다지 마음 쓰는 것 같지 않았다. 그리고 이반 꾸즈미치는 나의 결투에 대해 보고할 필요가 없다고 여기고 있었다. 나는 오리무중에 빠진 기분이었다. 나의 의혹이 마침내 시바브린에게 가서 멈추었다. 그런 밀고의 결과로 내가 요새에서 멀리 떠나가고 사령관 가족과 관계가 단절되면 이익을 보는 사람은 단지 그 혼자뿐이었던 것이다. 나는 이 모든 것을 알려주기 위해 마리야 이바노브나에게로 향했다. 그녀는 현관에서 나를 맞이했다. "무슨 일이 있나요?" 나를 보자 그녀가 말했다. "굉장히 창백하군요!" "다 끝났습니다!" 나는 대답하고 그녀에게 아버지의 편지를 건네주었다. 이번에는 그녀의 얼굴이 창백해질 차례였다. 다 읽고 난 후 그녀는 떨리는 손으로 나에게 편지를 돌려주었고 역시 떨리는 목소리로 말했다. "당신과 결혼할 운명이 아니라는 것이 분명하군요…… 당신 부모님은 저를 가족으로 받아들이기를 원치 않으세요. 모든 일에 하느님의 뜻이 이루어지길 기도합니다! 우리에게 무엇이 필요한지 하느님께서 우리보다 더 잘 아시잖아요. 아무 일도 할 필요 없어요. 뾰뜨르 안드레이치, 당신만이라도 부디 행복하길 빌어요……" "그런 일은 없을 겁니다!" 그녀의 손을 꼭 잡으며 나는 소리쳤다. "당신은 나를 사랑합니다. 나는 무슨 일이라도 할 준비가 되어 있어요. 갑시다, 가서 당신 부모님 앞에 무릎을 꿇읍시다. 그분들은 소박한 분들이라 몰인정하고 거만하지 않으시니…… 그분들이 우리를 축복해주실 겁니다. 우리는 교회에서 결혼하는 거예요…… 그리고 차차 시간이 흐르고 우리 둘이 애원하면 분명 아버지의 마음을 돌릴 수 있을 겁니다. 어머니는 우리 편이 되어주실 거고 아버지는 나를 용서하실 것입니다……" "아니에요, 뾰뜨르 안드레이치." 마샤가 대답했다. "당신

부모님의 축복 없이는 당신과 결혼하지 않을 거예요. 그분들이 축복하지 않으시면 당신의 삶에 행복이란 없을 테니까요. 하느님의 뜻에 따르기로 해요. 만일 제가 다른 약혼자를 찾더라도, 혹시 당신이 다른 분을 사랑하게 되더라도 하느님이 당신과 함께하실 거예요, 뾰뜨르 안드레이치. 저는 당신들 두사람을 위해……" 여기서 그녀는 울음을 터뜨리더니 나를 두고 집 안으로 들어가버리고 말았다. 나는 그녀를 따라 안으로 들어가고 싶었지만 나 자신도 추스르지 못할 상태에 있음을 알았기에 발길을 돌이켜서 거처로 돌아오고 말았다.

앉아서 깊은 상념에 빠져 있는데 싸벨리치 때문에 갑자기 생각이 중단되었다. "여기 이것 좀 보십시오, 도련님." 뭔가 가득 적힌 종이를 내밀며 그가 말했다. "제가 주인을 밀고하고 부자지간에 싸움을 일으키려고 애쓰는 놈인지 아실 수 있을 겁니다." 나는 그의 손에서 종이를 받아들었다. 그것은 그가 아버지에게서 받은 편지에 대한 답신이었다. 그 내용은 다음과 같았다.

우리의 자애로우신 아버지, 안드레이 뻬뜨로비치 나리!

당신의 종인 저에게 화를 내시며 주인의 명령을 이행하지 않는 것을 부끄러운 줄 알라고 하신 주인님의 인자하신 편지를 잘 받아 보았습니다. 하지만 저로 말하자면 늙은 수캐가 아니오라 당신의 충실한 종이며 주인님의 명령을 잘 따르고 있고 여태까지 주인님을 항상 열심히 섬겨오면서 백발이 되기까지 살아왔습니다. 제가 뾰뜨르 안드레이치의 부상에 대해서 주인님께 전혀 알리지 않은 것은 쓸데없이 걱정을 끼쳐드리지 않기 위해서였습니다. 그리고 듣자하니 우리의 어머니이신 아브도찌야 바실리예브나 마님께서 충격으로 병환이 나셨다하니 그분 건강을 위해 하느님께 기도를 드리겠습니다. 뾰뜨르 안드레이치의 상처 부위는 오른쪽 어깨 아래 갈비뼈 바로 밑이고 깊이는 1.5베르쇼끄[21]입니다. 강가에서 사령관의 집으로 운반해 그곳에서 누워 계셨고 이곳의 이발사인 스쩨빤 빠라모노프가 치료했습니다. 그리고 지금 뾰뜨르 안드레이치는 하느님 덕분에 건강하시며 그분에 대해서는 좋다는 말 이외에는 아무것도 적을 것이 없을 정도입니다. 들려오는 말에는 지휘관들도 도련님께 아주 만족하신다고 합니다. 그리고 바실리사 예고로브나는 그분을 마치 친아들처럼 아껴주십니다. 그리고 이번에 도련님께 이런 일이 생긴 것은 이미 과거지사이옵니다. 말은 다리가 네개인데도 걸려서 비틀거리지 않습니까. 그리고 저를 돼지우리 돌보는 일을 시키겠다고 쓰셨는데 그것은 주인님께서 뜻대로 하시기 바랍니다. 이것으로 종이 깊이 절을 올립니다.

당신의 충직한 종
아르히프 싸벨리예프

나는 선량한 노인의 글을 읽으며 몇번이고 미소 짓지 않을 수 없

21 1베르쇼끄는 약 4.5센티미터.

었다. 나는 아버지께 답장을 쓸 상태가 되지 못했다. 어머니를 안심시키기 위해서는 싸벨리치의 편지로 충분하다고 생각되었다.

그때부터 나의 상황이 변했다. 마리야 이바노브나는 나와 거의 이야기를 나누려 하지 않았고 온갖 방법으로 나를 피하려 들었다. 사령관 집에 대한 나의 마음이 식어갔다. 나는 점점 숙소에 혼자 앉아 있는 것에 익숙해졌다. 처음에 바실리사 예고로브나는 그런 나를 나무랐지만 내가 고집을 부리자 내버려두었다. 이반 꾸즈미치와는 근무상 필요할 때만 만났다. 시바브린을 마주치는 일은 드물었고 내키지도 않았다. 더더구나 그가 마음속에 나에 대한 적의를 감추고 있음을 알아챈 뒤로는 나의 의혹을 확신함과 동시에 더욱 그를 꺼리게 되었다. 나의 생활은 정말 견딜 수 없는 것이 되었다. 고독과 무위가 빚어내는 음울한 상념들 속으로 나는 빠져들어갔다. 나의 사랑은 외로움 속에서 더욱 뜨겁게 불타올랐고 시간이 갈수록 더욱 고통스러운 것이 되었다. 독서와 문학에 대한 흥미도 잃어버렸다. 나의 영혼은 추락해버렸다. 나는 이러다가 미쳐버리거나 방탕한 생활에 빠지게 되지는 않을까 두려웠다. 그런데 내 인생 전체에 중요한 영향을 끼친 뜻밖의 사건이 일어나 나의 영혼에 돌연 강력하고도 유익한 충격을 안겨주었다.

6장
뿌가초프의 난

이보게, 젊은이들, 들어보게나
우리 늙은이들이 이야기하려는 것을.
—노래[22]

내가 목격자가 된 그 기묘한 사건을 기술하기에 앞서 1773년 말에 오렌부르그 현이 처해 있던 상황에 대해서 몇마디 해야 할 필요성을 느낀다.

이 광활하고 자원이 풍부한 현에는 겨우 최근에 와서야 러시아 군주의 통치권을 인정하게 된 거의 야만에 가까운 많은 민족이 살고 있었다. 법과 시민 생활에 익숙하지 않은 그들은 시시때때로 폭동을 일으키며 무분별하고 잔혹하게 행동했고 정부 측에서는 그들을 복종시키기 위해 끊임없이 감시했다. 필요하다고 판단된 장소

22 출꼬프 『러시아 노래 모음집』 중 까잔 점령에 관한 노래의 첫 대목.

에 요새들이 세워졌고 대부분의 요새가 야이끄 강 유역의 오랜 소유자였던 까자끄인들로 채워졌다. 그러나 이 지역의 평화와 안전을 지킬 의무를 가지고 있던 야이끄 까자끄들이 언젠가부터 정부에 불온하고 위험한 국민이 되어버렸다. 1772년에 까자끄인들의 주요 소도시에서 반란이 일어났다. 폭동의 원인은 까자끄 군대를 응당하게 복종시키기 위해서 뜨라우벤베르그 육군 소장이 취한 가혹한 조치 때문이었다. 그 결과 뜨라우벤베르그는 잔인하게 살해당했고 지휘체계가 멋대로 바뀌었지만 산탄총과 가혹한 처벌로 마침내 폭동이 진압되었다.

이것이 내가 벨로고르스끄 요새에 부임하기 얼마 전에 벌어진 일이었다. 모든 상황은 이미 진정되어 평온했거나 혹은 평온한 것처럼 보였는지도 모를 일이었다. 당국은 비밀스럽게 적의를 품고 다시 한번 혼란을 일으키기 위해 좋은 기회가 오기를 기다리고 있던 교활한 폭도들의 거짓 참회를 너무 쉽게 믿어버렸던 것이다.

나의 이야기로 돌아가자.

어느날 저녁 (1773년 10월 초의 일이었다) 나는 혼자 집에 들어앉아서 창밖으로 달을 스치고 달려가는 먹구름을 바라보며 가을바람이 울부짖는 소리를 듣고 있었다. 사령관이 부른다는 전갈이 왔다. 나는 즉시 출발했다. 사령관의 집에서 나는 시바브린과 이반 이그나찌이치, 그리고 까자끄 하사를 보았다. 방 안에는 바실리사 예고로브나나, 마리야 이바노브나는 없었다. 나와 인사를 나누는 사령관의 얼굴에는 근심의 빛이 어려 있었다. 그는 문을 잠그고 문 옆에 지키고 선 하사를 제외한 모두를 앉도록 한 다음 주머니에서 종이를 꺼내들고 우리에게 말했다. "장교 제군, 중요한 소식이오! 장군이 쓴 글을 들어보시오." 그는 안경을 꺼내 쓰고 다음의 내용을 들려주었다.

벨로고르스끄 요새 사령관 미로노프 대위에게

기밀 사항

본 서신으로 다음과 같이 통보함. 감금에서 탈주한 분리파 교도이자 돈 까자끄인 예멜리얀 뿌가초프는 승하하신 뾰뜨르 III세[23] 황제 폐하를 참칭하는 용서받을 수 없는 불손한 죄를 지은 자로서 흉포한 도당들을 불러모아 야이끄 지역에서 폭동을 일으켰고 이미 몇몇 요새를 점령하고 파괴했으며 도처에서 강도와 살인을 저지르고 있음. 이에 본 서신을 수령하는 즉시 대위께서는 상기 악한이자 참칭자를 격퇴하기 위해 필요한 조치를 취할 것이며 만약 그자가 귀관의 관할하에 있는 요새로 향할 시 완전히 궤멸시키도록 힘쓸 것.

"필요한 조치를 취하라!" 안경을 벗고 서류를 접으며 사령관이 말했다. "말하기는 쉽지, 안 그런가. 이 악당이 꽤나 센 모양이야.

23 뾰뜨르 대제의 손자로 예까쩨리나 여제의 남편. 1762년 1월 제위에 오르나 6개월 만에 폐위되고, 훗날 예까쩨리나 여제의 총신에 의해 살해당함.

우린 다 해봐야 백삼십명인데 말이지. 까자끄들은 빼고. 그들은 기대하기 어려우니까. 이건 너를 두고 한 말은 아니야, 막시미치. (하사가 웃음 지었다.) 하지만 어쩔 도리가 있나, 장교 여러분! 근무에 차질이 없도록 하고 위병 근무를 세우고 야간 순시도 돌도록 하지. 습격이 감행되면 요새 문을 닫고 병사들을 이끌도록 하게. 너, 막시미치, 너네 까자끄들을 잘 지켜보란 말이야. 대포를 잘 살펴보고 깨끗이 청소해놓도록. 무엇보다도 이 모든 사항을 전부 기밀에 부치도록 하게. 때가 되기 전엔 요새 안에서 아무도 이에 관해 알지 못하게 말일세."

이렇게 명령을 내리고 나서 이반 꾸즈미치는 우리를 해산시켰다. 나는 방금 들은 사항들에 대해 이야기하면서 시바브린과 함께 밖으로 나왔다. "자네 이 일이 어떻게 끝날 거라고 생각하나?" 내가 그에게 물었다. "어찌 알겠나." 그가 대꾸했다. "두고 보자고. 아직은 별다른 낌새가 전혀 안 보이니 말이야. 만약에……" 그는 불현듯 생각에 잠기더니 헤어질 때쯤 프랑스 아리아를 휘파람으로 불어대기 시작했다.

우리가 그토록 사전에 주의를 기울였음에도 불구하고 뿌가초프의 등장에 대한 소식이 요새 전체로 퍼져나가고 말았다. 이반 꾸즈미치는 자신의 아내를 몹시 존경했지만 군무와 관련해 맡겨진 기밀 사항을 세상의 그 무엇을 준다 해도 아내에게 공개할 사람은 절대 아니었다. 장군으로부터 서신을 받자 그는 상당히 능숙한 방법으로 바실리사 에고로브나를 밖으로 내보냈는데, 게라심 신부가 오렌부르그에서 어떤 굉장한 소식을 들은 모양인데 그것을 대단한 비밀에 부치고 있다고 그녀에게 말한 것이었다. 그 말을 들은 바실리사 예고로브나는 당장 신부의 아내를 방문하려고 했고 이반 꾸즈미치의 조언에 따라 마샤가 집에서 혼자 적적해하지 않도록 딸도 데리고 간 것이었다.

완전히 주인 행세를 할 수 있게 된 이반 꾸즈미치가 즉시 사람을 보내 우리를 불렀고 빨라시까는 헛간에 가두어버렸다. 그녀가 엿듣지 못하게 하기 위해서였다.

바실리사 예고로브나는 신부의 아내로부터 아무것도 알아내지 못한 채 집으로 돌아왔고 자신이 없는 사이에 이반 꾸즈미치가 장교 회의를 소집했다는 것과 빨라시까를 헛간에 가둬두었다는 것을 알았다. 그녀는 남편이 자신을 속였다는 것을 알아차리자 그에게 달라붙어 꼬치꼬치 캐묻기 시작했다. 하지만 이반 꾸즈미치는 이런 공격에 대한 대응 방안을 마련해두고 있었다. 그는 조금도 당황하지 않고 호기심 많은 처에게 시원스럽게 대답했다. "들어봐, 여보, 농가 여편네들이 지푸라기로 난롯불을 때기 시작했단 말이야. 그러다가 운 나쁜 일이라도 벌어질 수 있잖아. 그래서 앞으로는 여편네들에게 짚으로 난롯불을 때지 말고 삭정이나 떨어진 나뭇가지를 때도록 이르라고 엄격히 명령을 내린 거야." "그렇다면 빨라시까를 헛간에 가둬둘 필요가 왜 있었단 말이에요?" 사령관의 아내가 물었다. "무엇 때문에 불쌍한 애가 우리가 돌아올 때까지 헛간에 앉아 있었느냐고요?" 이반 꾸즈미치는 그런 질문에는 답을 준비해놓지 않았다. 그는 당황해서 뭔가 매우 앞뒤가 맞지 않는 소리를 중얼거리고 말았다. 바실리사 예고로브나는 남편에게 뭔가 꿍꿍이가 있음을 알아차렸다. 그렇지만 그로부터 아무 정보도 알아낼 수 없음을 깨닫자 심문을 그만두었고 아꿀리나 빰필로브나가 전혀 새로운 방식으로 오이절임을 담갔다는 데로 화제를 돌렸다. 바실리사 예고로브나는 밤새도록 잠들 수가 없었고 그녀가 알아서는 안되는 그 무엇이 남편의 머릿속에 들었는지 아무리 궁리해봐도 짐작이 가지 않았다.

다음날 오전 예배를 마치고 돌아오는 길에 그녀는 이반 이그나찌이치가 동네 조무래기들이 대포에 쑤셔넣은 천 조각이며 돌멩이, 나뭇조각, 동물 뼈 등 온갖 쓰레기를 대포에서 꺼내고 있는 것을 보았다. '전쟁 준비라니, 대체 무슨 뜻일까?' 하고 사령관의 아내는 생각했다. '혹시 끼르기즈인들의 습격이라도 예상하는 것일까? 하지만 이반 꾸즈미치가 과연 그따위 시시한 일을 내게 감추려 들겠어?' 그녀는 자신의 여성다운 호기심을 괴롭히는 그 비밀을 반드시 알아내리라는 굳은 결심을 하고 이반 이그나찌이치를 소리쳐 불렀다.

바실리사 예고로브나는 우선 집안일과 관련해서 그에게 몇가지 주의를 주었다. 마치 판사가 심리를 시작하면서 먼저 피고의 주의를 흐트러뜨리기 위해서 부차적인 질문들을 던지는 것과 비슷했다. 그리고 나서 몇분간 입을 다물었다가 깊은 한숨을 내쉬고는 고개를 흔들며 말했다. "하느님 맙소사! 정말 그런 소식이 들려오다니! 대체 앞으로 어찌 될까요?"

"그러게 말입니다, 부인!" 이반 이그나찌이치가 대답했다. "하지만 하느님은 자비로우시니까요. 우린 병사들이 충분하고 화약도 많습니다. 대포는 제가 손질해두었지요. 뿌가초프에게 크게 한방 날려줄 수 있을 겁니다. 하느님이 우리를 내어주지 않으실 겁니다. 그 돼지 새끼가 처먹지 못할 거예요!"

"그런데 그 뿌가초프가 어떤 사람이지요?" 사령관의 아내가 물었다.

그때서야 이반 이그나찌이치는 입을 잘못 놀렸다는 사실을 깨닫고는 혀를 깨물었다. 하지만 이미 때는 늦었다. 바실리사 예고로브나는 아무에게도 이야기하지 않을 것을 맹세하며 모조리 털어놓도록 강요했다.

바실리사 예고로브나는 자신의 약속을 지켰고 누구에게도 단 한마디도 하지 않았다. 딱 한명에게만 귀띔해주었는데 바로 신부의 아내였다. 그 이유는 그녀의 암소가 아직도 초원을 어슬렁거리고 있는데 혹시나 불한당들이 잡아갈까 해서였다.

얼마 안 있어 모두들 뿌가초프에 대해 떠들게 되었다. 소문이 분분했다. 사령관은 까자끄 하사를 보내 이웃 마을과 요새 들을 돌며 모든 정보를 잘 수집해 오도록 했다. 이틀 후에 돌아온 하사는 요새 밖 60베르스따 거리에서 수많은 불빛을 보았고 바시끼르인들로부터 어떤 알 수 없는 무리가 오고 있다는 말을 들었다고 했다. 그렇기는 하지만 그는 확실한 말은 전혀 하지 못했다. 겁이 나서 더 멀리 가보지 않았기 때문이었다.

요새 안에서는 까자끄들 사이에 여느 때와 다른 술렁거림이 일고 있는 것을 눈치챌 수 있었다. 그들은 골목 곳곳에서 작게 무리 지어 자기들끼리 무언가 조용히 쑥덕거리고 있다가 용기병이나 수비대 병사를 보면 흩어지곤 했다. 그들 사이에 염탐꾼을 집어넣었다. 세례받은 깔미끄인인 율라이가 사령관에게 중요한 정보를 들려주었는데, 그의 말에 따르면 까자끄 하사의 진술은 거짓이었다는 것이었다. 정찰에서 돌아온 교활한 까자끄 하사가 자기 동료들에게 말하길, 본인이 폭도들의 무리에 가보았으며 그들의 우두머리 앞에 직접 나아갔고 우두머리가 그를 불러 손을 잡고 오랫동안 대화를 나누었다고 했다는 것이었다. 사령관은 지체 없이 까자끄 하사를 체포해 구금했고 대신 율라이를 그의 자리에 앉혔다. 이 소식을 들은 까자끄들은 대놓고 불만을 드러냈다. 그들은 소리 높여 투덜거렸고 사령관의 지시를 직접 이행하는 이반 이그나찌이치는 그들이 "네놈들 이제 두고 보자, 수비대의 쥐새끼들!"이라고 하는 말을 자신의 귀로 직접 들었다고 말했다. 사령관은 체포된 자를 그날로 신문할 작정이었다. 그러나 까자끄 하사는 필시 공모자들의 도움을 받아서 탈주해버리고 말았다.

새로운 정황이 사령관의 불안을 가중시켰다. 선동문이 적힌 유인물들을 가진 바시끼르인이 체포된 것이다. 이 사건으로 인해 사령관은 다시 한번 장교들을 불러모을 생각을 했고 그러자면 또다시 그럴듯한 핑계를 대서 바실리사 예고로브나를 밖으로 내보내야

했다. 하지만 세상 누구보다 정직하고 솔직한 사람인 이반 꾸즈미치는 이미 한번 써먹었던 방법 외에 다른 수단을 찾지 못했다.

"여보, 들어봐, 바실리사 예고로브나." 헛기침을 하면서 그가 말했다. "게라심 신부가 도시에서 무슨 소식을 들었다고들 하는데……" "거짓말은 그만둬요, 이반 꾸즈미치." 사령관의 아내가 말을 잘랐다. "당신은, 그러니까, 나를 빼고 회의를 소집해서 예멜리얀 뿌가초프에 대해 의논하려는 거지요. 속일 생각 마요!" 이반 꾸즈미치는 눈을 둥그렇게 떴다. "아니, 이런, 여보," 그가 말했다. "당신이 벌써 다 알고 있다면 그냥 남아 있도록 해요. 당신이 있는 자리에서 의논하도록 하지." "그렇고말고요, 여보." 그녀가 대답했다. "남을 속이는 건 당신에게 어울리지 않아요. 그럼 장교들을 부르러 사람을 보내요."

우리는 다시 모였다. 아내도 동석한 자리에서 이반 꾸즈미치가 우리에게 뿌가초프의 격문을 읽어주었다. 읽고 쓰기를 겨우 깨친 자가 쓴 듯한 글이었다. 이 폭도들의 우두머리는 곧 우리 요새로 쳐들어올 것임을 천명했고 까자끄들과 병사들에게 자기 무리에 합류할 것을 권하고 지휘관들에게는 저항할 경우 처형당할 것이라고 위협하며 맞서지 말 것을 경고했다. 이 격문은 비록 조잡했으나 힘차고 강한 표현들을 사용하고 있어 보통 사람들의 마음에 위험한 인상을 심어줄 것이 분명했다.

"이런 순 불한당 같으니!" 사령관의 아내가 소리쳤다. "한술 더 떠서 우리한테 감히 그런 수작을 늘어놓다니! 자기를 맞이하러 나와서 제 놈 발 앞에 깃발을 내려놓으라고! 이런 순 개자식이! 아니, 우리가 벌써 사십년이나 군대에 있어놔서 산전수전 다 겪었다는 걸 이놈이 모르는 모양이지요? 폭도 앞에 무릎 꿇고 복종할 지휘관들이 과연 있겠느냐고요?"

"없을 거라고 보지만," 이반 꾸즈미치가 대답했다. "듣자하니 이 불한당이 벌써 많은 요새들을 점령했다고 하더군."

"이자가 사실상 힘이 세다는 거군요." 시바브린이 한마디 했다.

"그러니까 이제 그의 진짜 힘이 어느 정도인지 알아보잔 말이야." 사령관이 말했다.

"바실리사 예고로브나, 창고 열쇠를 내줘. 이반 이그나찌이치, 바시끼르인을 데려오고 율라이에게 채찍을 이리 가져오라 이르게."

"잠깐만요, 이반 꾸즈미치," 자리에서 일어나며 사령관의 부인이 말했다. "마샤를 어디든 다른 곳으로 보내도록 합시다. 그러지 않으면 비명이라도 듣고 기절초풍할 거예요. 나 역시, 솔직히 말해서, 고문은 좋아하지 않아요. 그럼 잘들 있어요."

과거에는 고문이 조사와 재판 과정의 일부로 아주 깊이 뿌리박혀 있어서 고문을 근절하려는 은혜로운 칙령[24]이 아무런 효력도 발휘하지 못하고 오랫동안 방치되어 있었다. 죄를 범한 자가 스스로 자기 죄를 인정하는 것이 그를 확실히 기소하는 데 반드시 필요하다고 생각한 것인데 이는 전혀 근거가 없을 뿐만 아니라 나아가서

24 예까쩨리나 2세가 제정한 고문폐지법을 말함.

법률 상식에도 완전히 어긋났다. 왜냐하면 피고인이 자기 죄를 부인하는 것이 그의 무죄를 입증하는 증거로 받아들여지지 않는다면, 그가 자기 죄를 인정하는 것 역시 그의 유죄를 입증하는 증거가 될 수 없기 때문이다. 오늘날까지도 나는 이 야만적인 관례를 없앤 것을 유감스러워하는 늙은 재판관들의 푸념을 듣곤 한다. 그 당시에는 재판관도, 피고인도, 그 누구도 고문이 반드시 필요하다는 데 대해 전혀 의심하지 않았던 것이다. 그래서 우리 가운데 어느 누구도 사령관의 명령에 깜짝 놀라거나 흥분하지 않았다. 이반 이그나찌이치가 창고에 가둔 바시끼르인을 데리러 갔다. 창고 열쇠는 사령관의 부인이 가지고 있었다. 그리고 몇분 후 죄수를 현관으로 데리고 왔다. 사령관은 그자를 자기 앞으로 데려오라고 지시했다.

바시끼르인은 힘겹게 문지방을 넘어서더니 (그는 족쇄를 차고 있었다) 높은 모자를 벗고 나서 문 옆에 멈춰섰다. 나는 그를 쳐다보고는 전율하고 말았다. 절대로 이 남자를 잊지 못할 것이다. 그의 나이는 칠십을 넘긴 것으로 보였다. 얼굴에는 코도, 귀도 없었다. 머리는 빡빡 밀려 있었고 수염 대신에 흰 털 몇오라기가 삐죽 솟아 있었다. 그는 키가 작았고 말랐으며 등이 굽었으나 가느다란 눈동자만은 아직도 불꽃처럼 타오르고 있었다. "아하!" 그 무서운 얼굴 모습을 보고 그자가 1741년[25]에 형벌을 받은 폭도 중 한명임을 알

25 바시끼르 지역에서 1735~40년에 일어난 봉기의 가담자들은 잔인하게 처벌되었음. 주모자들은 사형에 처해지거나 코와 귀가 잘린 채 추방되었고 700여개의

아본 사령관이 말했다. "그래, 너로군. 알겠어, 이 늙은 늑대야, 이미 우리 덫에 걸렸었지. 네 대가리가 그렇게 반질반질하게 대패질된 걸 보아하니 폭동에 가담한 것이 처음이 아닌 게 분명해. 더 가까이 와봐. 누가 네놈을 보냈나? 말해."

바시끼르인은 입을 다물고 아무런 생각이 없는 얼굴로 사령관을 바라보고 있었다. "너 왜 말을 안하는 거야?" 이반 꾸즈미치가 다그쳤다. "혹시 러시아 말을 전혀 할 줄 모르나? 율라이, 너희 말로 물어봐, 누가 이놈을 우리 요새로 보냈는지."

율라이는 이반 꾸즈미치의 질문을 따따르어로 반복했다. 그러나 바시끼르인은 똑같은 표정으로 그를 쳐다볼 뿐 단 한마디도 대답하지 않았다.

"그런단 말이지." 사령관이 말했다. "네놈이 내 앞에서 입을 열게 해주지. 자네들! 이자의 멍청한 줄무늬 옷을 벗기고 그 등에 바느질을 해줘. 자, 율라이, 그놈을 예쁘게 다뤄줘!"

상이군인 두명이 바시끼르인의 옷을 벗기기 시작했다. 이 불행한 사람의 얼굴에 불안한 기색이 떠올랐다. 그는 마치 어린아이들에게 잡힌 작은 짐승처럼 사방을 두리번거렸다. 상이군인 가운데 한사람이 두 팔을 붙잡아 자기의 목 근처에 얹은 다음 노인을 자신의 양어깨 위로 걸쳤고 율라이는 채찍을 들고 한번 힘차게 휘둘렀다. 그때 바시끼르인이 연약한, 애원하는 듯한 목소리로 신음했고

마을이 전소됨.

고개를 주억거리면서 입을 벌렸다. 입안에는 혀 대신에 짧은 나무 토막이 덜렁거리고 있었다.

이 일이 내가 살아 있는 동안에 벌어진 일이고 내가 오늘날 알렉산드르 황제[26]의 이 온화한 치세를 살고 있다는 것을 상기하면 계몽의 신속한 성공과 박애 원칙의 확산에 실로 놀라지 않을 수 없다. 청년이여! 만약 나의 수기가 당신의 손에 들어간다면 보다 훌륭하고 가장 굳건한 변화는 어떠한 폭력적인 충격도 없이 관습을 개선하는 것으로부터 생겨남을 명심하기 바란다.

모두들 충격을 받았다. "이런," 사령관이 말했다. "이래서는 이 자에게서 아무것도 못 알아내겠군. 율라이, 이 바시끼르인을 다시 창고로 데려가도록 해. 그러면 여러분, 우리는 좀더 의견을 나누도록 하지."

우리는 우리가 처한 상황에 대해 논의하기 시작했다. 그때 갑자기 바실리사 예고로브나가 방 안으로 들어왔는데 숨을 가쁘게 몰아쉬며 극도로 불안해하는 모습이었다.

"당신 무슨 일이 있었소?" 깜짝 놀란 사령관이 물었다.

"여보, 큰일 났어요!" 바실리사 예고로브나가 대답했다. "니즈네오제르나야가 오늘 아침에 함락됐대요. 게라심 신부님의 일꾼이 지금 막 그곳에서 돌아왔어요. 요새가 함락되는 걸 보았답니다. 사령관과 장교들은 전부 교수형시켰고 병사들은 죄다 포로로 잡혔답

26 예까쩨리나 여제의 손자로 재위 기간은 1801~25년임.

니다. 지금 당장이라도 폭도들이 여기로 몰려올 거예요."

급작스러운 소식이 나를 강하게 뒤흔들어놓았다. 니즈네오제르나야 요새의 사령관은 조용하고 겸손한 젊은 사람으로 나와도 친분이 있었다. 두달 전쯤 그는 젊은 아내와 함께 오렌부르그에서 우리 요새를 지나가는 길에 이반 꾸즈미치의 집에서 묵고 간 적이 있었다. 니즈네오제르나야 요새는 우리 요새에서 겨우 25베르스따밖에 떨어져 있지 않았다. 뿌가초프의 습격이 일각을 다투며 우리에게도 닥쳐오고 있다고 예상하지 않을 수 없었다. 마리야 이바노브나의 운명이 나의 머릿속에 생생하게 그려졌다. 그러자 나는 심장이 멎는 것만 같았다.

"잠깐 들어주세요, 이반 꾸즈미치!" 내가 사령관에게 말했다. "우리의 의무는 숨이 붙어 있는 마지막 순간까지 요새를 지키는 것입니다. 여기에 대해서는 두말할 여지가 없습니다. 그러나 여성들의 안전에 대해서 생각해보아야만 합니다. 아직 길이 막히지 않았다면 여자분들을 오렌부르그로 보내십시오. 아니면 폭도들의 손길이 미치지 못할 멀리 떨어진 더 견고한 요새로 보내십시오."

이반 꾸즈미치는 아내를 향해 돌아서서 말했다. "들었지, 여보, 우리가 폭도들을 처리할 때까지 당신들은 정말 멀리 떠나 있지 않겠소?"

"무슨 당치도 않은 말을!" 사령관의 아내가 말했다. "총알이 날아들어오지 않는 요새가 대체 어디에 있어요? 벨로고르스끄 요새의 어디가 믿음직하지 않다는 거지요? 하느님 덕분에 이십이년째

이 요새에서 살고 있어요. 바시끼르인들도, 끼르기즈인들도 모두 겪었으니 이번에 뿌가초프도 막아낼 거예요!"

"그렇다면, 여보," 이반 꾸즈미치가 대꾸했다. "남아 있도록 해. 당신이 우리 요새를 신뢰한다면 말이야. 그런데 마샤는 어쩌면 좋지? 요새 안에서 폭도들의 공격을 버텨내거나 지원군이 올 때까지 기다린다면 상관없겠지. 하지만 만약에 폭도들이 요새를 장악한다면?"

"그러면 그때는……" 바실리사 예고로브나는 말을 잇지 못하더니 극도로 흥분한 듯 입을 다물었다.

"안돼, 바실리사 예고로브나," 아마도 생전 처음으로 자신의 말이 위력을 발휘했음을 알아차리며 사령관이 말을 계속했다. "마샤가 여기에 남는 것은 잘하는 일이 아니야. 그 아이를 오렌부르그에 있는 대모에게 보냅시다. 거기는 군대도 대포도 충분하고 성벽은 돌로 쌓았으니까. 당신도 마샤와 함께 그곳으로 당장 출발하라고 하고 싶소. 당신이 늙기는 했지만 만일 저들이 돌격해서 요새를 빼앗는다면 당신에게 무슨 일이 벌어질지 생각해보라고."

"좋아요." 사령관의 아내가 말했다. "그게 좋겠어요, 마샤를 보내도록 해요. 하지만 나도 보낼 생각은 꿈에도 하지 마세요. 나는 안 갈 테니까요. 다 늙은 나이에 당신과 헤어져서 낯선 땅에서 외롭게 무덤을 찾을 이유가 없어요. 함께 살았으면 죽는 것도 함께해야지요."

"그것도 맞는 말이야." 사령관이 말했다. "그럼 우물쭈물할 이유가 없지. 마샤를 보낼 채비를 하도록 해요. 내일 이른 새벽에 그 아이를 보냅시다. 비록 남는 인원이 없긴 하지만 호위병도 딸려서 말이야. 그런데 마샤는 대체 어디 있소?"

"아꿀리나 빰필로브나 집에 있어요." 사령관의 아내가 말했다. "니즈네오제르나야가 함락되었다는 말을 듣고 애가 영 정신을 못 차리지 뭐예요. 저러다가 병이나 나지 않을까 걱정이에요. 하느님, 우리가 이런 일을 겪게 되다니!"

바실리사 예고로브나는 딸의 출발 준비를 서두르기 위해 나갔다. 사령관이 소집한 회의는 계속되었다. 하지만 나는 이미 그 대화에 끼어들지 않았고 아무것도 듣지 않았다. 저녁식사 자리에 나타난 마리야 이바노브나는 창백한 얼굴에 울어서 퉁퉁 부은 모습이었다. 우리는 말없이 식사를 마쳤고 보통 때보다 일찍 자리에서 일어났다. 가족들과 이별을 나누고 우리는 각자 집으로 향했다. 그러나 나는 일부러 군도를 잊은 척 두고 나온 후 그것을 가지러 왔다는 핑계로 되돌아왔다. 나는 마리야 이바노브나를 단독으로 마주치게 되리라는 예감이 들었다. 정말로 그녀가 문 앞에서 맞아주었고 군도를 내게 돌려주었다. "안녕히 계세요, 뾰뜨르 안드레이치!" 그녀는 눈물을 흘리며 말했다. "저를 오렌부르그로 보낸대요. 부디 살아 계시고 행복하세요. 어쩌면 하느님께서 우리를 다시 만나게 해주실지 모르겠어요. 만약에 안……" 그러더니 그녀는 흐느끼기 시작했다. 나는 그녀를 껴안았다. "그럼 안녕히, 나의 천사여." 내가 말했다. "안녕히 계세요, 나의 사랑하는 사람, 내가 간절히 원하는 사람이여! 나에게 무슨 일이 벌어진다 해도 나의 마지막 생각과 마지막 기도는 당신에 대한 것임을 믿어주세요!" 마샤는 나의 가슴에 안긴 채 흐느끼고 있었다. 나는 그녀에게 뜨겁게 키스했다. 그리고 서둘러 밖으로 나왔다.

7장
공격

내 머리야, 가여운 내 머리야,
열심히 일한 머리야!
많이도 일했구나 내 머리야
정확히 삼십하고도 삼년
아무런 이득도, 아무런 기쁨도
좋은 말 한마디도
높은 직급도
아아, 네게 돌아가지 않았네
너에게 돌아간 것이라곤
높은 나무 기둥 두개
단풍나무로 만든 횡목 하나
그리고 비단 올가미
—민요[27]

그날밤 나는 잠을 자지도, 옷을 갈아입지도 않았다. 동이 트자마자 요새 대문으로 가서 그곳을 통해 밖으로 나가기로 되어 있는 마리야 이바노브나를 만나 마지막으로 이별을 나눌 작정이었다. 나는 자신의 내면에서 커다란 변화가 일어나고 있음을 감지했다. 지금 마음속에 몰아치고 있는 긴장과 흥분이, 최근까지도 내가 그 속에 푹 잠겨 있던 침울함보다 훨씬 더 견디기 쉬웠다. 이별의 슬픔과 더불어 어렴풋하면서도 달콤한 희망, 위험에 대한 견디기 힘든

27 출꼬프 『러시아 노래 모음집』에 실린 모스끄바 귀족의 처형에 관한 노래에서 인용.

기대, 고결한 명예욕 등이 내 안에서 하나로 합쳐지며 물결 지어 흘렀다. 알지 못하는 사이에 밤이 지났다. 집 밖으로 나서려고 할 때 문이 열리더니 하사가 보고하기 위해 내 앞에 나타났다. 지난밤 우리 요새의 까자끄들이 강제로 율라이를 붙잡아 요새 밖으로 나갔고, 알 수 없는 자들이 요새 근방에서 말을 타고 이리저리 돌아다닌다는 것이었다. 마리야 이바노브나가 요새 밖으로 나가지 못했을 거라는 생각에 나는 가슴이 죄어들었다. 나는 하사에게 서둘러 몇가지 지시를 내린 다음 즉시 사령관에게 달려갔다.

이미 날이 밝았다. 나를 부르는 소리를 들었을 때 나는 길거리를 거의 날아가고 있었다. 나는 멈춰섰다. "어디로 가십니까?" 나를 따라잡으며 이반 이그나찌이치가 말했다. "이반 꾸즈미치는 토성에 계십니다. 장교님을 불러오라고 하셔서 제가 가는 길이었습니다. 뿌가초프가 왔습니다." "마리야 이바노브나는 떠났는가?" 심장이 벌렁거리는 것을 느끼며 내가 물었다. "못 떠났습니다." 이반 이그나찌이치가 대답했다. "오렌부르그로 가는 길이 끊겼습니다. 요새는 포위됐어요. 상황이 나쁩니다, 뾰뜨르 안드레이치!"

우리는 토성으로 갔다. 자연적으로 형성된 높은 지대에 말뚝 울타리를 박아서 튼튼하게 만들어놓은 곳이었다. 이미 요새의 모든 주민이 그곳에 모여들어서 웅성거리고 있었다. 수비대가 소총을 들고 서 있었다. 전날밤에 대포를 그곳으로 미리 끌어다놓았다. 사령관은 소수로 구성된 대열 앞을 성큼성큼 걸으며 왔다 갔다 하고 있었다. 목전에 다가온 위험이 나이 든 군인에게 비범한 투지를 부여하며 활력을 되찾게 하고 있었다. 요새에서 그다지 멀지 않은 초원 위를 스무명가량의 말 탄 사람들이 이리저리 달리고 있었다. 그들은 까자끄들로 보였는데 그중에는 바시끼르인들도 있었다. 스라소니 털로 만든 모자와 머리로 바시끼르인들은 쉽게 알아볼 수 있었다. 사령관은 병사들을 독려하며 대열을 한바퀴 돌았다. "자, 제군들, 오늘 우리의 여제 폐하를 위해서 굳건히 버티고 우리가 용감하고 명예로운 자들이란 것을 온 세상에 보여주자!" 병사들은 큰 소리로 우렁차게 결의를 밝혔다. 시바브린은 내 곁에 서서 적들을 집요하게 쳐다보고 있었다. 초원을 달리던 사람들은 요새 안의 움직임을 눈치채자 작은 무리로 모여들어서 자기들끼리 뭔가 떠들어댔다. 사령관은 이반 이그나찌이치에게 그 무리를 향해 대포를 조준하도록 명령했고 본인이 직접 도화선에 불을 붙였다. 포탄은 쉬이잉 소리를 내며 그들 위로 날아지나가 아무런 위해도 가하지 못했다. 말 탄 자들은 재빨리 흩어지더니 순식간에 시야에서 사라져버렸고 초원은 텅 비었다.

그때 바실리사 예고로브나가 어머니로부터 떨어지려 하지 않는 마리야 이바노브나를 데리고 토성에 나타났다. "그래, 어떤가요?" 사령관의 아내가 말했다. "전투가 어찌 진행되고 있느냐고요? 적들은 어디 있어요?" "멀지 않은 곳에 있어." 이반 꾸즈미치가 대답했다. "하느님이 지켜주시니 모두 다 괜찮아질 거야. 어때, 마샤, 무서우냐?" "아니에요, 아버지." 마리야 이바노브나가 대답했다. "집에서 혼자 있는 것이 더 무서운걸요." 그러더니 그녀는 나를 쳐다보았고 애써 미소 지었다. 나는 나도 모르게 칼자루를 꽉 움켜쥐었다. 전날밤 그녀로부터 이 칼을 건네받은 것이 떠올랐고 그것이 마치 사랑하는 사람을 지켜주라는 의미인 것만 같았다. 나의 심장이 뜨겁게 불타올랐다. 그녀의 기사가 된 나를 상상했다. 내가 그녀의 신뢰를 받을 만한 인물임을 입증하고 싶어서 조바심이 났고 결정적인 순간이 오기를 조급하게 기다렸다.

이때 요새에서 반 베르스따 떨어진 곳에 있는 높은 언덕 너머에서 말을 탄 새로운 무리가 나타났고 초원은 곧 창과 활로 무장한 많은 사람들로 뒤덮여버렸다. 그들 중에 하얀 말을 타고 붉은 까프딴을 입고 손에 군도를 빼어들고 있는 자가 있었는데 그가 바로 뿌가초프였다. 그가 멈춰섰다. 그러자 사람들이 그를 에워쌌고, 보고 있으려니 그의 명령을 받고 네명이 무리에서 떨어져나와 전속력으로 요새 바로 밑까지 말을 달려 오는 것이었다. 우리는 그들이 우리 쪽에서 배신하고 나간 자들이라는 것을 알아보았다. 그중 한사람이 모자 밑으로 종이 한장을 들고 있었다. 다른 한명의 창끝에는 율라이의 머리가 꽂혀 있었는데 그자는 창을 흔들어서 율라이의 머리를 털어낸 다음 말뚝 울타리 너머로 우리에게 던져버렸다. 불쌍한 깔미끄인의 머리가 사령관의 발 앞으로 떨어졌다. 변절자들이 소리쳤다. "쏘지 마라. 폐하 앞으로 나오도록 해라. 폐하가 여기 계시다!"

"네놈들을 당장!" 이반 꾸즈미치가 소리쳤다. "제군들! 발사!" 우리 병사들이 일제사격을 가했다. 편지를 들고 있던 까자끄가 비틀거리더니 말에서 떨어졌다. 다른 놈들은 뒤로 물러갔다. 나는 마리야 이바노브나를 쳐다보았다. 피투성이가 된 율라이의 머리에 충격을 받고 일제사격 소리에 귀가 먹먹해진 그녀는 혼이 나간 듯했다. 사령관은 하사를 불러 죽은 까자끄의 손에서 종잇조각을 가져오라고 명령했다. 하사는 들판으로 나가 죽은 자의 말을 고삐를 바짝 쥐어 끌고 돌아왔다. 그는 사령관에게 편지를 건넸다. 이반 꾸즈미치는 편지를 속으로 읽고는 갈기갈기 찢어버렸다. 그러는 사이에 폭도들이 행동에 나설 준비를 하는 모양이었다. 얼마 안 있어 총탄들이 우리 귀 근처를 스쳐지나가기 시작했고 몇발은 주변의 땅과 말뚝 울타리에 박혔다. "바실리사 예고로브나!" 사령관이 말했다. "여기는 여자들이 있을 곳이 아냐. 마샤를 데려가. 보라고, 살았는지 죽었는지 모를 지경이야."

총알 밑에서 온순해진 바실리사 예고로브나는 적들이 크게 움직이고 있는 것이 한눈에도 분명한 벌판을 한번 바라보았다. 그러더니 남편을 향해 몸을 돌리고는 말했다. "이반 꾸즈미치, 살고 죽는 것은 하느님의 뜻이에요. 마샤를 축복해주세요. 마샤, 아버지에게 다가가거라."

마샤는 창백한 얼굴로 덜덜 떨면서 이반 꾸즈미치에게 다가가 그 앞에 무릎을 꿇었고 땅에 닿도록 절을 했다. 늙은 사령관이 그녀에게 성호를 세번 그었다. 그런 다음 그녀를 일으켜세워 입을 맞추고는 달라진 목소리로 말했다. "그럼, 마샤, 행복하길 바란다. 하느님께 기도해라. 그분은 너를 버려두지 않으실 거다. 좋은 사람을 만나거든 하느님이 너희들에게 사랑과 화목을 베풀어주시길 바란다. 내가 바실리사 예고로브나와 살았던 것처럼 살아라. 그럼, 잘 가거라, 마샤. 바실리사 예고로브나, 어서 이 애를 데려가도록 해요." (마샤는 아버지에게 달려들어 목을 끌어안고는 흐느끼기 시작했다.) "우리도 입을 맞추도록 해요." 울음을 터뜨린 사령관의 부인이 말했다. "안녕히, 나의 이반 꾸즈미치. 내가 당신을 화나게 한 적이 있다면 용서하세요!" "안녕, 잘 가요, 여보!" 자신의 늙은 아내를 껴안으며 사령관이 말했다. "자, 그만! 어서 가, 어서 집으로 가라고. 시간이 있으면 마샤에게 싸라판을 입혀줘요." 사령관의 아내는 마샤와 함께 멀어져갔다. 나는 마리야 이바노브나의 뒷모습을 바라보았다. 그녀는 돌아보더니 나에게 고개를 숙였다. 그때 이반 꾸즈미치가 우리를 향해 몸을 돌렸다. 벌써 그의 온 정신은 오로지 적들에게 집중되어 있었다. 폭도들이 우두머리 주변으로 모여들었다. 그리고 갑자기 다들 말에서 내리기 시작했다. "지금은 흔들리지 말고 굳게 서 있어라." 사령관이 말했다. "곧 돌격해올 것이다……" 바로 그때 무섭게 쨍강거리는 소리와 함성 소리가 들려왔다. 폭도들이 요새를 향해 전속력으로 달려오고 있었다. 우리의 대포에는 산탄이 장전되어 있었다. 사령관은 그들이 가장 근접해올 때까지 기다렸다가 다시 한번 갑자기 발사했다. 산탄은 무리의 정중앙에 떨어졌다. 폭도들은 양쪽으로 물러나 뒷걸음질했다. 우두머리 혼자만 선두에 남았다…… 그는 긴 칼을 휘둘러대며 아마도 흥분해서 그들을 설득하는 모양이었다…… 일순 잦아들었던 쨍강거리는 소리와 외침 소리가 되살아났다. "그럼, 제군들," 사령관이 말했다. "이제 대문을 열어라. 북을 두드려라. 제군! 앞으로, 출격이다, 나를 따르라!"

다음 순간 사령관과 이반 이그나찌이치, 그리고 나는 요새의 울타리 바깥에 나와 있었다. 그러나 겁에 질린 수비대는 꿈쩍도 하지 않았다. "대체, 자네들, 왜 서 있는 거야?" 이반 꾸즈미치가 고함쳤다. "목숨을 바쳐. 그렇게 죽는 거야. 이게 군인의 길이야!" 바로 이때 폭도들이 우리에게 달려들었고 요새 안으로 밀려들어갔다. 북소리가 잠잠해졌다. 수비대가 소총을 버렸다. 누군가 내 발을 쳐서 넘어뜨렸으나 나는 일어섰고 폭도들과 함께 요새 안으로 휩쓸려 들어갔다. 머리에 부상을 입은 사령관은 열쇠를 요구하는 악당들의 무리 속에 서 있었다. 나는 그를 돕기 위해 몸을 던졌다. 그러나 몸이 건장한 까자끄 몇명이 나를 붙잡아 허리띠로 묶으며 말했다. "이제 무슨 일이 벌어지는지 봐라, 폐하의 말씀을 거역하는 네놈들한테!" 그들은 우리를 길거리로 질질 끌고 갔다. 주민들이 빵과 소금[28]을 들고 집에서 나왔다. 종소리가 울렸다. 갑자기 군중 속에서 누군가가 황제 폐하께서 광장에서 포로들을 기다리시며 선서를 받고 계신다고 외쳤다. 사람들이 광장으로 몰려갔고 우리도 그곳으로 끌려갔다.

뿌가초프가 사령관의 집 현관에 안락의자를 놓고 앉아 있었다.

28 러시아에서 전통적으로 손님을 환대하는 징표.

그는 금줄로 장식된 붉은색의 까자끄 까프딴을 입고 있었고 흑담비 털로 만든 금술이 달린 높은 모자를 번쩍이는 눈 위까지 푹 내려쓰고 있었다. 그의 얼굴이 내게는 어딘가 낯익어 보였다. 지위가 높은 까자끄들이 그를 에워싸고 있었다. 게라심 신부가 창백하게 질린 얼굴로 후들거리면서 두 손에 십자가를 들고 현관 옆에 서 있었는데 곧 희생될 자들을 위해 그에게 말없이 애원하고 있는 것처럼 보였다. 곧 광장에 교수대가 세워졌다. 우리가 가까워지자 바시끼르인들이 군중을 몰아내고 우리를 뿌가초프 앞에 세웠다. 종소리가 그쳤고 바닥을 알 수 없는 깊은 정적이 자리 잡았다. "누가 사령관인가?" 참칭자가 물었다. 우리의 하사가 군중 속에서 나서더니 이반 꾸즈미치를 가리켰다. 뿌가초프가 노인을 위협적으로 한번 바라보고는 그에게 말했다. "어찌해서 너는 네 황제 폐하이신 내게 맞설 생각을 했느냐?" 부상으로 인해 기력을 잃은 사령관은 최후의 힘을 쥐어짜서 굳은 목소리로 대답했다. "너는 나의 황제 폐하가 아니다. 너는 도둑놈에 참칭자일 뿐이다. 듣고 있느냐!" 뿌가초프가 음울하게 인상을 찡그렸고 하얀 손수건을 한번 흔들었다. 까자끄 몇명이 늙은 대위에게 달려들어 그를 붙잡아서 교수대로 끌고 갔다. 교수대의 횡목 위에는 전날밤 우리가 신문했던 불구의 바시끼르인이 어느새 걸터앉아 있었다. 그는 손에 동아줄을 들고 있었다. 그리고 일분 후 나는 불쌍한 이반 꾸즈미치가 공중에 매달린 모습을 보았다. 그러고 나서 이반 이그나찌이치가 뿌가초프 앞으로 끌려왔다. "서약을 해라." 뿌가초프가 그에게 말했다,

"뾰뜨르 페오도로비치 폐하께 충성을 맹세해!" "너는 우리의 황제가 아니다." 자신의 상관인 대위의 말을 되풀이하면서 이반 이그나찌이치가 대꾸했다. "너는, 이 자식아, 도둑에 참칭자야!" 다시 한 번 뿌가초프가 흰 손수건을 흔들었고 선량한 육군 중위는 늙은 상관 옆에 매달리고 말았다.

나의 차례였다. 나는 담대한 내 동료들의 답변을 반복할 준비를 하면서 대담하게 뿌가초프를 바라보았다. 그때 나는 이루 말할 수 없을 정도의 충격 속에서 폭도들의 대장 무리 속에 끼어 있는 시바브린을 보았다. 그는 둥글게 머리를 깎고 까자끄의 까프딴을 입고 있었다. 그가 뿌가초프에게 다가가더니 그에게 귓속말로 몇마디 했다. "그자를 매달아라!" 나를 쳐다보지도 않고 뿌가초프가 말했다. 사람들이 내 목에 올가미를 걸었다. 나는 내가 지은 모든 죄에 대해 진심으로 회개하면서 하느님께 바치는 기도문을 속으로 외우기 시작했고 내가 진정으로 사랑하는 사람들 모두를 구원해주시기를 빌었다. 그들이 나를 교수대 밑으로 끌고 갔다. "두려워 마라, 겁내지 마." 살인자들이 내게 되풀이했다. 어쩌면 그들은 진심으로 나를 격려해주려고 했는지도 모를 일이다. 돌연 나는 외침 소리를 들었다. "잠깐 기다려요, 이 벼락 맞을 놈들아! 기다리라고……!" 형리들이 손길을 멈추었다. 돌아보았더니 싸벨리치가 뿌가초프의 발 앞에 엎드려 있었다. "우리의 아버지시여!" 가엾은 노인이 말했다. "귀족의 자식 하나를 죽였다고 당신께 무어 좋은 일이 있습니까요? 저 사람을 풀어주십시오. 그러면 당신께 큰돈을 내어줄 것입니다요. 겁을 주어 본때를 보이기 위해서라면 이 늙은 저를 매달라고 명령을 내리십시오!" 뿌가초프가 신호를 보내자 즉시로 묶은 것을 풀어주었고 나를 세워두었다. "우리의 아버지께서 네게 은혜를 베푸셨다" 하고 그들이 내게 말했다. 그 순간 내가 교수형을 면하게 되었음을 스스로 기뻐했는지는 말할 수 없다. 그러나 목숨을 건지게 되어서 아쉬웠다고도 말하지 않겠다. 나의 감정은 아주 모호한 것이었다. 그들은 나를 다시 뿌가초프 앞으로 끌고 갔고 그 앞에 무릎을 꿇렸다. 뿌가초프가 힘줄이 드러난 자신의 손을 내밀었다. "손에 입을 맞춰라, 입을 맞춰!" 내 주변에 선 자들이 말했다. 그러나 나는 그런 저열한 비천함보다는 잔인하기 짝이 없는 처형을 택할 것이었다. "뾰뜨르 안드레이치 도련님!" 싸벨리치가 뒤에서서 나를 쿡쿡 찌르며 속삭였다. "고집 피우지 마세요! 힘들 거 뭐 있나요? 침을 탁 뱉고 이 악당에게 입을 맞추…… (퉤!) 그분 손에 입을 맞추세요." 나는 꿈쩍도 하지 않았다. "나리께서 기뻐서 정신이 나간 모양이군. 그를 일으켜라!" 뿌가초프는 비웃듯 말하고는 손을 내렸다. 사람들이 나를 일으켜세우고 자유롭게 풀어주었다. 나는 끔찍한 희극이 계속되는 것을 지켜보기 시작했다.

주민들이 충성을 맹세하기 시작했다. 그들은 십자가에 입을 맞추며 한명씩 줄을 지어 다가왔고 참칭자에게 절을 했다. 수비대의 병사들도 그 줄 속에 있었다. 무딘 가위를 든 중대의 재봉사가 그들의 머리채를 잘라주었다. 그들은 몸을 털어대면서 뿌가초프의 손을 향해 다가갔고 뿌가초프는 그들이 사면되었음을 선포하고 패거리로 받아들여주었다. 이 모든 것이 거의 세시간 동안 계속되었다. 마침내 뿌가초프가 안락의자에서 일어났고 대장들의 호위를 받으며 현관 계단에서 내려왔다. 온갖 마구로 장식된 백마가 그에게 대령되었다. 까자끄 두사람이 그의 팔을 잡고 안장에 앉혔다. 그는 게라심 신부에게 그의 집에서 점심을 먹겠다고 선언했다. 이때 여자의 비명이 들렸다. 몇몇 악당들이 머리가 온통 헝클어지고 벌거숭이로 옷이 다 벗겨진 바실리사 예고로브나를 현관으로 끌어왔다. 그들 중 한놈은 벌써 그녀의 덧저고리를 빼앗아 입고 있었다. 다른 놈들은 깃털 이불이며, 상자며, 차를 끓이는 도구며, 속옷, 기타 잡동사니를 끌어내고 있었다. "이것들 보세요!" 가엾은 노파가 소리쳤다. "내버려두세요. 여러분들, 나를 이반 꾸즈미치에게 데려가주세요." 불현듯 그녀는 교수대를 올려다보았고 거기에 매달린 자신의 남편을 알아보았다. "이 악당 놈들아!" 극도로 흥분한 그녀가 미친 듯이 소리치기 시작했다. "네놈들이 내 남편에게 무슨 짓을 한 거야? 내 사랑하는 이반 꾸즈미치, 용감한 군인! 프로이센의 총검도 터키인들의 총알도 당신을 털끝 하나 건드리지 못했는데. 정정당당한 전투에서도 당신이 목숨을 잃지 않았는데 탈주한 죄수의 손에 목숨을 잃다니!" "늙은 마녀의 입을 다물게 해라!" 뿌가초프가 말했다. 그러자 젊은 까자끄가 군도로 그녀의 머리를 내리쳤고 그녀는 목숨을 잃고 현관 계단 위로 쓰러졌다. 뿌가초프는 자리를 떴다. 군중이 그의 뒤를 따랐다.

8장
초대받지 않은 손님

초대받지 않은 손님은 따따르인보다 나쁘다.
—속담

광장이 텅 비었다. 나는 계속 같은 자리에 서 있었다. 너무도 끔찍한 충격으로 인해 혼돈에 빠진 생각들을 정리할 수 없었다.

마리야 이바노브나의 운명을 알지 못하는 것이 무엇보다도 나를 괴롭게 했다. 그녀는 어디에 있을까? 무슨 일이 일어나지나 않았을까? 몸을 감출 수 있었을까? 숨은 곳은 안전한가? 불안한 생각들로 가득 찬 나는 사령관의 집으로 들어갔다…… 집은 텅 비어 있었다. 의자, 탁자, 상자 따위는 다 부서져 있었다. 그릇들은 깨어졌고 많은 것들이 약탈당했다. 나는 밝고 깨끗한 방으로 이어지는 작은 계단을 뛰어올라갔고 처음으로 마리야 이바노브나의 방으로 들어갔다. 불한당들이 마구 헤쳐놓은 그녀의 침대를 보았다. 옷장은 부서지고 약탈당했다. 텅 빈 성상 갑 앞에서 촛불이 여전히 약하게 타오르고 있었다. 두 창문 사이에 걸린 작은 거울도 약탈을 면했다…… 이 소박한 아가씨 방의 주인은 대체 어디에 있었을까? 무서운 생각이 머릿속에서 번뜩였다. 나는 강도들의 손아귀에 들어간 그녀를 상상했다…… 나의 심장이 조여들었다…… 나는 쓰디쓴 눈물을 삼키며 울었고 사랑하는 사람의 이름을 소리쳐 불렀다…… 그때 작은 소리가 들려왔다. 그리고 옷장 뒤에서 하얗게 질린 빨라샤가 부들부들 떨며 모습을 나타냈다.

"아유! 뾰뜨르 안드레이치!" 양손을 마주잡으며 그녀가 말했다. "이게 무슨 일이에요! 어찌나 무서운지……!"

"마리야 이바노브나는?" 나는 초조하게 물었다. "마리야 이바노브나는 어찌 됐어?"

"아씨는 살아 계세요." 빨라샤가 대답했다. "아꿀리나 빰필로브나 집에 숨어 계세요."

"신부의 아내 집에!" 나는 전율을 느끼며 소리쳤다. "하느님 맙소사! 뿌가초프가 그곳에 있는데……!"

나는 방 밖으로 튀어나와 눈 깜짝할 사이에 이미 거리에 있었고 아무것도 보지 않고 아무것도 느끼지 못하면서 신부의 집으로 부리나케 달려갔다. 그곳에서는 외치는 소리, 박장대소하는 소리, 노랫소리 따위가 흘러나왔다…… 뿌가초프가 동료들과 잔치를 벌이고 있었다. 빨라샤도 나를 따라 그곳으로 뛰어왔다. 나는 그녀를 보내 아꿀리나 빰필로브나를 조용히 불러내도록 했다. 잠시 후 신부의 아내가 빈 술병을 두 손에 들고 현관으로 나왔다.

"마리야 이바노브나가 어디에 있습니까?" 나는 뭐라 말할 수 없는 흥분을 느끼며 그녀에게 물었다.

"다행히도 귀염둥이는 내 침대에 누워 있다오. 칸막이 뒤에 말이에요." 신부의 아내가 대답했다. "글쎄, 뾰뜨르 안드레이치, 하마터면 큰일이 날 뻔했는데, 하느님 덕분에 무사히 지나갔지 뭐예요. 불한당 같은 놈이 막 식사를 하려고 자리에 앉았는데 그애가, 가엾은 아이 같으니라고, 정신이 드는지 앓는 소리를 내지 뭐예요……! 기절하는 줄 알았다니까요. 그놈이 그 소리를 듣고, '어이, 노파, 네 집에서 아아 소리를 내는 게 누구냐?' 하는 게 아니겠어요. 나는 도둑놈에게 허리를 굽히고 말했지요. '제 조카애랍니다, 폐하. 병이 들어서 누워 있는데 벌써 이주일이나 됐지요.' '네 조카애라는 게 젊은가?' '젊습니다, 폐하.' '그럼, 노파, 그 조카딸 좀 보여주게.' 나는 심장이 너무나 벌렁거려서 어찌할 바를 몰랐지요. '그리하시지요, 폐하. 다만 아이가 스스로 일어나서 폐하 앞으로 나올 수가 없습니다만.' '괜찮아, 할망구, 내가 직접 가서 보지.' 그러고는 그 벼락 맞을 놈이 칸막이 너머로 가는 게 아니겠어요. 그래, 어땠을 거 같나요! 그놈이 커튼을 옆으로 젖히고는 매 같은 사나운 눈초리로 들여다봤다니까! 그런데 아무 일도…… 하느님이 일어나지 않게 하셨어요! 나랑 신부님은 이미 고통스럽게 죽을 각오를 다 하고 있었다니까요, 믿어지나요? 다행히도 그애가, 아유, 가엾어라, 그놈을 못 알아봤어요. 어이구, 하느님, 이런 일이 일어나다니! 뭐라 말할 수가 없어요! 불쌍한 이반 꾸즈미치! 누가 상상이나 했겠느냐고요……! 하지만 바실리사 예고로브나는? 이반 이그나찌이치는? 그 사람을 대체 왜……? 그런데 당신은 왜 용서해준 거지요? 시바브린, 그러니까 알렉세이 이바니치는 또 어떻게 된 거지요? 머리를 둥글게 깎고서는 지금 우리 집에서 그자들과 잔치를 벌이고 있다니까요! 잽싼 인간이야. 뭐라 할 필요도 없어요! 그런데 내가 아픈 조카애 운운할 때 그자가 글쎄 칼로 찌르듯이 나를 쳐다보더라니까요. 하지만 입을 다물어주었어요. 그것만은 그자에게 고맙네요." 이때 손님들의 술 취한 외침이 들렸고 게라심 신부의 목소리도 들려왔다. 손님들이 포도주를 요구하자 주인이 아내를 부른 것이었다. 신부의 아내가 분주해지기 시작했다. "어서 집으로 가도록 해요, 뾰뜨르 안드레이치." 그녀가 말했다. "지금은 당신을 상대하고 있을 때가 아니에요. 저 악당들이 술판을 벌이고 있으니까요. 술 취한 놈들의 손아귀에 들어가기라도 하면 큰일이 아니겠어요. 잘 가세요, 뾰뜨르 안드레이치! 일어날 일은 일어나겠지요. 하느님이 당신과 함께하시길!"

신부의 아내가 가버렸다. 다소 진정된 나는 숙소로 향했다. 광장 옆을 지나면서 교수대 근처에 모여 웅성거리면서 바시끼르인 몇명이 매달린 자들에게서 장화를 잡아당겨 벗기고 있는 것을 보았다. 나는 분노가 솟구치는 것을 간신히 참았다. 나서보았자 아무 소용이 없음을 느낀 탓이었다. 강도 무리들이 장교들의 숙소를 약탈하면서 요새 안을 뛰어다니고 있었다. 술 취한 폭도들이 고함치는 소리가 도처에서 들렸다. 나는 집으로 왔다. 싸벨리치가 문간에서 나를 맞이했다. "하느님, 감사합니다!" 나를 보자 그가 외쳤다. "악당들이 도련님을 다시 잡아갔다고 생각하는 중이었습니다. 그런데 뾰뜨르 안드레이치 도련님! 믿어지세요? 도둑놈들이 우리 걸 몽땅 훔쳐갔어요. 외투, 속옷, 물건들, 그릇까지 아무것도 안 남았어요. 그래도 다행이에요! 하느님 덕분에 도련님을 죽이지 않고 풀어주었으니까요! 그런데 도련님, 우두머리를 알아보셨나요?"

"아니, 못 알아봤는데. 그자가 누군데?"

"못 알아보다니요? 여인숙에서 도련님을 속여 털외투를 빼앗아 간 그 주정뱅이를 잊으셨단 말인가요? 그 토끼털 외투는 정말이지 아주 새것이었는데. 그 교활한 놈이 억지로 꿰입으면서 다 뜯어버리지 않았습니까요!"

나는 깜짝 놀랐다. 그러고 보니 뿌가초프와 그때 길 안내자가 놀랄 만큼 닮아 있었다. 나는 뿌가초프와 길 안내자가 동일인임을 확신했다. 그러자 나에게 베푼 호의의 이유가 이해되었다. 나는 이 기이하게 얽힌 인연에 놀라지 않을 수 없었다. 부랑자에게 선물한 작은 털외투가 올가미에서 나를 구하다니. 더구나 여인숙을 빈들거리며 돌아다니던 술주정뱅이가 요새를 포위하고 나라를 뒤흔들다니!

"뭐 좀 드시지 않겠어요?" 좀처럼 자기 방식을 바꾸지 않는 싸벨리치가 물었다. "집에는 아무것도 없지만, 가서 좀 뒤져보고 뭐든 만들어드리지요."

혼자 남은 나는 생각에 잠겼다. 나는 어떻게 해야 하나? 악당들에게 넘어간 요새에 남아 있는 것도 그의 무리를 따르는 것도 장교로서 합당한 행동이 아니었다. 장교로서의 의무는 이 어려운 현 상황 속에서 내가 아직 조국에 유용하게 복무할 수 있는 곳으로 갈 것을 요구하고 있었다…… 그러나 사랑은 내게 마리야 이바노브나가 있는 곳에 남아서 그녀를 지키고 보호해주라고 강력하게 말하고 있었다. 비록 나는 조만간 정세에 변화가 일어나리라는 것을 의심할 바 없이 예견하고는 있었지만 그녀가 처한 상황의 위험성을 생각하면 여전히 전율하지 않을 수 없었다.

나의 심사숙고는 까자끄 한명이 찾아와서 중단되고 말았다. 그는 '위대한 폐하께서 당신을 부르신다'라는 전갈을 가지고 달려왔다. "그가 어디에 있는가?" 전갈에 따를 준비를 하면서 내가 물었다.

"사령관 집에 계십니다." 까자끄가 대답했다. "점심식사 후에 그분께서 목욕탕에 가셨지요. 지금은 쉬고 계십니다. 한데, 나리, 그분이 굉장한 인물이라는 것이 모든 면에서 드러나고 있습니다. 점심으로 구운 새끼 돼지를 두마리나 드셨고 증기욕을 어찌나 뜨겁게 하시던지 따라스 꾸로츠낀도 참지 못하고 폼까 비끄바예프에게 나뭇가지를 넘기고는 찬물을 끼얹고서야 겨우 정신을 차렸다니까요. 두말할 필요가 없습니다. 모든 태도가 얼마나 위엄 있는지…… 그리고 목욕탕에서 가슴에 있는 황제의 징표를 보여주었다고 하던데요. 한쪽에는 5꼬뻬이까 동전 크기의 쌍두 독수리가 있고 다른 쪽에는 그분 자신의 모습이 있다고 합니다."

나는 까자끄의 의견에 반박해 말씨름할 필요를 느끼지 않았고 그와 함께 사령관의 집으로 향했다. 뿌가초프와의 만남을 미리 마음속에 그려보고 이 만남이 어떻게 끝날지 예측해보려 애쓰면서 말이다. 독자들은 내가 완전히 냉정한 상태에 있지 않았음을 쉽게 짐작할 수 있을 것이다.

사령관의 집에 도착했을 때는 어둑어둑해지기 시작할 무렵이었다. 희생자들을 매달고 있는 교수대가 무시무시한 검은 모습을 드러내고 있었다. 불쌍한 사령관 부인의 시신이 여전히 현관 아래에 뒹굴었고 현관 옆에서 까자끄 두명이 보초를 서고 있었다. 나를 데려온 까자끄는 보고하러 가더니 금방 되돌아와서 바로 전날밤 내가 그토록 애절하게 마리야 이바노브나와 작별을 나눈 바로 그 방으로 나를 들여보냈다. 괴상한 광경이 내 앞에 펼쳐졌다. 탁자보가 깔리고 술병과 유리잔 들이 놓인 식탁을 앞에 두고 뿌가초프와 까자끄 대장 열명 정도가 앉아 있었다. 그들은 모자를 쓰고 알록달록한 색깔의 셔츠를 입었는데 포도주를 마셔 다들 열이 올라서 불그죽죽해진 상판에 눈이 번들거리고 있었다. 그들 중에는 시바브린도, 우리의 하사도 없었다. 말하자면, 새로 들어온 변절자들은 보이지 않았다. "아, 나리!" 나를 보자 뿌가초프가 말했다. "잘 왔소. 어서 와 이리 앉으시게." 동석자들이 몸을 움직여 자리를 만들어주었다. 나는 말없이 식탁 끝에 앉았다. 내 옆에 앉은 젊고 체격이 좋고 잘생긴 까자끄가 포도주를 따라주었으나 나는 손도 대지 않았다. 호기심으로 나는 모인 사람들을 살펴보기 시작했다. 제일 상석에 앉은 뿌가초프는 식탁에 팔꿈치를 괴고 자신의 큰 주먹으로 시커먼 수염을 받치고 있었다. 균형이 잡히고 꽤 유쾌하기까지 한 그의 얼굴은 그 어떤 포악함도 드러내고 있지 않았다. 그는 쉰살가량의 한 남자에게 자꾸 말을 걸었는데 그를 백작이니, 찌모페이치니 하고 불렀고 가끔 백부라고 부르며 치켜세우기도 했다. 그들은 서로 간에 모두 동료로서 대했고 우두머리인 그에게도 아무런 특별 대접을 하지 않았다. 대화는 오늘 아침의 공격과 폭동의 성공, 앞으로의 행동에 대한 것으로 이어졌다. 모두들 호언장담을 하며 의견을 내놓았고 뿌가초프와 자유롭게 논쟁을 벌였다. 그리고 이 이상한 군사위원회에서 오렌부르그로의 진격이 결정되었다. 이것은 아주 대담한 작전으로 불행하게도 성공으로 끝날 뻔했던 것이다! 진군 시기는 이튿날 낮으로 선언되었다. "그럼, 형제들," 뿌가초프가 말했다. "잠자기 전에 내가 좋아하는 노래를 한곡 부르기로 하지. 추마꼬프![29] 시작하라고!" 내 옆에 앉은 사람이 가는 목소리로 구슬픈 배 끄는 인부의 노래를 부르기 시작했고 모두들 합창으로 따라 불렀다.

> 소리 내지 마라, 나의 어머니 푸르른 참나무 숲아,
> 이 선한 젊은 내가 생각하는 것을 방해하지 마라.
> 내일 아침이면 이 선한 젊은 나는 심문받으러 가야 한다

29 뿌가초프의 포병대장 표도르 페도또비치 추마꼬프(Ф. Ф. Чумаков)를 가리킴. 1773년에 그는 45세였고, 뿌가초프는 그를 오를로프 백작이라고 불렀음. 후에 뿌가초프를 정부에 넘겨준 사람들 중 하나로, 그 댓가로 추마꼬프는 모든 죄를 사면받음.

두려운 재판관, 바로 황제 앞으로.
황제 폐하가 나에게 묻겠지
말해라, 말을 해라, 농민의 아들, 건장한 청년아,
너는 누구와 함께 도둑질을 했느냐, 누구와 약탈을 저질렀느냐,
네 패거리가 많이 있었느냐?
제가 말씀드리지요, 우리의 희망이신 러시아의 황제 폐하,
모든 사실을 말씀드리지요, 모든 진실을요,
제 패거리는 넷이 있었습니다.
첫째는 어두운 밤이요,
둘째는 강철로 만든 칼이고
셋째로 말할 것 같으면 바로 내 좋은 말〔馬〕이요
넷째는 바로 팽팽한 활이랍니다,
뜨겁게 달구어 버린 화살들이 내 배달부들이고요.
그러자 우리의 희망이신 러시아의 황제 폐하께서 하시는 말씀
장하도다, 농민의 아들, 건장한 청년아,
도둑질을 한 것도, 대답을 잘한 것도!
그 댓가로 내가 너, 건장한 청년에게 내릴 것은
들판 한가운데 높은 나무 집
두개의 나무 기둥과 횡목 하나.

교수대에 매달릴 운명에 처해진 사람들이 부르던 이 민중의 노래가 나에게 어떤 작용을 일으켰는지에 관해서 이야기하는 것은

불가능하다. 그들의 무시무시한 얼굴들, 잘 어우러진 목소리들, 안 그래도 풍부한 의미를 담고 있는 가사에 그들이 덧붙인 음울한 분위기, 이 모든 것들이 어떤 시적인 충격으로 나를 뒤흔들었다.

손님들은 한잔씩 더 들이켠 다음 식탁에서 일어나 뿌가초프와 작별인사를 나누었다. 나도 그들을 따라가려고 했지만 뿌가초프가 나에게 말했다. "앉게, 자네랑 이야기를 좀 하고 싶으니까." 우리는 남아서 얼굴을 마주하게 되었다.

둘 다 아무 말이 없는 가운데 몇분이 지나갔다. 뿌가초프는 눈길을 돌리지 않고 집요하게 나를 응시했는데 교활함과 비웃음을 기이하게 드러내며 한번씩 왼쪽 눈을 가늘게 뜨곤 했다. 마침내 그가 웃기 시작했다. 그 웃음은 가식이 전혀 없이 아주 즐거워서 나도 그를 쳐다보며 왜 웃는지도 모르면서 같이 웃기 시작했다.

"그래, 어떠신가, 나리?" 그가 내게 말했다. "내 부하들이 자네 목에 밧줄을 걸었을 때 말이야. 말해봐, 겁이 났지? 아찔한 게 눈앞이 캄캄했을걸…… 만일 네 하인이 아니었으면 횡목에 매달려 대롱거리고 있을 테지. 나는 그 늙은이를 바로 알아봤어. 상상이나 해봤어, 도련님 나리, 자네를 여인숙으로 안내해준 사내가 위대한 폐하였다는 걸 말이야? (이때 그는 위엄 있으면서도 비밀을 간직한 듯한 태도를 취했다.) 자네는 내 앞에 아주 큰 죄인이야." 그가 말을 이었다. "하지만 자네의 선행에 대한 댓가로 은혜를 베풀어준 거야. 내가 원수들로부터 몸을 숨겨야 했을 때 자네가 도와준 것에 대한 답으로 말이지. 앞으로도 보게 될 걸세! 내 나라를 얻게 되면 자네한테 더욱 크게 보답을 해주지! 그럼 성심껏 나를 섬기겠다고 약속하겠나?"

일개 협잡꾼의 제안과 그의 뻔뻔함이 너무나 우스워서 나는 픽 웃지 않을 수 없었다.

"왜 웃는 거지?" 얼굴을 찡그리며 그가 내게 물었다. "내가 위대하신 폐하라는 걸 믿지 않는 거야? 이실직고해."

나는 당황했다. 길거리를 떠도는 부랑자를 폐하로 인정할 수는 없었다. 그것은 용서받을 수 없는 겁쟁이나 할 짓이었다. 그의 눈앞에서 그를 사기꾼이라 부르는 것도 스스로를 파멸에 몰아넣는 일이 아닐 수 없었다. 교수대 아래에서 많은 군중이 지켜보는 가운데 불타오르는 격분의 첫번째 불꽃 속에서 대담하게 각오했던 그 죽음이 지금은 무용지물에 지나지 않는 한낱 허세로 여겨졌다. 나는 동요했다. 뿌가초프는 음울한 표정으로 대답을 기다리고 있었다. 마침내 (그리고 오늘날까지도 나는 자부심을 맛보며 이 순간을 회상한다) 내 안에서 의무감이 인간적인 연약함에 승리를 거두었다. 나는 뿌가초프에게 대답했다. "들어보십시오. 솔직하게 말씀드리겠습니다. 과연 내가 당신을 폐하로 인정할 수 있다고 보십니까? 당신도 영리한 분이니 내가 거짓말을 하며 꾀를 부린다면 다 알아차렸을 겁니다."

"그렇다면 자네가 보기에 나는 어떤 사람인가?"

"하느님이 아십니다. 하지만 당신이 누구건 간에 위험한 장난을 하고 있는 것은 분명합니다."

뿌가초프가 잽싸게 나를 일별했다. "그렇다면 너는 결국 믿지 않는 거로군?" 그가 말했다. "내가 뾰뜨르 표도로비치 황제라는 사실을. 뭐, 좋아. 그런데 무릇 용기 있는 자가 성공하는 법이 아닌가? 옛날에 그리시까 오뜨레삐예프[30]가 황제 노릇을 하지 않았느냐 말이야? 나에 대해서는 생각하고 싶은 대로 해도 좋아. 다만 나를 멀리하지 말란 말이야. 이렇든 저렇든 자네에겐 상관없는 것 아닌가? 중이 아니면 신부겠지. 충성과 진정으로 나를 섬기면 자네에게 육군 원수든 공작이든 다 하게 해주지. 어찌 생각하나?"

"아니요," 나는 결연하게 대답했다. "나는 귀족으로 태어났습니다. 여제 폐하께 이미 충성을 맹세한 몸입니다. 당신을 따를 수는 없습니다. 만일 당신이 정말로 내게 선행을 베풀고자 한다면 나를 오렌부르그로 보내주십시오."

뿌가초프는 생각에 잠겼다. "만약 보내준다면," 그가 말했다. "최소한 나에 맞서는 일은 하지 않겠다고 약속하겠나?"

"어찌 그런 약속을 할 수 있겠습니까?" 내가 대답했다. "내 뜻대로가 아니라는 것을 당신도 알지 않습니까. 당신과 맞서 싸우라는 명령을 받으면 맞서 싸울 뿐, 다른 행동은 할 수 없습니다. 지금 당신은 상관이오. 부하들에게 복종을 요구하지요. 만약 복무상 필요한데도 불구하고 내가 명령에 복종하지 않는다면 그게 대체 무슨 꼴이겠소? 나의 목숨은 당신 손안에 있습니다. 나를 보내주면 고맙

30 이반 4세의 살해당한 아들 드미뜨리를 사칭한 수도승. 이 가짜 드미뜨리 혹은 '참칭자 드미뜨리'는 폴란드의 지원하에 1605년에 11개월간 제위에 올랐음.

겠소. 죽인다면 하느님이 당신을 심판하실 것입니다. 나는 당신에게 진실을 말하는 겁니다."

나의 솔직함이 뿌가초프를 움직였다. "그건 그래." 나의 어깨를 툭 치며 그가 말했다. "죽일 놈은 죽이고 은혜를 베풀 놈한테는 은혜를 베푸는 거지. 사방 어디로든 자네가 가고 싶은 데로 가고, 하고 싶은 대로 하게. 내일 나와 작별을 하러 오도록 하고 지금은 가서 푹 자도록 해. 나도 잠이 쏟아지는군."

나는 뿌가초프를 남겨두고 거리로 나왔다. 밤은 고요하면서도 몹시 추웠다. 달과 별들이 광장과 교수대를 비추며 선명하게 빛났다. 요새 안의 모든 것이 평온하고 어두웠다. 다만 선술집에서만 불빛이 비쳤고 늦게까지 어울려 노는 사람들의 고함 소리가 들려올 뿐이었다. 나는 신부의 집을 바라보았다. 덧창과 문이 닫혀 있었다. 집 안이 전부 조용한 모양이었다.

나는 숙소로 돌아갔고 내가 없어서 몹시 상심하고 있던 싸벨리치를 보았다. 내가 자유의 몸이 되었다는 소식에 그는 말할 수 없이 기뻐했다. "하느님, 감사합니다!" 성호를 긋고 나서 그가 말했다. "꼭두새벽에 요새를 떠나서 발길 닿는 데로 가버립시다. 제가 도련님을 위해 만들어둔 것이 있으니 좀 드세요. 그리고 아무 걱정 없이 아침까지 푹 주무시도록 하세요."

나는 그의 조언에 따랐다. 엄청난 식욕으로 저녁식사를 한 다음 정신적으로도 육체적으로도 몹시 지쳐서 맨바닥 위에서 곯아떨어지고 말았다.

9장
이별

내겐 아름다운 그대와 가까워지는 것이
달콤하기만 했네
헤어지는 것은 슬프고 또 슬프기만 하네
마치 영혼과 이별하는 것처럼.
—헤라스꼬프[31]

이른 아침에 북소리가 나를 깨웠다. 나는 집합 장소로 갔다. 그곳에는 뿌가초프를 지지하는 군중이 이미 교수대 근처에 모여 있었다. 교수대에는 어제의 희생자들이 여전히 매달려 있었다. 까자끄들은 말을 타고 있고 병사들은 장비를 완전히 갖추고 서 있었다. 깃발들이 펄럭거렸다. 대포 몇문이 이동용 포가 위에 설치되어 있었는데 나는 그중에서 우리의 대포를 알아보았다. 주민들도 전부 그곳에 나와서 참칭자를 기다리고 있었다. 사령관의 집 현관 옆에 까자끄 한명이 멋진 끼르기즈종 흰말의 고삐를 쥐고 서 있었다. 나

31 18세기 시인이자 극작가인 헤라스꼬프(M. M. Херасков, 1733~1807)의 시 「이별」(Разлука)에서 인용.

는 사령관 부인의 시신을 눈으로 찾았다. 시신은 약간 옆으로 치워져서 거적으로 덮여 있었다. 마침내 뿌가초프가 현관 계단에 모습을 드러냈다. 사람들이 모자를 벗었다. 뿌가초프는 현관에 멈춰서서 모든 사람들과 인사를 나누었다. 대장 가운데 한사람이 동전이 든 자루를 건네자 그는 동전을 한움큼씩 움켜쥐고 뿌리기 시작했다. 사람들이 환성을 지르며 동전을 주우려고 달려들었고 이 사태로 인해 다치는 사람까지 생겼다. 무리의 중요 인물들이 뿌가초프를 에워쌌다. 그들 중에는 시바브린도 있었다. 우리 둘의 눈길이 마주쳤다. 나의 시선에서 경멸을 읽어낸 그는 진정한 악의와 짐짓 꾸며낸 비웃음을 드러내며 몸을 돌렸다. 군중 속에서 나를 발견한 뿌가초프는 고개를 끄덕여 보이더니 자신에게 오도록 불렀다. "잘 듣게." 그가 내게 말했다. "지금 당장 오렌부르그로 달려가서 일주일 후에 내가 갈 테니 기다리고 있으라고 현지사와 모든 장군들에게 내 전갈이라 하면서 알리란 말이야. 그자들에게 어린아이가 부모를 대하듯이 사랑과 복종심을 가지고 나를 맞이하라고 충고해주게. 그러지 않으면 그들은 잔혹한 처형을 면치 못할 거라고. 그럼 잘 가도록 하게, 나리!" 그런 후에 그는 군중을 향해 몸을 돌렸고 시바브린을 가리키면서 말했다. "여러분, 여기에 당신들의 새로운 지도자가 있다. 모든 점에서 그의 말을 잘 따르도록 해라. 그가 당신들과 요새에 대해 내게 책임을 질 것이다." 이 말을 들은 나는 공포심으로 인해 머리칼이 쭈뼛 서는 것만 같았다. 시바브린이 요새의 사령관이 되다니. 마리야 이바노브나가 그의 손아귀 안에 있게 된다! 아아, 그녀에게 무슨 일이 일어날까! 뿌가초프가 현관에서 내려왔다. 그에게 말이 대령되었다. 그를 말에 태워주려는 까자끄들을 기다리지 않고 뿌가초프는 날렵하게 몸을 솟구쳐 안장에 걸터앉았다.

이때 군중 속에서 싸벨리치가 걸어나와 뿌가초프에게 다가가더니 종이 한장을 건네는 것을 보았다. 싸벨리치의 이 행동이 어떤 상황을 만들어낼지 나는 상상할 수도 없었다. "이게 뭐지?" 뿌가초프가 위엄을 부리며 물었다. "읽어보시면 알게 될 겁니다." 싸벨리치가 대답했다. 뿌가초프는 종이를 받아들더니 오랫동안 자못 의미심장하게 들여다보았다. "넌 무슨 글씨를 이리 이상야릇하게 쓰는 거야?" 마침내 그가 말했다. "내 밝은 눈으로도 도대체 뭐가 뭔지 알아볼 수가 없군. 상급 서기관이 어디 있지?"

하사 제복을 입은 젊은 남자가 잽싸게 뿌가초프에게 달려왔다. "잘 들리게 읽어라." 참칭자가 그에게 종이를 건네주며 말했다. 나는 내 하인이 뿌가초프에게 무엇을 쓰려는 생각이 났을지 굉장히 궁금해졌다. 상급 서기관이 큰 소리로 또박또박 다음의 내용을 읽기 시작했다.

"가운 두벌, 옥양목으로 된 것과 줄무늬 씰크로 된 것, 6루블."

"이게 무슨 소리야?" 얼굴을 찡그리며 뿌가초프가 말했다.

"계속 읽으라고 하십시오." 싸벨리치가 태평하게 대답했다.

상급 서기관이 계속했다.

"얇은 녹색 나사로 지은 제복 7루블.

하얀 나사로 지은 바지 5루블.

커프스가 달린 네덜란드산 평직 셔츠 12벌이 10루블.

차도구가 든 상자 2루블 50꼬뻬이까……"

"이게 다 무슨 헛소리야?" 뿌가초프가 중단시켰다. "찻상자니 커프스가 달린 바지니 그따위가 나랑 무슨 상관이냐?"

싸벨리치가 한번 목을 가다듬더니 설명하기 시작했다. "그것으로 말하자면, 나리, 귀족 도련님께서 쓰시는 물건들의 목록인데 악당들이 훔쳐간……"

"어떤 악당들 말이냐?" 뿌가초프가 무시무시하게 물었다.

"잘못했습니다. 말이 헛나왔네요." 싸벨리치가 대꾸했다. "악당이 아니라 나리의 부하들이 온통 뒤져서 가져간 것들입니다. 화내지 마십시오. 말은 다리가 넷이라도 채어 넘어지지 않습니까요. 끝까지 읽도록 명령 내려주십시오."

"다 읽어봐라." 뿌가초프가 말했다. 서기가 계속했다.

"사라사 담요, 면을 씌운 다른 호박단 이불 4루블.

붉은 모직을 씌운 여우 털 외투 40루블.

또 여인숙에서 나리께 선물한 토끼털 외투 15루블."

"이건 또 뭐야!" 이글거리는 눈을 번득이며 뿌가초프가 외쳤다.

이 불쌍한 노인네로 인해 내가 몹시 놀랐음을 인정한다. 그는 다시 한번 설명을 늘어놓으려고 했으나 뿌가초프가 제지했다. "감히 네놈이 저따위 헛소리를 내게 늘어놓을 생각을 했단 말이냐?" 서기의 손에서 종이를 잡아채 싸벨리치의 얼굴에 내동댕이치며 그가 고함질렀다. "어리석은 노인네야! 그것들을 몽땅 빼앗긴 것이 그리 큰 재앙이냐? 네놈은, 이 영감탱이야, 너랑 네 주인이 저 불순종한 패거리들과 더불어 여기 매달리지 않은 것을 두고 나와 내 자식들을 위해 죽을 때까지 하느님께 기도드려야 할 판이란 걸 모르느냐…… 토끼털 외투라니! 내가 토끼털 외투를 주지! 그래, 외투를 만들게 네놈의 생가죽을 벗기라고 내가 명령 내릴 걸 모르겠단 말이지?"

"뜻대로 하십시오." 싸벨리치가 대답했다. "저는 종놈인지라 주인의 재산에 대해서 책임을 져야 하니까요."

아마도 뿌가초프는 갑자기 관대한 마음이 든 모양이었다.

그는 더이상 한마디도 하지 않은 채 돌아서서 말을 타고 가버렸다. 시바브린과 다른 대장들도 뒤를 따랐다. 무리는 요새를 벗어나 질서 정연하게 이동했다. 군중은 뿌가초프를 배웅하러 갔다. 나와 싸벨리치 단둘이 광장에 남았다. 나의 하인은 두 손에 목록을 든 채 실망한 기색이 역력해서 종이를 쳐다보고 있었다.

나와 뿌가초프 사이에 이야기가 잘된 것으로 보이자 그는 그것을 유리하게 이용하자는 생각을 한 것이었다. 하지만 약삭빠른 의도가 먹혀들지 않았다. 나는 시의적절치 못한 그의 열성을 나무랐지만 웃음이 터져나오는 것은 어쩔 수 없었다. "웃으세요, 도련님." 싸벨리치가 대꾸했다. "어서 웃으세요. 하지만 살림을 전부 다시 꾸려야 할 때가 오면 그때도 과연 웃음이 나올지 두고 봅시다."

나는 마리야 이바노브나를 보러 신부의 집으로 서둘러 달려갔다. 신부의 아내가 슬픈 소식을 가지고 나를 맞았다. 밤사이에 마리야 이바노브나가 심한 열병을 앓기 시작했다는 것이었다. 그녀는 의식을 잃고 누워 있는데 헛소리까지 한다고 했다. 신부의 아내가 나를 그녀의 방으로 안내했다. 나는 조용히 침대로 다가갔다. 그녀의 얼굴에 드러난 변화가 마음을 아프게 했다. 환자는 나를 알아보지 못했다. 나는 오랫동안 그녀 앞에 서 있었는데 나를 위로하는 듯한 게라심 신부의 말도, 그의 착한 아내의 말도 들리지 않았다. 우울한 상념들이 나를 혼란스럽게 만들었다. 악한 폭도들 사이에 남겨진 가엾은 무방비 상태의 고아의 처지와 나 자신의 무력함이 나를 두렵게 만들었다. 시바브린, 시바브린이야말로 그 무엇보다도 나의 상상을 갈기갈기 찢어놓았다. 참칭자로부터 권력을 부여받은 그는 자신이 증오의 대상으로 삼은 아무 죄 없는 불행한 처녀가 남아 있는 이 요새 안에서 우두머리 노릇을 하면서 모든 것을 뜻대로 할 수 있었다. 나는 무엇을 해야 하는가? 어떻게 그녀를 도울 수 있을까? 어떻게 하면 악한의 손에서 구해낼 수 있을까? 단 한가지 방법만이 남아 있었다. 나는 즉시 오렌부르그로 달려가기로 결심했다. 벨로고르스끄 요새의 탈환을 서두르고 가능한 한 함께 싸우기 위해서였다. 나는 신부와 아꿀리나 빰필로브나와 작별 인사를 나누며 이미 마음속으로 내 아내로 간주하고 있던 그녀를 잘 돌봐줄 것을 간곡히 부탁했다. 나는 가엾은 그녀의 손을 잡고 눈물을 흘리며 입을 맞추었다. "잘 가세요." 나를 배웅하며 신부의 아내가 말했다. "안녕히 가세요, 뾰뜨르 안드레이치. 분명히 더 좋은 때에 만나게 될 거예요. 부디 우리를 잊지 말고 자주 편지를 쓰도록 하세요. 불쌍한 마리야 이바노브나는 이제 당신 외에는 아무런 위안도 보호자도 없는 형편이니까요."

나는 광장으로 나와 잠깐 멈춰서서 교수대를 바라보았고 그것을 향해 고개를 숙였다. 그리고 요새 밖으로 나와 오렌부르그로 향하는 길을 따라 걷기 시작했다. 싸벨리치가 뒤처지지 않고 줄곧 동행했다.

여러 생각에 빠져 정신없는 채로 길을 걷던 나는 갑자기 뒤쪽에서 말발굽 소리를 들었다. 뒤돌아보자 요새로부터 까자끄 한명이 말을 타고 달려오면서 손짓하는 것이 보였다. 그는 바시끼르 말 한 마리의 고삐를 쥐고 있었다. 멈춰선 나는 곧 우리 하사를 알아보았다. 가까이 다가온 그는 자신의 말에서 내려 다른 말의 고삐를 내게 넘겨주며 말했다. "장교님! 우리의 아버지께서 당신께 말 한필을 내리시고 또 자신의 어깨에서 털외투를 친히 벗어주셨습니다." (안장에는 양털 외투가 동여매여 있었다.) "그리고 또," 머뭇거리면서 하사가 말을 덧붙였다. "그분이 당신께…… 50꼬뻬이까짜리 은전 하나를 내리셨는데…… 제가 그만 길에서 잃어버리고 말았습니다. 관대히 용서해주시기 바랍니다." 싸벨리치가 그를 흘겨보면서 을러댔다. "길에서 잃었다고! 네 품속에서 딸랑거리는 건 뭐지? 낯 두꺼운 놈 같으니!" "내 품속에서 뭐가 딸랑거린다고?" 전혀 당황하지 않으며 하사가 받아쳤다. "멋대로 지껄여, 늙은이야! 이건 은전이 아니라 말 재갈이 쩔렁거리는 거야." "괜찮아." 실랑이를 중단시키며 내가 말했다. "자네를 보낸 사람에게 감사하다고 전해 주게. 그리고 잃어버린 은화는 돌아가는 길에 잘 찾아보고 발견하면 술이나 한잔하게." "정말 감사합니다, 장교님." 자기의 말을 돌리며 그가 대답했다. "죽을 때까지 장교님을 위해 기도드리지요." 이 말을 하면서 그는 한 손으로 가슴 자락을 움켜쥐고는 오던 길을 달려갔다. 잠시 후 그는 시야에서 사라졌다.

나는 털외투를 입고 안장에 올라탔다. 뒤에는 싸벨리치를 앉혔다. "자, 보셨지요, 도련님." 노인이 말했다. "제가 공연히 그 사기꾼 놈에게 탄원한 게 아니란 말씀이에요. 도둑놈한테도 양심은 있는 모양이군요. 비록 키만 껑충한 다 늙은 바시끼르 말과 양털 외투는 그 악당들이 우리한테서 훔쳐간 것의 절반도 안되고 도련님이 그자에게 선물한 것의 반도 안되지만 말이에요. 하지만 다 쓸모가 있는 법이지요. 심술 사나운 개한테서는 털이라도 한줌 뽑으라는 말도 있지 않습니까."

10장
포위당한 도시

초원과 산을 점령하고
정상에서 마치 독수리처럼 도시를 내려다본다.
진지 뒤에 포대를 세우고
그 속에 포들을 숨겼다가 밤이 되면 도시의 코앞에 갖다댈 것을 명했다.
— 헤라스꼬프[32]

오렌부르그에 가까워지면서 우리는 족쇄를 찬 죄수들의 무리를 보았다. 그들은 머리를 박박 밀었고 얼굴에는 형리들의 부젓가락으로 흉하게 낙인이 찍혀 있었다. 죄수들은 수비대 고참병들의 감독 아래 보루 근처에서 작업하고 있었다. 한 무리의 사람들이 참호에 가득 차 있던 쓰레기를 수레에 실어 옮겼고 또 한 무리는 삽으로 땅을 파고 있었다. 벽돌공들이 성벽으로 벽돌을 가져와 수리하고 있었다. 정문에서 보초들이 우리를 멈춰세우고 통행증을 요구했다. 중사는 내가 벨로고르스끄 요새에서 왔다는 소리를 듣자마

32 헤라스꼬프의 서사시 『로시야다』(*Россиада*, 1779)에서 인용.

자 곧장 장군의 집으로 데려갔다.

나는 정원에서 장군을 만났다. 그는 가을의 찬 공기에 노출된 사과나무를 살피며 나이 든 정원사의 도움을 받아 따뜻한 짚으로 사과나무를 조심스럽게 싸고 있었다. 그의 얼굴은 평온과 건강함, 친절함을 나타내고 있었다. 그는 나를 보자 반가워하면서 내가 목격한 끔찍한 사건에 대해 캐묻기 시작했다. 나는 모든 것을 이야기해주었다. 노인은 주의 깊게 이야기를 들었고 그러는 와중에도 중간중간 마른 가지를 쳐냈다. "가엾은 미로노프!" 내가 슬픈 이야기를 마치자 그가 말했다. "정말 유감스럽군. 훌륭한 장교였는데. 그리고 마담 미로노프도 좋은 부인이었지. 버섯 절이는 솜씨가 정말 일품이었어! 그런데 마샤는, 대위의 딸은 어찌 되었나?" 나는 그녀가 요새에 남아 있으며 신부 아내의 보살핌을 받고 있음을 고했다. "저런, 저런, 저런!" 장군이 말했다. "그건 좋지 않군. 아주 좋지 않아. 강도 패거리의 규율 따위는 절대 믿을 게 못돼. 그 가엾은 처녀는 대체 어찌 될까?" 나는 벨로고르스끄 요새가 멀지 않으니 아마도 각하께서 그곳의 고통받는 주민들을 해방하기 위해 군대를 보내는 일을 지체하지 않으실 걸로 믿는다고 답했다. 장군은 그다지 수긍이 가지 않는다는 얼굴로 고개를 저었다. "두고 보세, 두고 보자고." 그가 말했다. "거기에 대해서는 아직 더 의논할 시간이 있을 거야. 차를 마시러 오도록 하게. 오늘 군사회의가 있네. 그 몹쓸 뿌가초프와 그의 군대에 대해서 자네가 믿을 만한 정보를 줄 수 있겠지. 지금은 가서 좀 쉬도록 해."

배당된 숙소로 갔더니 싸벨리치가 벌써 안주인 노릇을 하고 있었다. 나는 약속 시간이 되기를 조급하게 기다리기 시작했다. 내 운명에 분명 지대한 영향을 미칠 그 회의에 참석할 기회를 내가 놓치지 않으리라는 것을 독자들은 쉽게 예상할 수 있으리라. 예정된 시각에 나는 이미 장군의 집에 있었다.

나는 그의 집에서 도시의 관리 한사람을 만났는데 세관장으로 기억된다. 그는 뚱뚱하고 볼이 붉은 노인으로 금실로 수놓은 비단 까프딴을 입고 있었다. 그는 이반 꾸즈미치를 대부라 부르면서 이반 꾸즈미치의 운명에 대해 자세히 물어보았다. 그는 보충 질문이나 교훈 비슷한 의견으로 자꾸 말을 중단시켰는데 그런 언급들은 그가 군사 방면에 통달한 인물임을 나타냈고, 적어도 총명함과 타고난 지성을 지녔음을 드러내주었다. 그러는 동안 초대받은 다른 사람들이 모습을 나타냈다. 그중에는 장군 자신을 제외하고는 군인이라고는 단 한명도 없었다. 모두들 자리에 앉고 차가 다 나오자 장군이 당면 사안에 대해 상당히 분명하고도 상세하게 설명했다. "그럼 이제, 여러분—그가 말을 이었다—우리가 폭도들에 어떻게 맞설지 결정해야 합니다. 공격이냐 방어냐? 두 방법 다 각각 장단점이 있소. 공격은 적들을 가장 신속하게 절멸시키는 데 아주 효과적이오. 방어는 보다 확실하고 안전한 방법이고…… 그럼 규정된 순서에 따라 의견을 모으도록 하겠소. 즉, 계급이 낮은 사람부터 시작해서 관등에 따라 진행하겠소. 소위보!—나를 향하며 그는 말을 계속했다—당신 견해를 말해주시오."

나는 일어서서 먼저 짤막하게 뿌가초프와 그의 무리를 묘사한 다음 참칭자는 정규군에 오래 맞서 세력을 유지할 수단이 없다고 단언했다.

관리들은 내 의견을 호의적이지 않게 받아들였음이 분명했다. 그들은 내 의견에서 젊은이의 경솔함과 불손함을 보았다. 여기저기에서 투덜대는 소리가 나기 시작했고 나는 누군가가 낮은 목소리로 풋내기라고 말하는 것을 똑똑히 들었다. 장군이 나를 향해 미소를 띠고 말했다. "소위보! 군사회의에서 첫 의견은 으레 공세를 지지하는 쪽으로 나오기 마련이라네. 그것이 당연한 순서야. 이제 의견들을 계속 모으도록 합시다. 6등 문관! 당신 견해를 말해주시오!"

비단으로 지은 까프딴을 입은 노인이 럼주를 지나치게 많이 넣은 세번째 찻잔을 서둘러 다 비우고 나서 장군에게 대답했다. "각하, 저는 공격도 방어도 해서는 안된다고 생각합니다."

"어째서 그렇다는 거요, 6등 문관?" 깜짝 놀란 장군이 반박했다. "병법에 다른 방법은 나와 있지 않소. 공격 아니면 방어인데……"

"각하, 현상금을 내거는 방법을 사용해보십시오."

"아—하—하! 상당히 신중한 의견인걸. 매수라는 방식은 병법에서도 허용되는 바이니 당신의 충고를 활용토록 하지. 그 건달꾼의 머리에 내걸 수 있는 금액은…… 70루블, 아니면 100루블까지도…… 비밀 자금에서……"

"그런 경우에," 세관장이 끼어들었다. "만일 이 도둑놈들이 자기네 대장을 손발을 묶어서 우리에게 넘겨주지 않는다면 저는 6등 문관이 아니라 끼르기즈의 양이 되겠습니다."

"이 문제에 대해서 앞으로 더 생각해보고 의논하기로 합시다." 장군이 대답했다. "그러나 만일의 경우에는 군사적인 조치도 취해야 하오. 여러분, 규정된 절차에 따라 의견들을 내주시오."

모두 나와 반대되는 의견들뿐이었다. 관리들은 전부 연대가 믿을 만하지 못하다는 둥, 성공이 불확실하다는 둥, 조심하는 것이 낫다는 둥 하는 이야기만 늘어놓았다. 모두들 대포의 엄호 아래 굳건한 석벽 뒤에 남는 것이 탁 트인 벌판에서 무기의 요행을 시험하는 것보다 현명하다고 생각했다. 마침내 모든 의견을 다 청취한 장군이 파이프 담배의 재를 털고 나서 이렇게 말했다.

"친애하는 여러분! 나로서는 소위보의 의견에 완전히 동의한다는 것을 밝혀야만 하겠소. 왜냐하면 그의 의견은 거의 언제나 방어보다 공격을 우선하는 견실한 병법의 제반 원칙에 근거하고 있기 때문이오."

여기서 그는 말을 멈추고 파이프에 담배를 꾹꾹 다져넣기 시작했다. 나는 자부심으로 의기양양해졌다. 나는 불만과 불안을 드러내며 자기들끼리 귓속말을 나누는 관리들을 긍지에 차서 훑어보았다.

"그러나, 친애하는 여러분," 깊은 한숨과 함께 짙은 담배 연기를 내뿜으며 그가 말을 이었다. "은덕이 높으신 우리의 여제 폐하께서 내게 위임하신 지방의 안전이 문제가 되는 지금, 그토록 막중한 위험을 내가 감히 떠맡을 수 없는 것이 현실이올시다. 따라서 도시 안에서 포위를 대비하는 것이 보다 현명하고 안전한 대응이며, 포병대의 위력과 (앞으로 가능하다면) 기습 출격으로 적의 공격을 물리치겠다고 결정한 대다수의 의견에 나도 동의하는 바입니다."

이번에는 관리들이 비웃음을 담뿍 담아 나를 쳐다보았다. 회의는 끝나고 해산했다. 소신을 버리고 군사 분야에 어두운 무경험자들의 의견에 따르기로 결정한 존경받는 군인의 나약함에 나는 실망하지 않을 수 없었다.

이 대단한 회의가 있은 지 며칠 지나서 우리는 자신의 약속을 성실히 지키는 뿌가초프가 오렌부르그에 가까이 왔음을 알게 되었다. 나는 성벽 높은 곳에서 폭도들의 군대를 보았다. 시간이 흐르면서 그들의 수가 내가 목격한 지난번 공격 때보다 열배는 증가한 것으로 보였다. 그 대열에는 뿌가초프가 이미 정복한 작은 요새들에서 탈취한 대포도 있었다. 군사 회의의 결정을 떠올리면서, 오렌부르그의 성벽 안에서 장기간 갇혀 지내게 될 것이 예견되어 나는 분한 마음에 눈물을 쏟을 지경이었다.

오렌부르그 봉쇄에 대해서는 쓰지 않으려고 한다. 그것은 역사에 속하는 것이지 일개 가정의 수기가 기록할 것은 아니기 때문이다. 다만 지방 당국의 경솔한 판단으로 초래된 이 봉쇄가 그 지역 주민들에게는 실로 치명적이어서 기아와 온갖 재난을 겪어야만 했다는 정도로 짧게 언급하고자 한다. 오렌부르그에서의 생활이 세상 그 무엇보다 견딜 수 없는 것이 되어갔음을 쉽게 상상할 수 있을 것이다. 모두들 우울함 속에서 자신의 운명이 결정되길 기다렸다. 모두들 정말 끔찍한 고물가高物價에 비명을 질렀다. 주민들은 자기 집 마당으로 날아드는 포탄에 익숙해졌다. 뿌가초프의 공격마저도 이미 사람들의 호기심을 끌지 못했다. 나는 갑갑해서 죽을 지경이었다. 시간은 흘러갔다. 나는 벨로고르스끄 요새에서 오는 편지를 받지 못하고 있었다. 도로는 죄다 끊겨 있었다. 마리야 이바노브나와 떨어져 있는 것이 나로서는 견딜 수 없는 일이 되어갔다. 그녀의 운명을 알 수 없다는 사실이 나를 괴롭혔다. 유일한 즐거움은 말을 타고 출격하는 것이었다. 뿌가초프의 후의로 좋은 말을 갖게 된 나는 빈약한 식량을 나눠주며 돌보았고 뿌가초프의 기마병들과 사격전을 벌이러 매일 그 말을 타고 성 밖으로 출격했다. 이런 총격전에서는 배불리 먹고 잘 마시고 좋은 말을 가진 악당들 편이 보통 우세하기 마련이었다. 비쩍 마른 도시의 기병대는 그들을 이겨내지 못했다. 때로는 우리의 굶주린 보병도 들판에 나갔다. 하지만 발이 푹푹 빠지는 적설 때문에 여기저기 흩어져 싸우는 기병에 맞서 효과적으로 전투를 벌이기가 불가능했다. 대포는 성벽 높은 곳에서 헛되이 포성을 울릴 뿐이었고 들판에서는 극도로 피곤에 지친 말들로 인해 진창에 빠져 움직이지 못했다. 우리의 군사행동이란 바로 그런 꼴이었다! 오렌부르그의 관리들이 조심성이니 현명함이니 하며 떠들어댄 것이 바로 그런 것이었다!

어느날 우리는 상당한 수의 적군을 어찌어찌해서 뿔뿔이 흩어버리고 추격하는 데 성공했다. 나는 말을 타고 쫓다가 무리에서 떨어진 한 까자끄와 부딪히게 되었는데 내가 터키제 군도로 후려치려는 순간 갑자기 그자가 모자를 벗더니 소리쳤다. "안녕하세요, 뾰뜨르 안드레이치! 잘 지내고 계셨습니까?"

나는 그자가 우리 하사였던 사람임을 알아보았다. 이루 말할 수 없이 반가웠다. "안녕, 막시미치," 나는 그에게 말했다. "벨로고르스끄 요새를 나온 지 오래되었나?"

"얼마 안됐지요, 뾰뜨르 안드레이치. 바로 어제 돌아왔는걸요. 당신께 드리는 편지를 가지고 있습니다."

"어디 있나?" 내가 갑자기 몹시 흥분해서 외쳤다.

"저한테 있습니다." 손을 품속에 넣으며 막시미치가 대답했다. "어떻게든 당신께 전해드리겠다고 빨라샤에게 약속을 했지요." 그는 잘 접은 종이를 건네주고는 즉시 말을 달려 가버렸다. 나는 종잇조각을 펴고 떨리는 마음으로 글을 읽었다.

하느님께서는 제게서 갑자기 아버지와 어머니를 앗아가셔야 했나 봅니다. 이제 저는 이 세상에 가족도 돌보아주는 사람도 없습니다. 당신이 항상 잘 대해주셨고 어떤 사람이라도 도울 의사가 있는 분임을 알기에 당신께 이렇게 글을 씁니다. 이 편지가 어떻게든 당신 손에 들어가기를 하느님께 간절히 기도드립니다! 당신께 이 편지를 전달하겠다고 막시미치가 약속했어요. 또 빨라샤가 막시미치로부터 듣기로는 출격을 나가면 멀리서 당신을 곧잘 본다고 합니다. 그런데 당신이 자신의 안전을 전혀 돌보지 않는다고, 그래서 당신을 위해 눈물 흘리며 하느님께 기도드리는 사람들에 대해서는 전혀 생각지 않는 듯하다고 하더군요. 저는 오랫동안 몸이 아팠는데 병석에서 일어날 만해지니까 돌아가신 아버지 자리를 차지하고 우리를 지배하고 있는 알렉세이 이바노비치가 뿌가초프를 들먹이며 게라심 신부님을 위협해서 저를 자신에게 보내도록 강요했어요. 저는 지금 감시를 받으며 우리 집에서 살고 있지만 알렉세이 이바노비치가 자기와 결혼할 것을 강요하고 있어요. 그는 저의 생명을 구해주었다고 말하는데, 아꿀리나 빰필로브나가 그 불한당에게 저를 조카딸이라고 이야기했을 때 그 거짓말을 모른 척 덮어주었기 때문이랍니다. 하지만 전 알렉세이 이바노비치 같은 사람의 아내가 될 바에는 차라리 죽어버리는 것이 더 낫습니다. 그는 아주 잔인한 태도로 대하면서 만일 마음을 달리 먹고 자신과 결혼하지 않는다면 저를 악당이 있는 진영으로 데려가서 리자베따 하를로바[33]와 똑같은 일을 겪게 만들겠다고 위협하고 있어요. 저는 알렉세이 이바노비치에게 생각할 시간을 달라고 부탁했어요. 그는 사흘 동안 기다린다는 데 동의했어요. 하지만 사흘 뒤에도 자신과 결혼하지 않는다면 그때는 이미 그 어떤 관대함도 없을 것이라고 했습니다. 친애하는 뾰뜨르 안드레이치! 오직 당신만이 제가 기대고 의지할 수 있는 사람입니다. 이 불쌍한 저에게 힘이 되어주세요. 그곳의 장군님과 모든 지휘관께 한시바삐 우리에게 지원군을 보내도록 간청하고 설

33 니즈네오제르나야 요새 사령관의 아내. 요새 함락 후 뿌가초프에 의해 일가족이 몰살당했고, 그녀 자신은 뿌가초프의 정부가 되었다가 후에 일당들에 의해 살해당함.

득해주시고 가능하다면 당신이 직접 와주세요. 당신을 따르는 가엾은 고아인 제가 드립니다.

마리야 미로노바

이 편지를 다 읽은 후 나는 거의 미칠 것만 같았다. 인정사정 보지 않고 불쌍한 나의 말에게 마구 힘껏 박차를 가하며 도시를 향해 질주했다. 달려가면서 나는 이 가엾은 처녀를 구해내기 위해 이런 저런 궁리를 했지만 뾰족한 수를 찾지 못했다. 도시에 들어와 곧장 장군에게로 향했고 부리나케 그가 있는 곳으로 들어갔다.

장군은 해포석으로 만든 파이프 담배를 피우면서 앞으로 뒤로 방 안을 거닐다가 나를 보더니 멈춰섰다. 아마도 내 꼴이 그를 놀라게 만든 모양이었다. 그는 성급하게 달려온 이유를 성의 있게 물어왔다.

"각하," 나는 그에게 말했다. "각하를 아버지라 생각하고 이렇게 달려왔습니다. 제발 부탁이오니 저의 간청을 물리치지 말아주십시오. 제 인생의 모든 행복이 달린 문제입니다."

"자네, 무슨 일로 그러나?" 노인이 놀라 물었다. "내가 자네를 위해 무엇을 해줄 수 있는데? 말해보게."

"각하, 제게 중대 병력과 까자끄 오십명을 붙여주시고 벨로고르스끄 요새의 적들을 소탕하기 위해 출정하도록 허락해주십시오."

장군이 뚫어지게 쳐다보았다. 아마도 내가 미쳤다고 생각하는 모양이었다. (이 점에 있어서는 거의 틀리지 않았다.)

"어째서 그런 소리를 하나? 벨로고르스끄 요새를 소탕한다고?" 드디어 그가 말했다.

"책임지고 성공하겠습니다." 나는 열성을 다해 대답했다. "저를 보내만 주십시오."

"아닐세, 젊은이." 그는 고개를 저으며 말했다. "이렇게 상당한 거리를 둔 경우에 적들이 자네와 주요 전략 지점 사이의 연결을 끊어버리고 완승을 거두는 것은 쉬운 일일세. 연락이 차단되면……"

장군이 군사적 추론의 영역으로까지 나아가는 것을 보고 놀라 나는 서둘러 말을 끊으려 했다.

"미로노프 대위의 딸이," 내가 그에게 말했다. "저에게 편지를 썼습니다. 그녀가 도움을 요청하고 있어요. 시바브린이 자기와 결혼할 것을 강요하고 있다는 겁니다."

"과연 그렇단 말이지? 오, 이 시바브린이란 자는 정말 굉장한 무뢰한[34]이로군. 내 손안에 들어오기만 하면 스물네시간 안에 그놈을 판결해서 요새 난간에서 쏴버리자고! 하지만 당장은 인내심을 가지고 기다려야 하네……"

"인내심을 가지고 기다린다고요!" 나는 제정신을 잃고 고래고래 소리 질렀다. "그러는 동안 그자는 마리야 이바노브나와 결혼해버릴 겁니다……!"

34 원문은 독일어로, '쉘름'(Schelm).

"아하!" 장군이 대꾸했다. "그것이 재앙은 아니지. 당분간은 그 아이로서도 시바브린의 아내가 되는 편이 오히려 나을 거야. 지금은 그자가 그 아이를 보호해줄 테니까 말이야. 우리가 그놈을 총살시킨 다음에는, 그때는, 걱정할 것 없네. 새로운 남편감이 나타나겠지. 예쁘장한 어린 과부가 혼자 늙는 법은 없네. 즉, 내가 하고자 하는 말은, 과부가 처녀보다 남편감을 빨리 찾는다는 거지."

"차라리 죽는 게 낫겠습니다." 나는 광분해서 소리쳤다. "그녀를 시바브린에게 빼앗기느니 말입니다!"

"아이쿠, 이런, 이런, 이런!" 노인이 말했다. "이제 알겠군. 자네가 마리야 이바노브나를 사랑하는 모양이군. 그렇다면 이야기가 달라지고말고! 불쌍한 놈 같으니! 하지만 어쨌든 나는 자네에게 중대 병력과 까자끄 오십명을 내줄 수 없어. 그런 원정대를 파견하는 것은 현명치 못한 처사야. 나는 그런 책임을 질 수 없네."

나는 고개를 떨구었다. 절망이 나를 사로잡았다. 갑자기 한가지 생각이 머릿속에서 반짝하고 떠올랐다. 그 생각이 무엇인지는, 옛 소설가들 말대로, 독자들은 다음 장에서 보게 될 것이다.

11장
폭도들의 마을

그때 사자는 배가 불렀다. 비록 천성이 흉포하지만 말이다.
"어째서 나의 동굴에 왔느냐?"
그가 상냥하게 물었다.
—A. 쑤마로꼬프[35]

나는 장군을 남겨두고 서둘러 숙소로 돌아왔다. 싸벨리치가 여전한 훈계를 늘어놓으며 맞았다. "술 취한 불한당들이랑 주거니 받거니 싸우면 퍽이나 좋으시겠습니다요, 도련님! 그게 귀족이 할 일이랍니까? 갑자기 무슨 일이라도 생기면 어쩝니까. 하찮은 것에 귀한 목숨을 잃을 수도 있다고요. 더구나 터키인들이나 스웨덴인들이랑 싸우러 다니신다면 또 모를까요, 그깟 것들이랑은 싸운다고 말하기조차도 꺼림칙한 일이지요."

나는 질문을 던져서 그의 설교를 막아버렸다. 우리에게 남은 돈

35 뿌시낀이 쑤마로꼬프의 우화를 차용하여 지어낸 것임.

이 다 해서 얼마나 되느냐? "얼마나 되느냐 하면 말이지요," 그가 빼기면서 말했다. "도둑놈들이 온통 다 뒤집었어도 제가 잘 감춰두었지요." 이렇게 말하면서 그는 주머니에서 은화가 가득 찬 꽁꽁 묶은 길쭉한 지갑을 꺼냈다. "그럼, 싸벨리치," 내가 그에게 말했다. "지금 나한테 절반을 주고 나머지는 네가 다 가져. 나는 벨로고르스끄 요새로 갈 거야."

"뾰뜨르 안드레이치 도련님!" 착한 노인네가 떨리는 목소리로 말했다. "하느님 무서운 줄을 아십시오. 이런 때에 도련님을 어찌 길거리로 내보낸단 말입니까. 악당들로부터 벗어날 수 있는 통로가 전혀 없는 마당에 말입니다! 도련님이 스스로를 귀하게 여기지 않는다면 부모님이라도 아끼고 귀하게 여길 줄 아셔야죠. 어디로 가려고 하는데요? 왜요? 잠시만 기다리면 곧 군대가 와서 그놈들을 죄다 잡아넣을 겁니다. 그때는 사방 어디로든 가고 싶은 데로 가시면 됩니다요."

그러나 나의 마음은 이미 확고하게 결심이 서 있었다.

"이러쿵저러쿵해봐야 이미 늦었어." 나는 노인에게 대꾸했다. "가야만 해, 가지 않을 수가 없어. 걱정하지 마, 싸벨리치. 하느님은 자비로우시니까 꼭 다시 보게 될 거야! 잘 들어봐, 부끄러워하지 말고 인색하게 굴지 마. 너한테 필요한 것이 있으면 사도록 해. 설사 값을 세배나 부르더라도 말이야. 그 돈은 내가 너한테 선물하는 거야. 만일 사흘이 지나도 내가 돌아오지 않으면……"

"아니, 그게 대체 무슨 소립니까, 도련님?" 싸벨리치가 말을 가로막았다. "제가 도련님을 혼자 보낸다고요? 그런 일은 꿈도 꾸지 마십시오. 도련님이 이미 가겠다고 결정을 내렸다면 저는 설령 한 걸음 한걸음 걷는 한이 있더라도 따라갈 겁니다. 도련님을 버리지 않고말고요. 저더러 도련님도 없이 혼자 석벽 뒤에 앉아 있으라는 말입니까! 제가 정신이 돌았나요? 뭘 하든 도련님의 자유입니다. 하지만 저는 도련님 곁을 떠나지 않을 테니까요."

나는 싸벨리치와 말씨름을 벌여봤자 소용없음을 알고 있었다. 그래서 그가 떠날 채비를 하도록 내버려두었다. 삼십분 뒤 나는 내 훌륭한 말을 타고 있었고 싸벨리치는 비쩍 마른데다가 다리를 저는 늙은 말을 타고 있었다. 그 말은 주민 가운데 한사람이 더이상 먹이를 챙겨줄 수 없게 되자 싸벨리치에게 거저 준 말이었다. 우리는 도시의 대문을 향해 다가갔다. 보초들이 우리를 통과시켜주었다. 우리는 오렌부르그의 밖으로 빠져나왔다.

땅거미가 깔리기 시작했다. 우리가 가는 길은 뿌가초프의 은신처인 베르다 마을 옆으로 이어졌다. 곧장 가는 길은 눈으로 끊겼지만 초원에는 매일 새로 만들어지는 말 발자국들이 가득했다. 나는 성큼성큼 뛰는 속보로 달려갔지만 싸벨리치는 멀리서 겨우 따라오면서 매분 우는소리를 늘어놓는 형편이었다. "좀 천천히 가세요, 도련님. 제발 좀 천천히 가라고요. 이 빌어먹을 늙은 말은 도련님이 탄 말의 날래고 긴 다리를 도저히 따라갈 수 없다고요. 대체 어딜 그리 서두르는지? 잔칫집에나 간다면 모를까, 사지로 찾아들어가는 판국에. 자칫하면…… 뾰뜨르 안드레이치…… 뾰뜨르 안드레이치 도련님……! 개죽음하지 마세요……! 아이고 하느님, 귀족 자제분 하나를 잃게 생겼어!"

얼마 안 가 베르다 마을의 불빛이 보이기 시작했다. 우리는 이 마을에 천연 방어시설 역할을 하고 있는 골짜기로 접근했다. 싸벨리치는 한탄 섞인 애원을 그치지 않으면서도 뒤처지지 않고 곧잘 따라왔다. 나는 아무 일 없이 무사히 이 마을을 돌아서 지나가기를 기대했다. 그때 땅거미 속에서 몽둥이를 든 사내 다섯이 갑자기 바로 코앞에 모습을 드러냈다. 이들은 뿌가초프의 은신처를 지키는, 말하자면 전초前哨 경비대였다. 그들은 소리쳐 우리를 불러 세우려고 했다. 암호를 모르기에 아무 말 없이 그들 옆을 지나쳐갈 생각이었지만 그들은 순식간에 에워싸더니 한명이 내 말의 고삐를 움켜쥐었다. 나는 군도를 뽑아들고 그 사내의 머리를 내리쳤다. 모자가 그의 목숨을 구했지만 그는 비틀거리면서 손에서 고삐를 놓쳤다. 나머지 사내들은 어찌할 바를 모르고 허둥대다가 뛰어 물러났다. 나는 이 순간을 이용해서 말에 힘껏 박차를 가해 뛰어가버렸다.

점차 다가오는 밤의 어둠이 온갖 위험으로부터 나를 지켜줄 수 있었다. 그런데 그때 불현듯 주위를 둘러보다 싸벨리치가 함께 있지 않다는 걸 깨달았다. 다리 저는 말을 탄 불쌍한 노인은 강도들로부터 벗어나지 못한 것이다. 어떻게 해야 하나? 몇분 기다려본 뒤 그가 붙잡혔음을 확신하고 말을 돌려서 그를 구출하러 달려갔다.

골짜기에 다가가면서 나는 멀리서부터 시끄러운 소리를 들었는데 다름 아닌 나의 싸벨리치의 비명과 목소리였다. 나는 서둘러 말을 달렸고 얼마 안되어 보초 서는 사내들을 다시 마주하게 되었다. 몇분 전에 나를 멈춰세운 바로 그자들이었다. 싸벨리치는 그들 사이에 있었다. 그들은 싸벨리치를 늙은 말에서 잡아내려서 막 묶으려는 참이었다. 내가 다시 오자 그들은 아주 기뻐했다. 그들은 소리를 지르며 달려들어 순식간에 나를 말에서 끌어내렸다. 그들 가운데 우두머리로 보이는 한사람이 우리를 지금 폐하께로 데려가겠다고 엄포를 놓았다. "그러면 우리의 폐하께서," 그가 덧붙였다. "네 놈들을 당장 목매달지, 아니면 날이 밝을 때까지 기다릴지 뜻대로 명령하실 거란 말씀이야." 나는 저항하지 않았다. 싸벨리치도 내가 하는 대로 얌전히 있었다. 보초들은 한껏 기세를 뽐내며 우리를 데려갔다.

우리는 골짜기를 건너 마을로 들어섰다. 오두막집마다 불이 밝혀져 있었다. 여기저기에서 떠드는 소리, 외치는 소리가 들려왔다. 길거리에서 많은 군중을 마주쳤지만 어둠속에서 우리를 눈여겨보거나 내가 오렌부르그의 장교라는 것을 알아보는 사람은 아무도 없었다. 그들은 사거리 모퉁이에 있는 한 농가로 우리를 곧장 데려갔다. 대문 옆에는 포도주 통 몇개와 대포 두개가 놓여 있었다. "여기가 바로 궁전이야." 사내들 중 한명이 말했다. "이제 너희에 대해 보고할 거야." 그는 농가로 들어갔다. 싸벨리치를 쳐다보았더니 그는 속으로 기도문을 외우면서 성호를 긋고 있었다. 나는 오랫동안 기다려야 했다. 마침내 사내가 돌아와서 내게 말했다. "들어가. 우리 폐하께서 장교를 데려오라 하셨다."

나는 농가로, 혹은 사내가 부른 대로라면 궁전이라는 곳으로 들어갔다. 비켓살로 태우는 초 두개가 농가를 밝혔고 벽에는 금빛 종이가 발라져 있었다. 덧붙이자면, 침대로 쓰는 긴 의자며 걸상, 노끈으로 매어놓은 세면대, 못에 건 수건, 구석에 세워둔 집게, 단지들을 늘어놓은 난로 앞의 널찍하고 작은 선반 등등, 이 모든 것이 보통의 농가 모습과 다를 바 없었다. 성상 아래 자리 잡고 앉은 뿌가초프는 붉은 까프딴을 입고 높은 모자를 쓰고 두 손을 허리에 얹은 것이 사뭇 위엄 있어 보이려고 애써 자세를 취한 듯했다. 패거리 가운데 대장 몇몇이 옆에 서 있었는데 거짓 아첨의 기색을 띠고 있었다. 보아하니 오렌부르그에서 장교가 왔다는 소식이 그들 사이에 강한 호기심을 불러일으켰고 위엄을 갖춰 맞이하려고 미리 준비한 모양이었다. 뿌가초프는 첫눈에 나를 알아보았다. 짐짓 꾸며낸 거드름이 일순간에 사라져버렸다. "아, 나리!" 그가 활기차게 인사를 던졌다. "어찌 지내나? 무슨 일로 여기에 왔는가?" 나는 개인적인 용무가 있어 길을 가던 중 그의 부하들이 나를 멈춰세웠다고 대답했다. "그래, 어떤 용무인가?" 그가 물었다. 나는 어떻게 대답해야 할지 몰랐다. 뿌가초프는 내가 많은 사람 앞에서 이야기를 꺼내기 싫어한다고 생각했는지 부하들에게 모두 나가라고 명령했다. 모두들 그 말에 따랐지만 두사람은 자리에서 꼼짝도 하지 않았다. "이 사람들은 개의치 말고 솔직히 말해보게." 뿌가초프가 말했다. "나도 이 두사람에게는 아무것도 숨기지 않으니까." 나는 참칭자의 측근을 슬쩍 바라보았다. 그중 한명은 등이 굽고 허약한, 잿빛 수염을 가진 노인으로, 회색 농민 외투의 어깨에 두른 푸른 띠 말고는 별다른 특징이 없었다. 그러나 그의 동료는 평생 절대로 잊지 못할 것이다. 그는 키가 크고 몸집이 건장하고 떡 벌어진 넓은 어깨를 가진 사람으로 마흔다섯살 정도로 보였다. 짙고 붉은 수염과 번쩍이는 회색 눈동자, 콧구멍이 없는 코, 이마와 뺨에 있는 붉은 얼룩 등이 그의 얽고 넙데데한 얼굴에 뭐라 형언하기 어려운 인상을 만들어냈다. 그는 빨간 셔츠에 끼르기즈식 가운, 까자끄들이 입는 헐렁한 바지를 입고 있었다. 첫번째 남자는 (나중에 알고 보니) 탈주한 하사 벨로보로도프[36]였고, 두번째 사나이는 아파나시 쏘꼴로프[37]라는 인물로 (흘로뿌샤라는 별명으로 불렸다) 시베리아 광산에서 세번이나 달아난 유형수였다. 나의 내면에 휘몰아치던 극심하게 흥분된 감정에도 불구하고 우연히 상대하게 된 이 한 무리의 사람들이 나의 상상력을 강렬하게 자극했다. 그러나 뿌가초프가 질문을 던져 나를 제정신으로 돌아오게 만들었다. "말해보게. 어떤 일로 오렌부르그를 떠나왔는지?"

머릿속에 기이한 생각이 떠올랐다. 나를 두번째로 뿌가초프에게로 인도한 신의 섭리가 나의 뜻을 실현할 가능성을 준 것이라는 생각이 들었던 것이다. 나는 이 기회를 이용하기로 마음먹었고, 대체

36 이반 나우모비치 벨로보로도프(И. Н. Белобородов, ?~1774). 뿌가초프 진영의 주요 우두머리 중 한사람.

37 А. Т. Соколов(1714~74). 1773년 오렌부르그 감옥에 수감됨. 레인스도르쁘가 뿌가초프에게 투항 권고를 전달하기 위해 보냈으나, 그는 즉시 뿌가초프 진영에 합류하여 대장으로 임명됨. 이후 뿌가초프의 주요 조력자의 한사람이 됨.

무엇을 결심한 것인지에 대해 생각해볼 겨를도 없이 뿌가초프의 질문에 대답했다.

"나는 학대당하는 한 고아를 구출하기 위해 벨로고르스끄 요새로 가는 길입니다."

뿌가초프의 눈동자가 번쩍 빛났다. "내 부하 중 감히 누가 고아를 괴롭힌단 말인가?" 그가 고함쳤다. "아주 영악한 자인 모양이지만 나의 재판을 면치 못할 거야. 말해봐, 누가 그런 잘못을 저지르고 있나?"

"시바브린이오." 내가 대답했다. "그자는 당신이 신부의 집에서 본 그 아픈 처녀를 감금하고 강제로 결혼하려 하고 있소."

"내가 그 시바브린을 혼내주지." 뿌가초프가 무섭게 말했다. "내 밑에서 함부로 방자하게 행동하며 민중을 괴롭힌다는 게 어떤 것인지 그가 알게 될 거야. 그놈을 교수형에 처할 테다."

"한마디 해도 되겠습니까." 쉰 목소리로 흘로뿌샤가 말했다. "당신이 시바브린을 요새 사령관 자리에 지명한 것도 경솔했지만 지금 그를 목매다는 것도 경솔하긴 마찬가지입니다. 당신은 귀족을 상관으로 앉힘으로써 이미 까자끄들에게 모욕감을 주었습니다. 이제 확실치도 않은 비방이 들어오자마자 처형해서 귀족들을 겁주지 마십시오."

"그들을 동정할 필요도, 호의를 베풀어줄 필요도 전혀 없습니다!" 푸른 띠를 두른 늙은이가 말했다. "시바브린을 처형하는 것은 별일 아니지요. 그리고 저 장교를 절차에 따라 신문하는 것도 나쁘지 않을 겁니다. 무슨 목적으로 왔는가 알아내기 위해 말이지요. 만일 저자가 당신을 폐하로 인정하지 않는다면 저자를 어찌 다룰지 고민할 필요는 전혀 없을 겁니다. 하지만 인정한다면 어째서 지금까지 오렌부르그에서 적들과 함께 앉아서 노닥거리고 있었단 말입니까? 이자를 관청으로 끌고 가서 그곳에 불을 피우도록 명령하시지요. 이 장교 나리는 오렌부르그 지휘부에서 우리 쪽에 보낸 첩자라고 생각됩니다."

늙은 악당의 논리가 내가 듣기에도 꽤 설득력이 있어 보였다. 지금 내가 누구의 손아귀에 들어와 있는지를 생각하자 차가운 기운이 온몸을 훑고 내려갔다. 뿌가초프가 나의 동요를 눈치챘다. "어때, 나리?" 눈을 찡긋하며 그가 내게 말했다. "우리 육군 원수가 중요한 이야기를 하는군. 자넨 어떻게 생각하나?"

뿌가초프의 조롱이 내게 용기를 회복시켜주었다. 내가 지금 그의 손안에 있느니만큼 그가 원하는 대로 처리할 수 있다고 나는 태연하게 대답했다.

"좋아." 뿌가초프가 말했다. "이제 말해보게, 당신들 도시가 어떤 상황에 있는지."

"덕분에," 내가 대답했다. "모든 것이 더할 나위 없이 좋습니다."

"더할 나위 없이 좋다고?" 뿌가초프가 되풀이했다. "사람들이 굶어 죽고 있는데!"

참칭자가 말한 것은 사실이었다. 그러나 나는 충성 서약에 따라서, 죄다 공연한 소문이며 오렌부르그에는 모든 것이 풍족하게 저

장되어 있다고 확언하기 시작했다.

"보십시오," 늙은이가 내 말을 가로챘다. "저자가 바로 우리 눈 앞에서 거짓말을 늘어놓고 있지 않습니까. 도망쳐나온 사람들이 오렌부르그에는 먹을 것이 없고 전염병이 돌아서 사람들이 죽은 동물의 고기도 없어서 못 먹는 판이라고 이구동성으로 말하는데 이 장교님께서는 모든 것이 풍족하다고 단언하다니. 만약 시바브린을 매달 생각이라면 같은 교수대에 저 젊은 놈도 함께 매달도록 하십시오. 아무도 섭섭하지 않게 말입니다."

이 저주받을 늙은이의 말이 뿌가초프의 마음을 흔든 것 같았다. 참말 다행스럽게도 흘로뿌샤가 동료의 말에 반대하고 나섰다.

"됐네, 나우미치." 그가 늙은이에게 말했다. "자네는 모조리 목 매달고 베어 죽였으면 하지. 자기가 무슨 영웅호걸이라고? 용케 목숨이 붙어 있다 싶은 녀석이. 자기 자신도 무덤에 한발 걸친 주제에 다른 사람들을 그저 죽이려 드니. 그래, 네놈이 흘린 피가 아직도 모자란단 말이야?"

"넌 또 무슨 성인군자냐?" 벨로보로도프가 반박했다. "웬 정이 갑자기 넘쳐?"

"물론," 흘로뿌샤가 대답했다. "나도 죄 많은 놈이지. 그리고 이 손도, (그러면서 그는 여위어 뼈가 툭툭 불거진 자기 주먹을 꽉 쥐어 보였다. 그리고 소매를 걷어올리더니 털이 숭숭한 팔을 드러내 보였다) 그리고 이 손도 기독교도들의 피를 흘리게 한 죄가 있어. 하지만 나는 원수를 죽였지, 찾아온 손님을 죽인 적은 없어. 바깥의

갈림길이나 캄캄한 숲 속에서 죽였지, 집 안 뻬치카 앞에 앉아서 죽이지는 않았지. 철퇴나 도끼로는 죽였지만 여자들처럼 험담으로 죽이지는 않았단 말이야."

늙은이가 고개를 돌리더니 투덜거렸다. "콧구멍도 찢어진 놈이……!"[38]

"뭐라고 나불대는 거야, 이 늙은 영감탱이야?" 흘로뿌샤가 소리쳤다. "내가 네놈 콧구멍도 찢어주마. 두고 봐, 너한테도 차례가 올 테니. 걱정 말라고, 너도 달구어진 부젓가락 냄새를 맡게 될걸…… 하지만 당장은 내가 네놈 수염을 죄다 뽑아주지!"

"장군들!" 뿌가초프가 의젓하게 외쳤다. "말싸움은 그만합시다. 오렌부르그의 개들이 몽땅 한 횡목에 매달려서 다리를 바들바들 떤다면 그건 재앙이 아니지만, 우리 수캐들이 자기들끼리 물어뜯는다면 그건 재앙이지. 자, 화해하시오."

흘로뿌샤와 벨로보로도프는 아무 말도 하지 않고 음울하게 서로를 쳐다보았다. 나는 내게 아주 불리하게 끝날 수 있는 화제를 돌려야 할 필요성을 느끼고 뿌가초프를 향해 밝은 태도로 말했다. "아참! 말과 털외투에 대해 감사드린다는 것을 잊었군요. 당신이 아니었으면 나는 도시까지 가기도 전에 길에서 얼어 죽었을 겁니다."

나의 기지가 성공했는지 뿌가초프는 기분이 좋아졌다. "빌린 물건은 돌려주는 것이 예의 아닌가." 눈을 가늘게 뜨고 찡긋거리며

38 옛날에 도둑에게 가한 형벌의 표지.

그가 말했다. "이제 이야기해보게, 시바브린이 학대한다는 그 처녀와 자네는 무슨 관계인가? 혹시 젊은 사내의 심장을 뜨겁게 하는 애인인가? 응?"

"그녀는 내 약혼녀요." 분위기가 유리하게 변하는 것을 알아채고 진실을 감출 필요를 찾지 못한 내가 뿌가초프에게 대답했다.

"자네 약혼녀라고!" 뿌가초프가 외쳤다. "왜 진작 말하지 않았나? 그래, 우리가 자네를 결혼시켜주고 결혼식에 잔치도 베풀어주지!" 그다음에는 벨로보로도프를 향해 말했다. "들어보게, 육군 원수! 나와 이 나리는 오랜 친구라네. 앉아서 같이 저녁을 들지. 아침에는 저녁때보다 더 똑똑해진다고 하지 않나 말이야. 이 친구를 어떻게 할지는 내일 두고 보세."

나로서는 그가 제안한 영광을 거절하는 것이 더 좋았지만 어쩔 도리가 없었다. 농가 주인의 딸인 젊은 까자끄 여자 두명이 식탁에 하얀 테이블보를 깐 다음 빵과 생선 수프, 포도주와 맥주 몇병을 가져왔다. 그렇게 해서 나는 두번째로 뿌가초프 및 그의 무시무시한 동료들과 한 식탁에 앉게 되었다.

본의 아니게 내가 목격하게 된 이 떠들썩한 술자리는 밤이 깊을 때까지 이어졌다. 마침내 취기가 동석자들을 거꾸러뜨리기 시작했다. 뿌가초프는 자리에 앉은 채 졸기 시작했다. 그의 동료들이 일어나서 내게 그만 일어나라는 신호를 보냈다. 나는 그들과 같이 밖으로 나왔다. 흘로뿌샤의 지시에 따라 보초병이 관청으로 쓰는 농가로 나를 데려갔고 나는 거기서 싸벨리치를 발견했다. 나와 싸벨리치는 그곳에 갇혔다. 싸벨리치는 주변에서 벌어지는 일들에 너무나 놀란 나머지 내게 아무런 질문도 하지 않았다. 어둠속에 자리를 잡고 누웠지만 그는 한참 동안 한숨을 내쉬며 아아, 오오 하고 있었다. 결국 잠이 들어 코 고는 소리가 들려왔으나 나는 여러 상념에 빠져 밤새도록 일분도 잠들지 못했다.

아침이 되자 뿌가초프가 부른다며 나를 데리러 왔다. 뿌가초프가 머무는 농가의 현관 앞에 따따르 말 세마리가 매인 여행용 마차가 서 있었다. 거리에는 사람들이 모여들어 웅성거렸다. 나는 현관에서 뿌가초프를 만났다. 그는 길 떠날 채비를 한 옷차림을 했는데 털외투를 입고 끼르기즈 모자를 쓰고 있었다. 어제 자리를 함께 한 사람들이 둘러싸고 있었는데 그들의 태도에서 아첨하는 기색이 엿보였다. 그런 태도는 어젯밤 목격한 모든 것과 상당히 모순되는 것이 아닐 수 없었다. 뿌가초프는 내게 활기찬 인사를 던졌고 마차 안에 자기와 같이 앉을 것을 지시했다.

우리는 자리를 잡았다. "벨로고르스끄 요새로 가자!" 선 채로 삼두마차를 모는 어깨가 딱 벌어진 따따르인에게 뿌가초프가 말했다. 나는 심장이 몹시 두근거렸다. 말들이 움직이기 시작하자 작은 종이 딸랑거렸고 마차가 나는 듯이 달리기 시작했다……

"멈춰! 멈추라고!" 내가 너무나 잘 아는 목소리가 들려왔다. 그리고 우리를 향해 달려오는 싸벨리치를 발견했다. 뿌가초프는 세우라고 명령했다. "뾰뜨르 안드레이치 도련님!" 하인이 외쳤다. "늙은 저를 이 악당들 사이에 버려……" "아, 늙은이로군!" 뿌가초프가 그에게 말했다. "하느님이 또 만나게 하셨어. 마부 자리에 앉도록 하지."

"감사합니다, 폐하. 감사합니다, 나의 아버지!" 자리를 잡고 앉으면서 싸벨리치가 말했다. "늙은 저를 돌봐주시고 안심시켜주신 은혜로 백살까지 장수하시기를 하느님께 빌겠습니다요. 죽는 날까지 폐하를 위해 하느님께 기도드릴 것입니다요. 그리고 토끼털 외투 따위는 절대 입에 올리지 않겠습니다."

이 토끼털 외투 운운하는 소리는 마침내 농담을 지나쳐 뿌가초프를 화나게 할 수 있었다. 다행스럽게도 참칭자는 잘 듣지 못했거나 아니면 적절하지 못한 암시라고 무시해버린 듯했다. 말들이 내달렸다. 길거리에서 사람들이 멈춰서서 허리까지 숙이며 절을 했다. 뿌가초프는 양쪽으로 고개를 끄덕거렸다. 잠시 후 우리는 마을을 빠져나왔고 평탄한 길을 따라 시원스럽게 달려갔다. 내가 이때 어떤 느낌이었을지 쉽게 상상할 수 있으리라. 몇시간 뒤면 이미 잃었다고 생각하던 그 사람을 틀림없이 만나게 된다. 나는 우리가 재회하는 순간을 그려보았다…… 또 내 운명을 그 손안에 쥐고 있으며 알 수 없는 상황 전개 속에서 기이하게 나와 연결된 이 사람에 대해서도 생각했다. 사랑하는 그녀의 구원자를 자청하고 나선 이 자의 경솔한 잔혹함과 피에 굶주린 습성을 나는 떠올렸다! 뿌가초프는 그녀가 미로노프 대위의 딸이라는 것을 몰랐다. 악에 받친 시바브린이 모든 것을 폭로할지도 몰랐다. 아니면 뿌가초프가 다른 방식으로 진실을 알게 될 수도 있었다…… 그러면 마리야 이바노브나는 어떻게 될까? 차디찬 전율이 온몸을 스쳤고 머리카락이 쭈뼛 곤두섰다……

갑자기 뿌가초프가 질문을 던지는 바람에 생각이 중단되었다.

"나리께서는 무슨 생각에 그리 깊이 빠졌나?"

"어찌 생각하지 않을 수 있겠소." 내가 대답했다. "나는 장교이고 귀족입니다. 어제만 해도 당신과 맞서 싸웠는데 오늘은 이렇게 당신과 함께 마차를 타고 달리고 있군요. 더군다나 내 인생의 모든 행복이 당신에게 달린 판이니까요."

"그래서?" 뿌가초프가 물었다. "두려운가?"

나는 이미 한번 그의 자비를 얻은 이상 그의 관대함뿐만 아니라 도움마저도 기대하고 있다고 대답했다.

"그래, 자네가 옳아, 정말로 옳아!" 참칭자가 말했다. "내 부하들이 자네를 삐딱하게 바라보는 걸 자네도 봤지. 게다가 그 늙은이는 오늘도 자네가 첩자이니 데려다가 고문을 하고 목매달아야 한다고 고집을 부렸다네. 하지만 내가 동의하지 않았어." 싸벨리치와 따따르인이 들을까봐 목소리를 낮추고 그가 덧붙였다. "자네의 포도주 한잔과 토끼털 외투를 잊지 않았기 때문이야. 어때, 자네 형제들이 떠들어대듯이 내가 완전히 피에 굶주린 흡혈귀는 아니지."

나는 벨로고르스끄 요새가 점령되던 날을 떠올렸다. 하지만 그와 논쟁을 벌이는 것이 불필요하다고 생각해 아무 대답도 하지 않았다.

"오렌부르그에서는 나에 대해 뭐라고들 하는가?" 잠시 입을 다

물었다가 뿌가초프가 물었다.

"다루기 힘든 상대라고들 말하고 있습니다. 맞는 말이오. 당신이 제대로 실력을 보여줬으니까."

참칭자의 얼굴에 의기양양한 자부심이 떠올랐다. "그럼!" 그가 즐거운 듯이 말했다. "나는 어디든 쳐들어가지. 오렌부르그 사람들은 내가 유제예바 근교에서 벌인 전투[39]를 알고 있나? 장군 사십명이 죽임을 당했고 네개 부대가 통째로 사로잡혔어. 자네 어떻게 생각하나, 프로이센의 왕이 나와 겨룰 수 있다고 보나?"

나는 이 강도의 교만함이 우스웠다.

"당신 자신은 어찌 생각하시오?" 내가 그에게 말했다. "프리드리히[40]와 싸워서 이길 것 같습니까?"

"표도르 표도로비치 말인가? 안될 게 뭐 있어? 당신네 장군들과도 싸워서 내가 이겼는데 그 장군들이 그자를 물리치지 않았나. 여태까지 나의 군대는 운이 좋았어. 모스끄바로 진격할 때도 운이 좋을지는 두고 보자고."

"모스끄바로 진격할 생각입니까?"

참칭자는 잠깐 생각하다가 낮은 목소리로 대답했다. "하느님이 아시겠지. 나는 운신의 폭이 좁아. 내 뜻대로 할 수 있는 것이 적어. 부하들은 서로 나서려고 든다네. 그들은 강도들이야. 나는 정신을 바싹 차리고 있어야 해. 어쩌다 패배하기라도 하면 그놈들은 내 머

39 1773년 11월 8일 뿌가초프 부대가 정부군을 공격한 전투.
40 프로이센의 왕(1712~86).

리를 가지고 가서 자기들 목숨과 맞바꾸려 들걸."

"바로 그겁니다!" 나는 뿌가초프에게 말했다. "미리 당신 스스로 그들로부터 떨어져서 여왕 폐하의 자비에 호소하는 것이 낫지 않겠소?"

뿌가초프가 쓰디쓰게 미소 지었다. "아니야," 그가 대꾸했다. "뉘우치기에는 이미 늦었어. 나에게 자비를 베푸는 일은 없어. 시작한 대로 계속할 뿐이지. 어떻게 알아? 승리할지! 그리시까 오뜨레삐예프도 모스끄바를 다스리지 않았느냐 말이야."

"그자의 말로가 어땠는지 아시오? 창밖으로 내던지고 동강 내서 불에 태우고 그 재를 대포에 재워서 쏘아버리지 않았소!"

"잘 듣게." 어떤 거친 영감에 사로잡힌 듯이 뿌가초프가 말했다. "내가 어릴 때 어느 깔미끄 노파가 해준 이야기를 자네에게 해줌세. 어느날 독수리가 까마귀에게 물었다네. '말해봐라, 까마귀야, 나는 고작해야 삼십삼년밖에 못 사는데 너는 무슨 수로 이 세상에서 삼백년이나 사는 거지?' '그건 바로,' 독수리에게 까마귀가 대답했다네. '너는 산 피를 마시지만 나는 죽은 고기를 먹기 때문이야.' 독수리가 생각하기를, 우리도 죽은 고기를 먹도록 하자. 좋아. 독수리와 까마귀가 같이 날아갔지. 저쪽에서 죽은 말을 발견했네. 날아내려가서 땅에 앉았어. 까마귀가 쪼아먹으면서 맛있다고 칭찬했어. 독수리는 한번, 두번, 쪼아보더니 날개를 저으며 까마귀에게 말했어. '아니야, 까마귀야, 죽은 고기를 먹으면서 삼백년을 사느니 산 피를 단 한번이라도 배불리 마시는 게 낫겠어. 어찌 되든 말이야!' 깔미끄의 이야기가 어떤가?"

"묘한 이야기군요." 내가 그에게 대답했다. "하지만 살인과 강도질로 살아가는 것은 내가 보기에는 죽은 고기를 쪼아먹는 것과 같아 보이는군요."

뿌가초프는 놀란 듯이 나를 쳐다보았지만 아무 말도 하지 않았다. 우리 둘 다 입을 다물었고 각자 생각에 빠져들었다. 따따르인이 구슬픈 노래를 부르기 시작했고 싸벨리치는 마부석에서 꾸벅꾸벅 졸면서 몸을 흔들고 있었다. 마차가 얼어붙은 겨울 길을 날듯이 달려갔다…… 갑자기 가파른 야이끄 강가에 자리 잡은 작은 마을과 말뚝 울타리, 종루가 눈에 들어왔다. 그리고 십오분 뒤 우리는 벨로고르스끄 요새 안으로 미끄러져 들어갔다.

12장
고아

어쩌다가 우리 사과나무에는
우듬지도 없고 곁가지도 없을까
어쩌다가 우리 귀한 아씨에게는
아버지도 없고 어머니도 없을까
그녀를 시집보내줄 사람이 없네
그녀를 축복해줄 사람도 없네
—혼례가[41]

마차가 사령관 집 입구에 도착했다. 사람들이 뿌가초프의 방울을 알아보고 모여들어 뒤를 뛰어서 쫓아왔다. 시바브린이 현관에서 참칭자를 맞아들였다. 그는 까자끄 복장을 하고 수염을 기르고 있었다. 이 변절자는 비열한 표현들로 자신의 기쁨과 열성을 한껏 드러내면서 뿌가초프가 마차에서 내리는 것을 도와주었다. 나를 보자 그는 당황했으나 곧 평정심을 되찾고는 내게 손을 내밀며 말했다. "너도 우리 편인가? 벌써 그랬어야지!" 나는 그를 외면하고 아무 말도 하지 않았다.

41 뿌시낀이 자신의 영지 미하일롭스꼬예에서 지은 노래를 개작한 것.

고인이 된 사령관의 임관증이 마치 지난 시절을 추억하는 슬픈 비문처럼 아직도 벽에 걸려 있는, 익히 잘 아는 그 정다운 방에 들어서자 심장이 무언가에 찔리는 것만 같았다. 뿌가초프는 이반 꾸즈미치가 부인의 잔소리를 자장가 삼아 앉아서 졸곤 하던 바로 그 소파에 앉았다. 시바브린이 직접 그에게 보드까를 가져왔다. 뿌가초프는 잔을 들어 쭉 들이켠 다음 나를 가리키며 그에게 말했다. "이 나리도 좀 대접하게." 시바브린이 쟁반을 들고 나에게 다가왔으나 나는 두번째로 그를 외면하고 말았다. 그는 어리둥절한 모습이었다. 여느 때의 영악함으로 그는 뿌가초프가 자기를 못마땅해하고 있다는 것을 물론 알아차렸다. 그는 뿌가초프 앞에서 겁을 먹었지만 의심의 눈초리로 나를 쳐다보았다. 뿌가초프는 요새의 상황에 대해서, 적의 군대에 관한 소문과 그 비슷한 사안들에 대해서 물어보다가 갑자기 예기치 못한 질문을 던졌다. "이봐, 말해보게, 자네가 감금하고 있는 처녀가 대체 누구지? 그녀를 나에게 보여주게."

시바브린이 송장처럼 창백해졌다. "폐하," 그는 덜덜 떨리는 목소리로 대답했다…… "폐하, 그녀는 감금된 것이 아닙니다…… 병자입니다…… 그녀는 침실에 누워 있습니다."

"나를 그 여자에게 안내하게." 자리에서 일어나면서 참칭자가 말했다. 핑계를 대고 거절하는 것은 불가능했다. 시바브린이 뿌가초프를 마리야 이바노브나의 방으로 데려갔다. 나도 그의 뒤를 따랐다.

시바브린이 계단에서 발을 멈췄다. "폐하!" 그가 말했다. "당신께서는 무엇이든 원하시는 대로 제게 명령하실 수 있습니다. 하지만 관계없는 자가 제 아내의 침실에 들어가도록 명령하지는 말아주십시오."

나는 온몸이 부들부들 떨렸다. "그래, 네가 결혼을 했단 말이냐!" 그를 갈기갈기 찢어 죽일 결심으로 시바브린에게 소리쳤다.

"조용히 해!" 뿌가초프가 나를 막았다. "이건 내가 처리하지. 그리고 너는," 시바브린을 향해 그가 말을 이었다. "머리 굴리지 말고 뻰대지도 마. 그녀가 네 아내이건 아니건 나는 내가 원하는 사람을 데리고 들어간다. 나리, 나를 따라오게."

방문 앞에서 시바브린은 다시 한번 멈춰섰고 더듬거리면서 말했다. "폐하, 미리 말씀드립니다만, 그녀는 열병을 앓고 있어서 쉴 새 없이 헛소리를 늘어놓은 지가 벌써 사흘째입니다."

"문을 열어!" 뿌가초프가 말했다.

시바브린은 주머니를 주섬주섬 뒤지더니 열쇠를 가져오지 않았다고 말했다. 뿌가초프가 발로 문을 걷어차자 자물쇠가 떨어져나갔다. 문이 열리고 우리는 안으로 들어갔다.

나는 방 안을 보고 그대로 얼어붙어버렸다. 다 떨어진 농부의 옷을 입은 마리야 이바노브나가 방바닥에 앉아 있었다. 창백하고 비쩍 여윈 몸에 머리는 산발이 되어 있었다. 그녀 앞에 놓인 물병 위에는 빵 조각이 올려져 있었다. 나를 보자 그녀는 몸을 부르르 떨더니 부르짖었다. 그때 내가 무엇을 느꼈는지는 기억나지 않는다.

뿌가초프가 시바브린을 쳐다보고 차갑게 비웃으며 말했다. "너의 집 병실은 훌륭하기도 하군!" 그러고는 마리야 이바노브나에게 다가갔다. "말해봐요, 새색시, 무슨 잘못을 했기에 남편한테 이런 벌을 받고 있나? 남편한테 무슨 죄를 졌나?"

"남편이라고요!" 그녀가 되풀이했다. "그는 내 남편이 아니에요. 나는 절대로 그의 아내가 되지 않을 거예요! 나는 차라리 죽겠다고 결심했어요. 그래요, 죽어버릴 거예요, 아무도 나를 구해주지 않는다면!" 뿌가초프가 무시무시한 얼굴로 시바브린을 바라보았다. "네놈이 감히 나를 속여!" 그가 시바브린에게 말했다. "이 인간쓰레기 같은 놈, 네놈이 어떤 벌을 받아 마땅한지 아느냐?"

시바브린이 무릎을 꿇었다…… 그 순간 모멸이라는 감정이 내 안의 모든 증오와 분노를 삼켜버렸다. 탈주한 까자끄의 발 앞에 엎드린 이 귀족을 나는 혐오감 속에서 바라보았다. 뿌가초프의 기분이 누그러졌다. "이번에는 용서해주지." 그가 시바브린에게 말했다. "하지만 앞으로 단 한번이라도 또 죄를 지으면 이번 것까지 함께 갚아줄 테니 명심해." 그러고 나서 그는 마리야 이바노브나를 향해 친절하게 말했다. "나오너라, 예쁜 아가씨야. 너에게 자유를 주지. 나는 황제다."

마리야 이바노브나가 재빨리 그를 쳐다보았다. 그녀는 자기 앞에 선 자가 부모를 죽인 자라는 것을 알아차렸다. 그녀는 두 손으로 얼굴을 감싸더니 의식을 잃고 쓰러졌다. 나는 그녀에게 몸을 던졌다. 이때 오래전부터 아는 사이인 빨라샤가 매우 용감하게도 방

안으로 비집고 들어오더니 주인 아씨를 보살피기 시작했다. 뿌가초프가 방에서 나갔고 우리 세사람은 거실로 내려갔다.

"어때, 나리?" 웃으면서 뿌가초프가 말했다. "아름다운 아가씨를 구해낸 소감이! 신부를 부르러 사람을 보내지 않으려나. 조카딸을 시집보내도록 해야지? 어때, 내가 신부의 아버지를 대신함세. 시바브린은 신랑 들러리를 서고. 한판 신나게 벌여서 마셔보자고. 문도 닫아걸고 말이야!"

그때 염려하던 일이 벌어지고야 말았다. 시바브린은 뿌가초프가 하는 말을 듣자 이성을 잃어버렸다. "폐하!" 그가 미칠 듯이 흥분해서 소리쳤다. "제가 잘못했습니다. 당신께 거짓말을 했습니다. 하지만 그리뇨프도 폐하를 속이고 있습니다. 이 처녀는 이곳 신부의 조카딸이 아닙니다. 그녀는 이 요새가 점령될 때 처형된 이반 미로노프의 딸입니다."

뿌가초프가 불꽃이 이글거리는 눈길을 내게로 돌렸다. "이건 또 무슨 소리인가?" 의혹을 품고 그가 내게 물었다.

"시바브린이 말한 것은 사실입니다." 나는 결연하게 대답했다.

"자네는 내게 그 이야기를 하지 않았어." 뿌가초프가 지적했다. 그의 얼굴이 어두워졌다.

"당신 스스로 판단해보십시오." 내가 그에게 대꾸했다. "당신 부하들 앞에서 미로노프의 딸이 살아 있다고 말할 수 있었겠나를요. 그러면 그들은 그녀를 물어뜯었을 겁니다. 그 무엇도 그녀를 구할 수 없었을 겁니다!"

"그것도 맞는 말이야." 웃으면서 뿌가초프가 말했다. "술 취한 자들이 그 가엾은 처녀를 봐줬을 리가 없지. 늙은 여우 같은 신부 마누라가 그들을 잘 속여넘겼군그래."

"들어보십시오." 그의 기분이 좋은 것을 보고 나는 말을 이었다. "당신을 어떻게 불러야 할지 나는 알지 못합니다. 아니, 알고 싶지도 않습니다…… 하지만 당신이 베풀어준 일에 대해서 내가 목숨으로라도 기꺼이 값을 치르고 싶은 마음이라는 것을 하느님이 보고 계십니다. 다만 나의 명예와 기독교인으로서의 양심에 어긋나는 일을 내게 요구하지는 말아주십시오. 당신은 나의 은인입니다. 시작한 일을 끝마쳐주십시오. 나와 저 불쌍한 고아를 보내주셔서 하느님이 가라고 하시는 곳으로 가게 해주십시오. 그러면 우리는 당신이 어디에 있든지, 당신에게 무슨 일이 일어나든지 매일 당신의 죄 많은 영혼을 구원해달라고 하느님께 기도드릴 것입니다……"

보아하니 뿌가초프의 무자비한 영혼이 감동받은 것 같았다. "좋아, 자네 뜻대로 하게!" 그가 말했다. "죽일 놈은 죽이고 살려줄 놈은 살려줘야지. 그게 나의 방식이야. 그 예쁜 아가씨를 데려가게. 가고 싶은 데로 데려가도록 해. 하느님이 자네들에게 사랑과 화목을 내려주시기를 비네!"

그러고 나서 뿌가초프는 시바브린을 향해 그가 관할하는 모든 초소와 요새를 통과할 수 있는 통행증을 나에게 내주라고 명령했다. 철저하게 짓밟힌 시바브린은 넋이 나간 듯 서 있었다. 뿌가초프는 요새를 둘러보러 나가버렸다. 시바브린이 그를 수행하러 뒤따라갔다. 나는 출발 준비를 한다는 구실로 남았다.

나는 침실로 달려갔다. 문이 잠겨 있었다. 나는 문을 두드렸다. "누구세요?" 빨라샤의 목소리가 들렸다. 나는 이름을 댔다. 문 뒤에서 마리야 이바노브나의 사랑스러운 목소리가 들려왔다. "잠깐만 기다리세요, 뾰뜨르 안드레이치. 옷을 갈아입고 있어요. 아꿀리나 빰필로브나에게로 가 계세요. 저도 곧 그리로 갈게요."

나는 그녀의 말에 따라 게라심 신부의 집으로 갔다. 신부와 그의 아내가 나를 맞으러 달려나왔다. 싸벨리치가 벌써 그들에게 알려준 참이었다. "안녕하세요, 뾰뜨르 안드레이치." 신부의 아내가 말했다. "하느님께서 다시 만나게 해주셨군요. 어찌 지냈나요? 우리는 매일같이 당신 이야기를 하고 있었다오. 마리야 이바노브나는 당신 없이 온갖 일을 다 겪어야만 했고, 가엾은 것 같으니……! 그런데 당신, 뿌가초프하고는 어떻게 잘 지내게 된 거요? 말해봐요. 그자가 왜 당신은 죽이지 않은 거지요? 어쨌든 잘됐어요, 거기에 대해서는 그 악당 놈에게 고맙다 해야겠지요." "그만해, 할망구야." 게라심 신부가 말을 잘랐다. "말을 속에 담아둘 줄도 알아야지. 말이 많으면 구원받기 힘든 법이오. 뾰뜨르 안드레이치! 어서 들어와요. 정말 꽤 오랜만이군요."

신부의 아내는 집에 있는 것으로 나를 대접하기 시작했다. 그러는 동안에도 쉬지 않고 떠들어댔다. 시바브린이 마리야 이바노브나를 내주도록 어떤 식으로 그들에게 강요했는지, 마리야 이바노브나가 얼마나 울며불며 그들과 헤어지기를 싫어했는지, 마리야 이바노브나가 빨라샤를 통해서 자신과 어떻게 연락을 주고받았는지, (빨라샤는 우리의 하사도 마음대로 부려먹은 아주 약삭빠른 처녀였다) 자기가 어떻게 해서 마리야 이바노브나로 하여금 내게 편지를 쓰도록 충고했는지 등에 대해 이야기를 늘어놓았다. 나도 그녀에게 내 이야기를 간략하게 들려주었다. 뿌가초프가 자신들의 거짓말을 알고 있다는 것을 듣자 신부와 그의 아내는 성호를 그었다. "하느님이 우리와 함께하시길!" 아꿀리나 빰필로브나가 말했다. "하느님, 먹구름이 빨리 지나가게 하소서. 그리고 알렉세이 이바니치란 작자도 어디로 꺼져버렸으면. 뭐라 말할 수 없이 교활한 사람이에요!" 바로 그때 문이 열리고 마리야 이바노브나가 창백한 얼굴에 미소를 띤 채 방으로 들어왔다. 그녀는 그 농부 옷을 벗어버리고 예전처럼 소박하고도 사랑스러운 차림을 하고 있었다.

그녀의 손을 움켜쥐고 나는 오랫동안 한마디도 꺼낼 수 없었다. 우리 둘 다 가슴이 벅차올라서 입을 다물고 있었다. 주인 부부는 우리가 자신들에게 마음을 쓸 상황이 아님을 알고 자리를 피해주었다. 우리 둘만 남았다. 지나간 어려움이 전부 다 잊혔다. 우리는 이야기를 나눴지만 아무리 해도 마음속 이야기를 다 할 수 없었다. 마리야 이바노브나는 요새가 점령된 직후부터 자신에게 일어난 일을 죄다 이야기해주었다. 그녀가 처한 상황의 끔찍함과 혐오스러운 시바브린이 가한 모든 시련에 대해서 이야기했다. 우리는 이전의 행복하던 시절도 떠올렸다…… 우리는 함께 울었다…… 마침내 나는 그녀에게 내 계획을 설명하기 시작했다. 뿌가초프에게 점령되어 시바브린이 다스리고 있는 이 요새에 그녀가 남아 있는 것은 불가능했다. 그렇다고 봉쇄되어 온갖 고통을 겪고 있는 오렌부르그를 염두에 둘 수도 없었다. 그녀에게는 이 세상에 단 한명의 친척도 없었다. 나는 그녀에게 우리 부모님이 계시는 시골로 가자고 제안했다. 처음에 그녀는 망설였다. 아버지의 호의적이지 않은 태도에 대해 그녀도 알았기에 두려웠던 것이다. 나는 그녀를 안심시켰다. 조국을 위해 공적을 세우고 죽어간 군인의 딸을 받아들이는 것을 아버지는 자신의 행복이자 의무로 여길 것임을 나는 알고 있었다. "사랑하는 마리야 이바노브나!" 나는 마침내 말했다. "나는 당신을 아내로 생각하고 있습니다. 기이한 상황들이 우리를 떼려야 뗄 수 없게 결합시켰습니다. 세상 그 무엇도 우리를 갈라놓을 수 없습니다." 마리야 이바노브나는 수줍음을 꾸며내거나 까다로운 구실을 대는 법도 없이 소박한 태도로 나의 말을 다 들었다. 그녀도 자신의 운명이 나의 운명과 결합되었음을 느낀 것이었다. 하지만 그녀는 우리 부모님의 동의 없이는 나의 아내가 되지 않겠다고 되풀이했다. 나도 반대하지 않았다. 우리는 뜨겁게 열정적으로 입을 맞추었다. 그렇게 해서 우리의 문제는 정리되었다.

한시간 뒤 하사가 뿌가초프의 서툰 글씨로 서명된 통행증을 가져다주었다. 그리고 뿌가초프가 나를 부른다고 전했다. 나는 그가 떠날 채비를 다 끝낸 것을 보았다. 나 한사람을 제외한 모든 이에게 살인귀이자 불한당인 이 무시무시한 사람과 헤어지면서 무엇을 느꼈는지 설명할 도리가 없다. 진실을 말하지 않을 이유가 있을까? 그 순간 그에게 강렬한 동정심을 느꼈다. 나는 그가 우두머리 노릇을 하고 있는 그 악당들의 무리 가운데서 그를 끌어낼 수 있기를 열렬히 소망했다. 아직 시간이 있을 때 그의 머리를 구해주고 싶었다. 그러나 시바브린을 비롯한 군중이 우리 주변에 몰려들어 있어서 가슴을 가득 채우고 있던 이야기들을 몽땅 털어놓는 것이 어려웠다.

우리는 친구로서 헤어졌다. 뿌가초프는 군중 속에서 아꿀리나 빰필로브나를 발견하자 손가락으로 위협하는 시늉을 해 보였고 의미심장하게 눈을 찡긋했다. 그러고 나서 마차 안에 자리를 잡고 앉은 다음 베르다로 가라고 지시했다. 말들이 움직이기 시작하자 그는 마차 밖으로 다시 한번 몸을 내밀고는 나를 향해 소리쳤다. "잘 지내게, 나리! 언제든 또 만나게 되겠지." 분명 우리는 다시 만나게 되었다. 그러나 어떤 상황에서였던가!

뿌가초프가 떠났다. 나는 그의 삼두마차가 달려간 하얀 들판을 오랫동안 바라보았다. 군중이 흩어졌다. 시바브린도 모습을 감췄다. 나는 신부의 집으로 돌아왔다. 떠날 준비가 다 갖추어져 있었고 나는 더이상 지체하길 원하지 않았다. 물건들은 사령관의 낡은 짐수레에 모두 실려 있었다. 마부들이 금방 말들을 수레에 매었다. 마리야 이바노브나는 교회 뒤에 매장된 부모님의 무덤에 작별인사를 하러 갔다. 나는 그녀를 데려다주려 했으나 그녀는 혼자 가게 해달라고 청했다. 몇분 뒤 그녀는 말없이 잔잔하게 눈물을 흘리며 돌아왔다. 짐수레가 준비되었다. 게라심 신부와 그의 아내가 현관에 나왔다. 우리 세명은 자리에 앉았다. 마리야 이바노브나와 빨라샤, 그리고 나였다. 싸벨리치는 마부석에 올라탔다. "잘 가요, 마리야 이바노브나, 우리 귀염둥이! 안녕히, 뾰뜨르 안드레이치, 멋진 분!" 선량한 신부의 아내가 말했다. "조심해서 가도록 하세요. 하느님께서 두분 모두에게 축복을 내려주시길!" 우리는 떠났다. 나는 사령관 집의 작은 창가에 서 있는 시바브린을 보았다. 그의 얼굴은 음울한 적의를 드러내고 있었다. 나는 파멸된 적 앞에서 의기양양한 모습을 보이기 싫어 다른 곳으로 눈길을 돌렸다. 마침내 요새의 대문 밖으로 나온 우리는 벨로고르스끄 요새를 영원히 떠났다.

13장
체포

"화내지 마십시오, 나리, 임무에 따라
저는 지금 당신을 감옥으로 보내야 합니다."
"좋네, 난 준비됐어. 다만 내가 바라는 것은
먼저 자초지종을 해명할 기회를 달라는 것이네."
— 끄냐즈닌[42]

아침까지만 해도 나를 그토록 고통스럽게 근심하게 만들던 사랑하는 사람과 이렇게 생각지도 못하게 함께하게 되다니 스스로도 믿기지 않았고 내게 일어난 모든 일이 다 헛된 꿈만 같았다. 마리야 이바노브나는 생각에 잠긴 눈길로 나를 바라보았다가 길을 바라보았다가 하는 모습이 아직도 채 정신을 차리지 못한 것 같았다. 우리는 아무 말도 하지 않았다. 우리의 마음은 너무나 지쳐 있었다. 알아차리지 못하는 사이에 두시간이 흘렀고 우리는 역시 뿌가초프의 수중에 들어간 가까운 요새에 도착했다. 여기서 우리는 말을 교

42 끄냐즈닌의 희극 문체를 흉내 내 뿌시낀 자신이 쓴 글.

체했다. 말을 재빨리 바꿔 매어주는 속도나, 뿌가초프가 사령관으로 임명한 수염이 덥수룩한 까자끄가 서두르며 우리 일을 친절히 돌봐주는 것으로 보아, 우리를 태워다준 마부가 떠들어댄 덕분에 이곳 사람들이 나를 귀족 출신의 최측근으로 생각한다는 것을 알 수 있었다.

우리는 계속 길을 갔다. 날이 어두워지기 시작했다. 우리는 작은 도시에 가까워지고 있었는데 수염이 덥수룩한 사령관의 말에 따르면 이 작은 도시에는 참칭자에게 합류하기 위해 이동 중인 강력한 부대가 머물고 있다는 것이었다. 보초병들이 우리를 정지시켰다. "누가 타고 있나?"라는 질문에 마부는 큰 소리로, "폐하의 친구분과 그 아내시오"라고 대답했다. 갑자기 한 무리의 경기병들이 무서운 욕설을 퍼부으며 에워쌌다. "밖으로 나와, 악마의 친구 놈아!" 하고 콧수염이 짙은 기병 상사가 내게 말했다. "이제 너와 네 마누라에게 한바탕 뜨거운 맛을 보여주마!"

나는 마차에서 내려 그들의 상관에게 데려다달라고 요구했다. 내가 장교임을 보자 병사들은 욕하기를 멈추었다. 기병 상사가 나를 소령에게 데려갔다. 싸벨리치는 혼자서 웅얼웅얼하면서 내게서 떨어지지 않았다. "도련님이 폐하의 친구라고요! 불꽃을 피해서 불구덩이 속으로 들어간 격이군요…… 아이고 하느님! 대체 어찌 될까요?" 마차가 우리 뒤를 천천히 따라왔다.

오분 뒤 우리는 환하게 밝힌 작은 집에 도착했다. 기병 상사는 내게 감시를 붙여놓고 보고하러 갔다. 그는 금방 되돌아와서 말하길, 그의 상관께서는 나를 만날 시간이 없으며, 나를 감옥으로 호송하도록 명령했고 다만 부인은 자기에게 모셔오라고 했다는 것이었다.

"그게 무슨 소리야?" 나는 흥분해서 소리를 질렀다. "그자가 정신이 나간 거 아니야?"

"모르겠습니다, 장교님." 기병 상사가 대답했다. "다만 상관께서 장교님은 감옥으로 호송하라고 명령하셨고 부인은 상관께 모셔오라고 지시하셨습니다, 장교님!"

나는 현관으로 달려갔다. 보초병들은 나를 붙잡을 생각을 하지 않았고 나는 곧장 방 안으로 달려들어갔다. 그곳에는 기병 장교 여섯명이 카드놀이를 하고 있었다. 한 소령이 패를 던졌다. 그를 쳐다보고 그자가 씸비르스끄의 술집에서 벌인 내기 당구에서 나를 이긴 이반 이바노비치 주린임을 알아본 나는 얼마나 놀랐던지!

"어떻게 이런 일이?" 내가 외쳤다. "이반 이바니치! 당신이오?"

"야, 야, 야, 뾰뜨르 안드레이치! 이게 웬일이오? 어디서 오는 길인가? 정말 잘됐군, 형제. 같이 한판 하지 않겠나?"

"고맙네. 그보다는 나를 숙소로 데려가도록 지시해주게."

"무슨 숙소 말인가? 나랑 같이 지내도록 하지."

"그럴 수 없네. 나는 혼자가 아니야."

"그럼, 친구도 이리 데리고 오게."

"친구와 함께 있는 게 아닐세. 나는…… 부인이 있어."

"부인과 함께라고! 자네 어디서 여자를 낚아챘나? 아하, 참, 이 친구!" (이 말을 하면서 그가 아주 야릇하게 휘파람을 불었으므로 모두들 껄껄대며 웃음을 터뜨렸다. 나는 몹시 당황했다.)

"그럼," 주린이 말을 계속했다. "그렇게 하지. 자네에게 숙소를 마련해줘야지. 유감인걸…… 옛날처럼 한잔할 수 있었을 텐데 말이야…… 이봐! 너 말이야! 뿌가초프의 정부인지 뭔지 하는 여자는 왜 안 데려오는 거야? 그 여자가 고집을 피워? 그 여자에게 겁내지 말라고 잘 말해줘. 우리 나리는 훌륭하신 분이라 절대 이상한 짓은 안한다고 말이야. 잘 구슬러서 목을 잡아 끌고 오라고."

"자네, 그게 무슨 말인가?" 나는 주린에게 말했다. "뿌가초프의 정부라니? 그녀는 고故 미로노프 대위의 딸이라네. 내가 포로가 된 그녀를 구출해서 지금 시골의 아버지 댁으로 데려가는 길이네. 그곳에 그녀를 두려고."

"그런가! 그럼 지금 들어온 보고가 자네에 대한 것이란 말인가? 용서하게! 그게 무슨 소리지?"

"나중에 다 이야기해주지. 지금은 아무쪼록 자네 경기병들에게 크게 놀란 그 불쌍한 아가씨를 안심시켜주게."

주린은 즉시 일을 처리했다. 그는 직접 거리로 나와 본의 아닌 오해로 빚어진 일에 대해 마리야 이바노브나에게 사과했고 기병 상사에게 그 도시에서 가장 좋은 숙소를 그녀에게 내주도록 일렀다. 나는 그의 숙소에서 밤을 보내기로 했다.

우리는 저녁식사를 했다. 그리고 둘이 남게 되었을 때 나는 내가 겪은 모험에 대해 그에게 이야기해주었다. 주린은 큰 관심을 보이며 나의 이야기를 들었다. 내가 이야기를 마치자 그는 고개를 저으며 말했다. "다 좋아, 형제. 한가지만 빼고 말이야. 자네는 대체 무슨 귀신에 씌어서 결혼을 하려는 거지? 나는 명예로운 군인으로서 자네를 속이고 싶지 않네. 나를 믿어, 결혼은 어리석은 짓이야. 무엇 때문에 마누라한테 들볶이고 아이들 돌보느라 시달리려고 드나? 에이, 그만둬. 내 말대로 하게. 대위의 딸로부터 벗어나게. 씸비르스끄로 가는 길은 내가 다 소탕했으니 위험하지 않아. 내일 당장 그녀를 혼자 자네 부모가 계신 곳으로 보내게. 자네는 나의 부대에 남도록 하고. 자네가 오렌부르그로 돌아갈 이유가 없어. 다시 한번 폭도들의 손아귀에 빠진다면 용케 또 그들로부터 벗어나게 되지는 않을 걸세. 그렇게 하면 사랑에 혹한 어리석은 마음도 저절로 사라져버릴 것이고 모두 다 잘될 거야."

비록 내가 그에게 완전히 동의한 것은 아니었지만 명예로운 의무가 나로 하여금 여왕 폐하의 군대에 남을 것을 요구한다고 느끼던 차였다. 나는 주린의 조언에 따르기로 결심했다. 마리야 이바노브나를 시골로 보내고 나는 그의 부대에 남기로 했다.

내가 옷 갈아입는 것을 도우러 싸벨리치가 모습을 나타냈다. 나는 바로 다음날 마리야 이바노브나와 함께 길을 떠날 준비를 하라고 일렀다. 그는 고집을 피우기 시작했다. "그게 무슨 말입니까, 도련님? 제가 어떻게 도련님을 버리고 갑니까? 그러면 누가 도련님을 보살펴주지요? 부모님께서는 뭐라 하시겠느냐고요?"

싸벨리치의 고집을 알기에 나는 다정하고 진실하게 그를 설복

해야겠다고 마음먹었다. "아르히쁘 싸벨리치, 자네는 내 친구가 아닌가!" 내가 그에게 말했다. "거절하지 말고 나의 은인이 되어주게. 나는 여기서 시중들어줄 사람이 필요하지 않지만, 만일 마리야 이바노브나가 자네 없이 혼자서 길을 떠나야 한다면 나는 아주 불안할 거야. 그녀를 돌봐주는 것이 바로 나를 돌봐주는 거야. 왜냐하면 상황이 허락하는 대로 그녀와 결혼하기로 굳게 결심했으니까."

여기서 싸벨리치는 굉장히 놀란 듯이 손뼉을 마주쳤다. "결혼한다고요!" 그가 되풀이했다. "아직 어린데 결혼을 하고 싶다니! 그런데 아버지는 뭐라 하실까요, 또 어머니는 어떻게 생각하실까요?"

"동의하실 거야, 분명히 동의하실 거야." 내가 대답했다. "마리야 이바노브나가 어떤 사람인지 알게 되면 말이야. 나는 자네한테도 희망을 걸고 있어. 아버지와 어머니는 자네를 신뢰하시니까 자네가 우리를 위해 나서주는 거야, 그렇지?"

노인은 감동받았다. "아, 나의 뾰뜨르 안드레이치 도련님!" 그가 대답했다. "장가가는 것이 좀 이르긴 하지만 마리야 이바노브나 아씨가 저토록 참한 분이니만큼 이런 기회를 놓치는 것도 죄악이라 할 수 있지요. 뜻대로 하세요! 천사 같은 저분을 모셔다드리고 충성된 종으로서 부모님께 말씀드리지요. 저런 약혼녀에게는 지참금도 필요없다고요."

나는 싸벨리치에게 고맙다고 말하고 주린과 같은 방에서 잠을 잤다. 흥분되어 열기가 오른 나는 끝도 없이 떠들어댔다. 주린은 처음에는 기꺼이 응대해주었지만 점점 대꾸가 드물어지면서 엉뚱한 답을 하다가 결국에는 대답 대신에 코를 골고 쌕쌕거리는 소리만 들려왔다. 나는 입을 다물었고 곧 그를 뒤따라 잠들고 말았다.

이튿날 아침 마리야 이바노브나에게 갔다. 나는 그녀에게 나의 제안을 알렸다. 그녀는 그 제안이 합리적이라고 인정하고 곧바로 동의했다. 주린의 부대는 바로 그날 도시에서 출발하기로 되어 있었다. 지체할 이유가 없었다. 나는 마리야 이바노브나를 싸벨리치에게 맡기고 부모님께 전할 편지를 쥐여주고는 그 자리에서 그녀와 작별을 나누었다. 마리야 이바노브나는 울음을 터뜨렸다. "안녕히 가세요, 뾰뜨르 안드레이치!" 조용한 목소리로 그녀가 말했다. "우리가 다시 만나게 될지는 오직 하느님만 아시겠지요. 하지만 저는 영원히 당신을 잊지 않을 거예요. 제가 무덤에 들어가는 날까지 오직 당신만이 제 가슴에 남아 있을 거예요." 나는 아무런 대답도 할 수 없었다. 사람들이 우리를 둘러쌌다. 그들이 보는 앞에서 나를 사로잡은 감정을 드러내고 싶지 않았다. 마침내 그녀가 떠나갔다. 나는 비통한 기분에 잠겨서 말없이 주린에게 돌아왔다. 주린은 나를 유쾌하게 만들어주고 싶어했고 나도 기분을 전환해야겠다고 생각했다. 우리는 떠들썩하고 거칠게 하루를 보냈고 저녁에 원정에 나섰다.

그때가 2월 말이었다. 군사행동을 어렵게 하던 겨울이 지나갔고 우리의 장군들은 공동 작전을 준비하고 있었다. 뿌가초프가 여전히 오렌부르그 근교에서 머무는 동안 정부군은 그의 부대 근처에서 합류했고 폭도의 근거지를 향해 사방에서 모여들고 있었다. 반란에 참여했던 마을들이 정부군을 보자 다시 복종을 맹세해왔다. 폭도들의 무리는 우리를 피해 여기저기에서 도망치기에 바빴다. 곧 모든 사태가 순조롭게 종결될 것이 분명해 보였다.

얼마 안되어 골리찐 공작이 따찌시체바 요새 근교에서 뿌가초프 군을 크게 무찔러 그의 세력을 분산시켰고[43] 오렌부르그의 봉쇄를 풀었다. 폭도들에게 최후의 결정적인 일격을 가한 것으로 보였다. 그때 주린은 우리와 마주치기도 전에 뿔뿔이 흩어져버린 바시끼르인 폭도들의 무리에 맞서 싸우도록 파견되어 있었다. 그새 찾아온 봄이 우리를 작은 따따르 마을에 가두어놓았다. 작은 강들이 넘쳐흘렀고 길거리는 통행이 불가한 상태가 되었다. 우리는 하릴없이 빈둥대는 가운데 폭도들 및 야만인들과의 지루하고 시시한 이 싸움이 곧 끝나리라는 생각으로 위안을 삼고 있었다.

그러나 뿌가초프는 격파된 것이 아니었다. 그는 시베리아의 공장 지대에 나타나 그곳에서 새로운 무리를 규합해서 또다시 폭동을 일으키기 시작했다. 그가 승리를 거두고 있다는 소문들이 다시 퍼지기 시작했다. 우리는 시베리아의 요새들이 함락되었다는 것을 알았다. 곧 까잔이 점령당했고[44] 참칭자가 모스끄바로 향하고 있다는 소식이 전해졌다. 이 소식은 폭도들을 얕잡아보며 그들이 무기력하길 무사안일하게 꿈꾸던 정부군의 지휘부를 바짝 긴장시켰다.

43 1774년 3월 22일 벌어진 전투를 말함.

44 1774년 7월 12일 뿌가초프는 까잔을 점령함.

주린은 볼가 강을 도하하라는 명령을 받았다.[45]

우리의 진격과 내란의 종결에 대해서는 묘사하지 않으려고 한다. 다만 재앙이 극도에 달했다는 것을 짧게 언급하고자 한다. 우리는 폭도들이 파괴한 마을들을 통과했는데 가난한 주민들이 겨우 건져내어 간직하고 있던 것들을 부득이하게 징발할 수밖에 없었다. 도처에서 질서와 행정이라고는 찾아볼 수 없었다. 지주들은 숲에 숨어 있었다. 반란군 무리들이 여기저기에서 악행을 일삼았다. 개별 부대의 대장들이 독단적으로 형벌을 가하는가 하면 사면하기도 했다. 불길이 흉포하게 휩쓸고 간 광대한 지역 전체의 상황이 끔찍했다…… 신이여, 이 무의미하고 무자비한 러시아의 폭동이 다시는 일어나지 않게 하소서!

이반 이바노비치 미헬손[46]에게 쫓기면서 뿌가초프가 패주하고 있었다. 곧 우리는 그가 완전히 패배했다는 소식을 접했다. 마침내 주린은 참칭자가 체포되었다는 소식과 함께 군사행동을 중단하라는 명령을 받았다. 전쟁이 끝났다. 드디어 부모님에게 돌아갈 수 있게 된 것이다! 부모님을 포옹하고, 여태까지 아무런 소식도 받아보지 못한 마리야 이바노브나를 볼 수 있다는 생각이 나를 환희 속에 되살아나게 했다. 나는 어린아이처럼 펄쩍펄쩍 뛰었다. 주린은 웃

45 이 부분에 이어지는 글로 뿌시낀 자필 원고에는 '빼버린 장'이 있는데, 195면 '부록'으로 따로 수록했음.

46 Иван Иванович Михельсон(1740~1807). 1774년 8월 25일 전투에서 뿌가초프에 결정적인 패배를 안긴 러시아 육군 중령. 1807년 러시아-터키 전쟁에 경기병 대장군으로 참전함.

어대더니 어깨를 으쓱하며 말했다. "아니, 순탄치 않을걸! 결혼이라—쓸데없는 것에 인생을 걸다니!"

그러는 와중에도 이상한 느낌이 나의 기쁨에 찬물을 끼얹었다. 그토록 수많은 죄 없는 희생자들에게 피를 뿌리게 한 악한과, 그를 기다리는 처형에 대해 생각하노라면 문득문득 소름이 끼쳤다. '예멜랴, 예멜랴!' 나는 안타까웠다. '당신은 왜 총검에 자기 몸을 던져 꽂지 않았느냐? 왜 산탄을 몸으로 받아내지 않았느냐? 그보다 더 나은 방법을 당신은 찾아낼 수 없었을 텐데.' 내가 어떻게 하라고 하겠는가? 뿌가초프에 대한 생각들은, 그의 인생의 무시무시한 시기 가운데 한때 내게 베푼 관대함에 대한 기억과, 역겨운 시바브린의 수중에서 약혼녀를 구해낸 기억 등과 마음속에서 떼려야 뗄 수 없이 결부되어 있었다.

주린이 내게 휴가를 주었다. 며칠 후면 나는 다시 가족들과 함께 있을 것이고 마리야 이바노브나를 다시 볼 수 있을 것이다…… 그때 돌연 예기치 못한 위험이 나를 강타했다.

출발하기로 예정된 날, 길 떠날 채비를 다 마치고 막 나서려는 바로 그 순간에 주린이 손에 종이 한장을 들고 굉장히 근심 어린 얼굴로 내가 묵는 농가로 들어왔다. 무언가가 가슴을 쿡 찔렀다. 나는 뭔지도 모르면서 심장이 내려앉았다. 그는 내 당번병을 내보내더니 일이 생겼다고 말했다. "무슨 일이지?" 나는 불안해하며 물었다. "작은 골칫거리야." 내게 종이를 내밀며 그가 말했다. "나도 방금 받은 걸세. 읽어봐." 나는 읽기 시작했다. 그것은 개별 부대장들

전체에게 보낸 비밀 지령으로 어디에서건 나를 발견하는 대로 체포하고 감시병을 붙여 뿌가초프 건과 관련해 까잔에 설치된 조사위원회로 즉시 이송하라는 내용이었다.

나는 그 서류를 손에서 떨어뜨릴 뻔했다. "어쩔 수 없어!" 주린이 말했다. "명령에 복종하는 것이 나의 의무야. 아마도 자네가 뿌가초프와 친밀하게 여행했다는 소문이 어찌어찌해서 정부의 귀에까지 들어간 모양이야. 이 일이 어떤 나쁜 결과로 이어지지 않고, 또 위원회 조사를 통해 자네가 무죄임이 입증되길 바라네. 낙심하지 말고 출발하게." 나는 양심에 거리끼는 것이 없었다. 재판은 두렵지 않았다. 그러나 달콤한 재회의 순간을 어쩌면 몇달이나 늦춰야 한다는 생각이 나를 두렵게 했다. 마차가 준비되어 있었다. 주린은 나와 친구로서 작별인사를 나누었다. 사람들이 나를 마차에 앉혔다. 군도를 빼어든 기병 두명이 옆에 앉았다. 우리는 큰길을 따라 달렸다.

14장
재판

세상의 소문은—바다의 파도.
—속담

나는 죄목이 될 만한 것이 오렌부르그에서 제멋대로 이탈한 것 하나뿐이라고 확신했다. 나는 간단히 혐의를 벗을 수 있었다. 기병 출격은 단 한번도 금지된 적 없을뿐더러 오히려 전폭적으로 장려되고 있었던 것이다. 지나치게 과격하다는 점에서 비난받을 수 있었지만 불복종에 해당하는 사항은 아니었다. 그러나 뿌가초프와의 친근한 관계는 많은 목격자들에 의해 증명될 수 있었고 최소한 상당히 의심스럽게 보일 수밖에 없었다. 길을 가는 내내 나를 기다리고 있는 신문에 대해 곰곰 생각했고 어찌 답변할지 이리저리 궁리했다. 그리고 재판정에서 오직 진실만을 진술하기로 결심했다. 이 변호 방법이야말로 가장 단순하면서도 가장 확실한 것이라고 생각했기 때문이었다.

불에 타고 황폐해진 까잔에 도착했다. 거리거리마다 집들이 있던 자리에 숯 더미가 누워 있었고 지붕도 창문도 없는 그을린 벽들이 삐죽 솟아 있었다. 이것이 바로 뿌가초프가 남긴 흔적이었다! 불타버린 도시 한가운데 온전히 남아 있는 요새로 나를 데려갔다. 기병들이 나를 당직 장교에게 인계했다. 그는 대장장이를 소리쳐 불러오라고 지시했다. 그들은 내 발에 족쇄를 채우고 빈틈없이 단단히 때웠다. 그다음에 감옥으로 데려갔고 비좁고 어두운 개 우리 같은 곳에 혼자 남겨두었다. 사방이 맨벽이었고 쇠창살이 박힌 아주 작은 창문 하나만 있는 곳이었다.

이런 시작은 전혀 좋은 징조가 아니었다. 그렇지만 나는 활기와 희망을 잃지 않았다. 나는 상처받은 사람들이 으레 찾는 위안에 의지했다. 그리고 순수하지만 갈기갈기 찢긴 가슴에서 흘러나오는 기도문의 달콤함을 처음으로 한입 베어문 다음 무슨 일이 벌어질지에 대해 걱정하지 않고 편안하게 잠들었다.

다음날 감옥의 간수가 깨우더니 위원회에서 나를 소환했다고 알려주었다. 병사 두명이 나를 호송하여 사령관 집으로 이어진 마당을 통과한 다음 현관에서 멈췄다. 그리고 나를 혼자 안쪽으로 들여보냈다.

나는 꽤 넓은 홀로 들어갔다. 서류들로 뒤덮인 테이블 뒤에 두사람이 앉아 있었다. 한사람은 중년의 장군으로 엄격하고 냉정한 인상이었고 또 한사람은 젊은 근위 대위로 스물여덟살가량의 나이에 유쾌해 보이는 외모를 가졌고 기민하고 능숙하게 사람을 다루는 자였다. 창문 옆에 따로 놓인 책상에는 귀 뒤에 펜을 꽂은 서기가 앉아 있었는데 종이 앞에 몸을 숙인 것이 나의 진술을 받아적을 준비를 하는 모습이었다. 신문이 시작되었다. 이름과 신분을 물었다. 장군은 내가 안드레이 뻬뜨로비치 그리뇨프의 아들이 아니냐고 물었다. 그리고 나의 대답에 냉혹하게 대꾸했다. "유감이군. 그렇게 존경받는 분이 이런 수치스러운 아들을 두었다니!" 나는 내게 부과된 혐의가 어떤 것이건 간에 진실을 솔직하게 해명함으로써 그 혐의를 깨끗이 벗을 수 있으리라 기대한다고 차분하게 답했다. 그는 나의 자신감이 마음에 들지 않았다. "이봐, 청년, 썩 대단하시군." 그는 얼굴을 찡그리며 내게 말했다. "하지만 우리는 그렇지 않은 놈들도 많이 봤지."

그러자 젊은 사람이 질문을 던졌다. 어떻게, 언제 뿌가초프 휘하로 들어갔으며 어떤 임무를 부여받고 그를 위해 일했는가 하는 질문이었다.

나는 장교이자 귀족으로서 뿌가초프 휘하로 들어가 일한다는 것은 있을 수 없으며 그자로부터 그 어떤 임무도 부여받을 수 없다고 분개하며 대답했다.

"그렇다면 어찌해서," 신문관이 반박했다. "귀족이며 장교인 자네 혼자 참칭자로부터 사면받았는가? 다른 동료는 모두 잔혹하게 살해당했는데 말일세? 어찌해서 이 장교이자 귀족이라는 자가 폭도들과 더불어 사이좋게 잔치에 참석하고 악당들의 우두머리로부터 털외투와 말, 은화까지 선물을 받은 거지? 그런 괴상한 우정이란 것이 어디에서 비롯되었으며 무엇을 근거로 했느냐 말이야, 변절이나, 아니면 최소한 역겹고 범죄나 마찬가지인 소심함이 아니라면?"

나는 근위 장교의 말에 깊은 모욕감을 느꼈고 열의를 가지고 나 자신을 변호하기 시작했다. 폭설이 휘몰아칠 때 어떻게 뿌가초프와의 만남이 벌판에서 이루어졌는지, 벨로고르스끄 요새가 함락될 때 그가 어떻게 나를 알아보고 사면해주었는지, 죄다 이야기했다. 나는 참칭자로부터 털외투와 말을 받는 데 정말로 거리낄 것이 없었다고 말했다. 그렇지만 악당에 맞서서 벨로고르스끄 요새를 최후의 힘을 다해서 방어했음도 밝혔다. 마지막으로 참혹한 오렌부르그 봉쇄 당시 내가 얼마나 열성적으로 복무했는지 증언해줄 장군의 이름도 댔다.

엄격한 노인이 펼쳐진 채로 있던 편지를 책상에서 집어들고 소리 내어 읽기 시작했다.

"허용되지 않는 근무와 충성 서약에 어긋나는 행위로 작금의 반란 사태와 관련되었으며 괴수와 친분를 맺은 것으로 알려진 그리뇨프 소위보와 관련하여 각하께서 문의한 바에 관해 답신을 보내는 것을 영광으로 생각하는 바입니다. 그리뇨프 소위보는 지난 1773년 10월 초부터 금년 2월 24일까지 오렌부르그에서 복무한 자로 금년 2월 24일에 이 도시를 떠났고 이후로 저의 부대에 모습을 나타내지 않았습니다. 적에 투항한 자들의 말에 따르면 그는 뿌가초프의 은거지에 체류했고 자신의 근무지인 벨로고르스끄 요새로 뿌가초프와 동행했다고 합니다. 그의 근무 내용과 관련해서는 제가……" 여기서 그는 읽기를 멈추었고 냉정하게 물었다. "이제는 뭐라고 자신을 변호할 텐가?"

나는 시작할 때와 다름없는 태도로 이야기를 계속하여 나와 마리야 이바노브나의 관계를 다른 모든 것과 똑같이 진실되게 해명하려고 했다. 그런데 갑자기 떨칠 수 없는 혐오감이 밀려들었다. 만일 내가 그녀의 이름을 꺼내면 위원회가 그녀를 불러서 답변을 들으려 할 거란 생각이 떠올랐다. 악당들이 벌이는 역겨운 밀고와 중상 속에 그녀의 이름이 얽혀들게 되고, 그런 자들과 대질 신문을 하기 위해 그녀를 부를 거라는 끔찍한 생각이 너무나 큰 충격을 줘서 말문이 막혔고 머리가 뒤죽박죽이 되어버렸다.

나의 답변을 다소 호의적으로 듣기 시작한 것으로 보이던 신문관들은 내가 어쩔 줄 모르는 모습을 보자 다시 내게 불리한 편견을 갖기 시작했다. 근위 장교는 주요 밀고자와 나를 대질 신문할 것을 요구했다. 장군은 어제의 악당을 부르라고 명령했다. 나는 나를 고발한 사람이 나타나기를 기대하며 재빨리 문을 돌아보았다. 몇분 뒤 쇠사슬이 쩔렁거리는 소리가 울리더니 문이 열리고 들어온 사람은—시바브린이었다. 나는 그가 변한 모습에 깜짝 놀랐다. 그는 무서울 정도로 마르고 창백했다. 얼마 전까지도 칠흑같이 검던 머리칼이 완전히 백발이 되어버렸다. 긴 수염은 헝클어져 있었다. 그는 약하지만 대담한 목소리로 고발을 되풀이했다. 그의 말에 따르면 뿌가초프가 나를 첩자로 오렌부르그에 파견했다는 것이다. 매일같이 도시 밖으로 출격한 것은 도시에서 벌어지는 모든 일을 적은 편지를 전달하기 위해서라고 했다. 그리고 나중에는 참칭자에게 노골적으로 투항해서 그와 함께 마차를 타고 요새에서 요새로 돌아다니면서 동료 변절자들을 온갖 방법으로 죽이려고 했다는 것이다. 그 이유는 그들의 자리를 차지하고 참칭자가 내려주는 상을 받기 위해서라는 것이었다. 나는 말없이 그의 진술을 다 들었고 한가지 점에서 만족을 느꼈는데 바로 마리야 이바노브나의 이름이 이 비열한 악당의 입에서 나오지 않은 점이었다. 아마도 경멸 속에서 자신을 거절한 그녀에 대한 생각이 자존심을 아프게 해서였을까, 아니면 나로 하여금 입을 다물게 한 바로 그 감정의 불꽃이 그의 가슴속에도 숨어 있어서였을까—어쨌든 간에 벨로고르스끄 사령관의 딸의 이름은 위원회 석상에서 입에 오르지 않았다. 나는 결심을 한층 더 굳건히 하고 시바브린의 증언을 무엇으로 논박하겠느냐는 신문관들의 질문에 대해 내가 한 첫번째 해명을 견지하겠으며 자신을 변호하기 위해 다른 어떤 것도 더 이야기할 수 없다고 답변했다. 장군이 우리를 데려가도록 지시했다. 우리는 함께 밖으로 나왔다. 나는 아무렇지도 않게 시바브린을 바라보았지만 한마디도 하지 않았다. 그는 악의를 담은 비웃음을 지어 보이더니 족쇄를 치켜들고 나를 앞질러서 걸음을 빨리했다. 병사들이 다시 나를 감옥으로 데려갔고 그후로는 신문에 부르지 않았다.

내가 독자들에게 알려주어야 할 나머지 사항들에 대해서 나 자신이 목격자는 아니다. 하지만 나는 그 일들에 관해 너무나 자주 들어왔기 때문에 아주 사소한 것들까지도 내 머릿속에 깊이 아로새겨져서 마치 보이지 않는 존재가 되어 그 자리에 있던 것처럼 여겨진다.

부모님은 옛사람들 특유의 진정한 친절로 마리야 이바노브나를 맞아들였다. 그들은 가난한 고아를 돌봐주고 아늑한 거처를 제공할 수 있는 기회를 가진 것을 하느님의 은혜로 받아들였다. 곧 그들은 진정으로 그녀에게 깊은 애정을 갖게 되었는데 그녀가 어떤 사람인지 알게 되면 사랑할 수밖에 없기 때문일 것이다. 아버지도 나의 사랑을 더는 허황된 변덕으로 생각하지 않았고 어머니로서는 뻬뜨루샤가 이 사랑스러운 대위의 딸과 결혼하는 것이 유일한 소원이었다.

내가 체포되었다는 소식은 우리 가족 전부에게 큰 충격을 주었다. 마리야 이바노브나가 나와 뿌가초프의 기이한 관계에 대해 부모님께 아주 솔직하게 이야기했기 때문에 부모님은 그것에 대해 전혀 걱정하지 않았을 뿐만 아니라 소탈한 심정으로 자주 웃음을 터뜨리기까지 했던 것이다. 아버지는 제위를 전복하고 귀족계급을 절멸하는 것을 목적으로 한 혐오스러운 반란에 내가 연루될 수 있다고 믿으려 하지 않았다. 그는 싸벨리치를 엄중하게 심문했다. 그는 도련님이 예멜까 뿌가초프를 손님으로 방문한 적이 몇번 있었고 악당이 도련님에게 상당히 호의적이었다고 사람들이 말했다는 것을 숨기지 않았다. 그러나 변절했다는 말은 단 한번도 들어본 적이 없었다고 맹세했다. 노인들은 안심했고 좋은 소식이 오기를 애타게 기다렸다. 마리야 이바노브나는 몹시 불안했지만 입을 다물고 있었다. 그녀가 천성적으로 대단히 겸손하고 조심성 있는 사람인 탓이었다.

몇주가 흘러갔다…… 아버지는 뻬쩨르부르그에 있는 친척인 B×× 공작으로부터 급작스러운 편지를 받았다. 공작의 편지는 나에 관한 것이었다. 으레 있기 마련인 서론에 이어진 내용은 폭도들의 음모에 내가 가담했다는 혐의는 불행하게도 그 근거가 너무나 확실해서 본보기를 보이기 위해 나를 처형하는 것이 백번 마땅하지만 여제 폐하께서는 나의 아버지가 세운 공훈에 대한 경의와 고령의 나이를 고려해서 아들의 형을 줄여주기로 하셨으며, 이에 수치스러운 처형을 면하게 하시고 그 대신 시베리아의 외딴곳으로 유형을 보내 종신토록 살도록 명령하셨다는 것이었다.

이 뜻밖의 충격적인 소식에 아버지가 거의 돌아가실 뻔했다. 그는 평소의 결연함을 잃어버렸고 쓰디쓴 탄식 속에 그의 슬픔(보통은 무언의 슬픔이었다)이 흘러나왔다. “어쩌면 이럴 수가!” 그는 자제력을 잃고 되풀이해서 말했다. “내 아들이 뿌가초프의 역모에 가담하다니! 이런 변이 있나, 내가 살아서 이런 일을 다 겪다니! 여왕 폐하께서 그놈의 사형을 면하게 해주셨다고! 그것으로 내 마음이 좀 편해져? 처형이 두려운 게 아니야. 고조부님께서는 자신의 양심에 따라 신성하다고 판단한 것을 고수하시다가 사형대에서 돌아가셨어. 아버지는 볼린스끼[47], 호루쇼프와 고생을 함께하셨지. 그런데 귀족이 자신의 서약을 저버리고 강도들과 살인자들과 탈주한 농노들과 행동을 같이하다니……! 우리 집안의 수치이고 치욕이야……!" 아버지의 절망에 놀란 어머니는 그 앞에서 감히 눈물을 흘리지도 못하고 소문이란 믿을 수 없으며 세상인심은 요동치는 것임을 말하며 원기를 돌려드리려고 애썼다. 그러나 아버지는 위안을 얻지 못했다.

그 누구보다도 더욱 괴로운 것은 마리야 이바노브나였다. 내가 원하기만 하면 무죄를 증명할 수 있다고 확신하던 그녀는 내가 그러지 않은 이유를 짐작했고 내가 당한 불행이 자기 탓이라고 생각했다. 그녀는 자신의 눈물과 괴로움을 다른 사람들에게 감추었고 그러면서도 어떻게 하면 나를 구할 수 있을지 그 방법을 끊임없이 궁리했다.

어느날 저녁 아버지는 안락의자에 앉아서 『궁중 연감』을 뒤적거리고 있었다. 그러나 상념은 저 먼 어딘가를 떠돌고 있어서 여느 때와는 달리 『궁중 연감』을 읽는 일이 그에게 별다른 작용을 미치지 못하고 있었다. 그는 옛 행진곡을 휘파람으로 불었다. 어머니는 말없이 양모 실로 조끼를 뜨고 있었는데 이따금 눈물이 한방울씩 뜨개질감 위로 떨어졌다. 역시 일감을 가지고 옆에 앉아 있던 마리

47 А. П. Волынский(1689~1740). 안나 이오안노브나 여제 시대의 궁정 대신으로 친구인 호루쇼프와 함께 여제의 총신인 비론 정권의 전복을 기도한 죄로 1740년에 처형당함.

야 이바노브나가 갑자기 입을 열고는 뻬쩨르부르그에 꼭 가봐야만 하겠다며 길을 떠날 수 있도록 준비를 부탁했다. 어머니가 매우 상심했다. "네가 뻬쩨르부르그에 무엇하러 간단 말이냐?" 그녀가 말했다. "마리야 이바노브나, 이젠 너마저도 우리를 버리고 싶은 게냐?" 마리야 이바노브나는 자기 미래의 온 운명이 이 여행에 달렸으며 충직함으로 인해 고통당한 사람의 딸로서 세력가들의 도움과 후원을 모색하기 위해 가려는 것이라고 대답했다.

나의 아버지가 고개를 떨구었다. 범죄의 누명을 쓴 아들을 떠올리게 하는 모든 단어가 그로서는 고통스러웠고 신랄한 비난처럼 여겨진 것이었다. "가거라, 얘야!" 그는 한숨을 내쉬며 그녀에게 말했다. "우리는 너의 행복에 방해가 될 생각은 전혀 없다. 하느님께서 네게 변절자로 낙인찍히지 않은 좋은 신랑감을 주시기를 바란다." 그는 일어서서 밖으로 나갔다.

어머니와 단둘이 남은 마리야 이바노브나는 자기 계획의 일부를 어머니에게 설명해주었다. 어머니는 눈물을 흘리며 그녀를 껴안고 계획한 일들이 모쪼록 좋은 결과를 내기를 신께 기도했다. 부모님은 마리야 이바노브나가 길을 떠날 수 있도록 준비해주셨고 며칠 후 그녀는 충실한 하녀 빨라샤와 역시 충직한 하인 싸벨리치와 함께 길을 나섰다. 나와 강제로 헤어지게 된 싸벨리치는 내 약혼녀로 인정받은 마리야 이바노브나를 섬기고 있다는 생각으로 위안을 삼고 있었다.

마리야 이바노브나는 무사히 소피야[48]에 도착했다. 그리고 당시에 궁정이 짜르스꼬예셀로로 옮겨와 있다는 사실을 역참에서 알게 되자 그곳에 머물기로 결정했다. 칸막이 너머에 있는 구석진 방이 그녀에게 배정되었다. 역참지기의 아내는 즉시 그녀와 말문을 트더니 자신이 궁중에서 난로 때는 사람의 조카라고 밝히고 궁중 생활의 비밀스러운 것들을 죄다 미주알고주알 알려주었다. 여제 폐하께서 보통 몇시에 기상하시고 커피를 마시는지, 언제 산책을 하시고 그때 어떤 고관대작들이 수행하는지, 폐하께서 어제 식사를 하시며 무슨 이야기를 하셨는지, 저녁에는 누구를 영접하셨는지 등을 이야기했는데, 한마디로 안나 블라시예브나의 이야기는 역사 기록의 몇 페이지에 해당하는 것이었고 후손들에게 귀중한 가치를 가질 수도 있었다. 마리야 이바노브나는 주의 깊게 그녀의 이야기를 들었다. 그들은 정원으로 갔다. 안나 블라시예브나는 오솔길 하나하나와 작은 다리 하나에 깃든 역사와 사연을 들려주었고 실컷 걸은 두사람은 서로에게 매우 만족해서 역참으로 돌아왔다.

다음날 이른 아침에 마리야 이바노브나는 잠에서 깨자 옷을 갈아입고 조용히 정원으로 나갔다. 멋진 아침이었다. 가을의 서늘한 대기 속에서 이미 노랗게 물든 보리수들의 꼭대기 위로 태양이 밝게 비추고 있었다. 넓은 호수가 미동 없이 고요히 빛났다. 잠에서 깬 백조들이 호반을 가린 관목 사이에서 품위 있게 헤엄쳐 나왔다.

48 현재 뿌시낀 시(市)인 짜르스꼬예셀로('황제의 마을') 근처의 역참.

마리야 이바노브나는 아름다운 풀밭 근처로 갔다. 그곳에는 뾰뜨르 알렉산드로비치 루만쩨프[49] 백작이 최근에 거둔 승리를 기념하여 세운 전승기념비가 있었다. 갑자기 영국종 하얀 개 한마리가 짖기 시작하더니 그녀를 향해 달려왔다. 마리야 이바노브나는 깜짝 놀라 제자리에 서버렸다. 바로 그때 활기찬 여성의 목소리가 들려왔다. "무서워 마요. 그 개는 물지 않으니까." 마리야 이바노브나는 기념비 맞은편 벤치에 앉은 한 부인을 보았다. 그리고 그 벤치로 가서 끝에 걸터앉았다. 부인이 그녀를 뚫어지게 쳐다보았다. 마리야 이바노브나도 몇번 곁눈질한 끝에 그 부인을 머리끝에서 발끝까지 살펴볼 수 있었다. 그 부인은 하얀 모닝 드레스에 나이트캡을 쓰고 솜이 든 덧저고리를 입고 있었다. 나이는 마흔살 정도로 보였다. 살집이 좋고 홍조를 띤 그녀의 얼굴은 위엄과 내면의 평온을 드러냈는데 푸른 눈동자와 옅은 미소가 뭐라 설명할 수 없는 매력을 풍겼다. 부인이 먼저 침묵을 깨뜨렸다.

"당신은 분명 여기 사람이 아닌 듯합니다만?" 그녀가 말했다.

"네, 맞습니다. 저는 바로 어제 지방에서 올라왔어요."

"가족과 함께 왔나요?"

"아닙니다. 저는 혼자 왔어요."

"혼자서! 하지만 당신은 아직 어려 보이는데."

"저에게는 아버지도 어머니도 안 계십니다."

49 П. А. Румянцев(1725~95). 터키 군을 격파한 러시아 장군.

"당신은 물론 어떤 용건이 있어서 이곳에 왔겠지요?"

"바로 그렇습니다. 저는 여제 폐하께 청원을 올리려고 왔어요."

"당신은 고아이니 아마도 어떤 불공정한 처사나 모욕당한 일에 대해 호소하러 왔겠군요?"

"아니에요. 저는 재판을 청하러 온 것이 아니라 자비를 호소하려고 왔습니다."

"실례지만 물어봅시다. 당신은 누구인가요?"

"저는 미로노프 대위의 딸입니다."

"미로노프 대위라니! 오렌부르그 요새 가운데 한곳의 사령관이었던 바로 그 사람 말인가요?"

"맞아요."

부인은 감동받은 것 같았다. "양해하세요." 그녀는 한결 상냥한 목소리로 말했다. "만약 내가 당신 일에 함부로 간섭하는 거라면 말이에요. 하지만 나는 자주 궁정에 출입하는 사람입니다. 청원이 무엇인지 내게 말해보세요. 어쩌면 내가 당신을 도울 수 있을지 모르겠어요."

마리야 이바노브나는 벤치에서 일어나 공손하게 감사를 표시했다. 이 모르는 부인의 풍모가 모든 면에서 저도 모르게 마음을 끌고 신뢰를 심어주었다. 마리야 이바노브나는 주머니에서 접은 종이를 꺼내 미지의 후원자에게 주었고 부인은 읽기 시작했다.

처음에 그녀는 호의를 가지고 주의 깊게 청원서를 읽고 있었는데 갑자기 표정이 변했다. 그리고 그녀의 모든 동작을 하나하나 눈으로 좇던 마리야 이바노브나는 불과 일분 전만 해도 그토록 유쾌하고 평온하던 부인의 얼굴이 엄격한 표정을 짓는 것을 보고 몹시 놀랐다.

"당신은 그리뇨프의 사면을 청하는 것입니까?" 차가운 표정으로 부인이 말했다. "여제께서는 그자를 용서하지 않을 겁니다. 그가 참칭자의 편에 선 것은 무지나 맹신 때문이 아니라 비도덕적이고 악질적인 불한당이기 때문이었으니까요."

"아, 그렇지 않아요!" 마리야 이바노브나가 소리쳤다.

"어째서 그렇지 않다는 거지요!" 몹시 흥분한 부인이 반박했다.

"그렇지 않아요, 정말이에요, 그렇지 않아요! 저는 모든 것을 알고 있어요. 전부 다 말씀드리겠어요. 그는 오직 저를 위해서 자신에게 닥친 모든 일을 다 감수하고 있는 거예요. 만일 그가 재판정에서 자신을 변호하지 않았다면 그것은 오로지 저를 사건에 끌어들이기를 원치 않기 때문입니다." 여기서 그녀는 우리 독자들이 이미 잘 아는 사실들을 열심히 이야기했다.

부인은 그녀의 이야기를 주의 깊게 들었다. "당신은 어디에 묵고 있나요?" 나중에 그녀가 물었다. 안나 블라시예브나의 집에 머물고 있다는 대답을 듣자 미소를 지으며 덧붙였다. "아! 알아요. 그럼 잘 가요. 우리가 만났다는 것을 아무에게도 말하지 마요. 당신 편지에 대한 응답을 오래 기다리지 않을 것으로 기대합니다."

이 말을 하면서 그녀는 일어섰고 차양으로 덮인 오솔길로 들어섰다. 마리야 이바노브나는 희망의 기쁨으로 충만해서 안나 블라시예브나의 집으로 돌아왔다.

여주인은 가을 아침 일찍 산책을 다녀왔다고 그녀를 나무랐다. 그녀의 말에 따르면 젊은 여성의 건강에 좋지 않다는 것이었다. 여주인은 싸모바르를 가져왔고 차를 한잔 들면서 궁정에 대한 끝없는 이야기를 다시 막 시작하려는 참이었다. 바로 그때 궁정의 대형 마차가 현관 앞에 와서 멈췄고 궁정의 시종이 안으로 들어와서 여제 폐하께서 미로노프의 딸을 궁전으로 초대하셨음을 알렸다.

안나 블라시예브나는 깜짝 놀라 정신없이 허둥대기 시작했다. "이럴 수가, 하느님!" 그녀가 외쳤다. "여왕 폐하께서 당신을 궁으로 부르셨대요. 그분께서 당신에 대해 어찌 아셨을까? 그런데 당신은 여왕님 앞에 어떻게 나서려고 그래요? 궁중에서 걷는 법도도 모를 텐데…… 내가 당신이랑 같이 갈까요? 그러면 무엇이든 미리 조심하도록 살짝 일러줄 수도 있을 테니까 말이에요. 그리고 여행복 차림으로 어찌 궁전에 가겠다는 거예요? 산파 할멈에게 사람을 보내서 노란 치마라도 빌려올까요?" 궁전의 시종이 말하길, 여제 폐하께서는 마리야 이바노브나 혼자서, 입은 그대로의 차림으로 오도록 하라고 말씀하셨다는 것이었다. 준비하고 말고 할 것이 없었다. 마리야 이바노브나는 안나 블라시예브나의 조언과 축복을 받으며 마차에 올라탔고 궁전으로 향했다.

마리야 이바노브나는 우리의 운명이 결정되었음을 예감했다. 심장이 요동치는가 하면 잦아들었다. 몇분 뒤 마차가 궁전 앞에 멎었다. 마리야 이바노브나는 덜덜 떨면서 계단을 올라갔다. 문이 그녀

앞에서 활짝 열렸다. 그녀는 길게 줄지어 선 텅 빈 호화로운 방들을 지나갔다. 시종이 길을 가리켜주었다. 마침내 닫힌 문 앞에 이르자 시종은 이제 그녀가 왔다고 보고를 올리겠다고 말하고는 그녀를 혼자 남겨두고 가버렸다.

여제 폐하를 직접 대면한다는 생각에 그녀는 너무 겁이 나서 두 발로 간신히 서 있을 지경이었다. 일분 뒤 문이 열렸고 그녀는 여제의 단장실로 들어갔다.

여제는 화장대 앞에 앉아 있었다. 몇명의 시녀들이 그녀를 둘러싸고 있다가 마리야 이바노브나에게 공손히 길을 비켜주었다. 여제께서 상냥한 태도로 그녀를 향했다. 그리고 마리야 이바노브나는 여제의 얼굴에서 바로 몇시간 전에 그녀가 그토록 마음을 터놓고 모든 것을 해명한 바로 그 부인의 얼굴을 알아보았다. 여제께서 그녀를 가까이 부르고 웃음 지으며 말했다. "당신에게 한 약속을 지키고 청원을 들어주게 되어서 기쁩니다. 당신의 일은 끝났습니다. 나는 당신 약혼자의 무죄를 믿습니다. 여기 편지가 있으니 미래의 시아버지에게 직접 전달하도록 해요."

마리야 이바노브나는 떨리는 손으로 편지를 받았고 울음을 터뜨리면서 여제의 발 앞에 몸을 던졌다. 여제는 그녀를 일으키고 입을 맞추었다. 여제는 그녀와 이야기를 나누었다. "당신이 부유하지 않다는 것을 알아요." 그녀가 말했다. "그런데 나는 미로노프 대위의 딸에게 빚을 지고 있답니다. 장래에 대해서 걱정하지 마요. 당신의 생활을 돌보는 책임을 내가 맡도록 하겠어요."

가엾은 고아에게 친절을 베풀어준 뒤 여제는 그녀를 물러가게 했다. 마리야 이바노브나는 같은 마차를 타고 궁전을 떠났다. 그녀가 돌아오기를 초조하게 기다리고 있던 안나 블라시예브나는 속사포처럼 질문을 퍼부어댔지만 마리야 이바노브나는 대답을 대충 얼버무릴 뿐이었다. 안나 블라시예브나는 그녀의 건망증이 불만스러웠지만 어수룩한 시골뜨기의 소심함 탓으로 돌리고 너그러이 용서해주었다. 마리야 이바노브나는 뻬쩨르부르그를 한번 구경해 보겠다는 호기심도 보이지 않은 채 바로 그날로 시골을 향해 떠나 버렸다……

여기에서 뾰뜨르 안드레예비치 그리뇨프의 수기는 끝을 맺는다. 집안에 전해내려오는 이야기에 따르면 그는 1774년 말에 칙령으로 구금에서 풀려나 자유의 몸이 되었고 뿌가초프가 처형될 때 그 자리에 있었다고 한다. 뿌가초프는 군중 사이에서 그를 알아보고는 몇분 후면 죽어 피투성이가 돼서 군중에게 전시될 그 머리를 그에게 끄덕여 보였다고 한다. 그후 얼마 안되어 뾰뜨르 안드레예비치는 마리야 이바노브나와 결혼했다. 이들의 후손은 씸비르스끄 현에서 잘 살고 있다. ×××에서 30베르스따 떨어진 곳에 열명의 지주들에게 속한 마을이 있다. 그곳 귀족 나리들이 사용하는 곁채 중 한곳에 예까쩨리나 2세의 친필 편지가 유리 액자에 넣어져 전시되

고 있다. 이 편지는 뾰뜨르 안드레예비치의 부친에게 보낸 것으로 그의 아들이 무죄임을 알리고 미로노프 대위의 딸이 보여준 지혜와 성심을 칭찬하는 내용을 담고 있다. 우리에게 뾰뜨르 안드레예비치 그리뇨프의 수기를 보낸 인물은 그의 손자 가운데 한사람으로, 그의 조부가 묘사하는 시대와 관련된 저서를 우리가 취급한다는 것을 알고 보내준 것이다. 우리는 친지들의 동의를 얻어 각장에 어울리는 제사題詞를 붙이고 몇몇 고유명사를 바꿔서 이 책을 단행본으로 출판하기로 결정하였다.

발행인

1836년 10월 19일

부록

『대위의 딸』의 '빼버린 장'*

우리는 볼가 강변으로 접근하고 있었다. 우리 연대는 ×× 마을로 들어섰고 이 마을에서 숙영하기 위해 멈춰섰다. 촌장의 말에 따르면 강 건너편 마을들은 모조리 폭동에 참가했고 뿌가초프 도당들이 도처에서 어슬렁거린다는 것이었다. 이 소식은 나를 몹시 불안하게 만들었다. 우리는 다음날 아침에 강을 건너기로 되어 있었다. 나는 조바심이 나서 견딜 수가 없을 지경이었다. 아버지의 영지가 강 건너 30베르스따 거리에 있었던 것이다. 나는 뱃사공을 수소문할 수 있는지 물었다. 농민들이 전부 낚시꾼이어서 작은 배는 얼

* 이 장은 『대위의 딸』의 최종 편집에서 포함되지 않았고 초고로만 보존되었다. 이 장에서는 그리뇨프를 불라닌이라 부르고 있으며 주린은 그리뇨프라 불리고 있다.

마든지 있었다. 나는 그리뇨프에게 다가가 나의 계획을 알려주었다. "몸조심해." 그가 내게 말했다. "혼자 가는 것은 위험해. 아침까지 기다려. 첫 배로 건너가는 걸로 하고 만일의 경우를 대비해 경기병 오십명을 당신 부모님께 손님으로 데려가도록 하지."

나는 고집을 꺾지 않았다. 배가 준비되었다. 나는 뱃사공 두명과 함께 배에 올랐다. 그들은 배를 묶은 밧줄을 풀고 노를 저었다.

맑은 하늘이었다. 달이 빛났다. 고요한 날이었다. 볼가 강은 평탄하고 잔잔하게 흘러갔다. 배가 가볍게 흔들리면서 어두운 물살을 따라 재빨리 미끄러져나갔다. 나는 이런저런 상상 속에 빠져들어갔다. 반시간가량이 지나갔다. 우리는 이미 강 한가운데 이르렀다…… 갑자기 사공들이 서로 수군대기 시작했다. "무슨 일이지?" 문득 정신을 차리며 내가 물었다. "모르겠습니다, 당최 뭔지." 한쪽을 바라보며 사공들이 대답했다. 내 눈도 그들의 눈길을 좇아 한곳을 바라보았다. 그리고 나는 어스름 속에서 볼가 강을 따라 무언가 아래로 둥둥 떠내려가는 것을 보았다. 뭔지 모를 그것이 가까이 다가왔다. 나는 사공들에게 잠시 정지해서 기다려보라고 일렀다. 달이 구름 뒤로 들어갔다. 둥둥 뜬 유령이 한층 더 어렴풋해졌다. 그것은 이미 가까이 다가와 있었지만 나는 여전히 무엇인지 식별할 수 없었다. "대체 저게 뭐란 말이야." 사공들이 말했다. "돛도 아니고, 돛대도 아닌 것이……" 돌연 달이 구름 뒤에서 나왔고 무시무시한 광경을 비추었다. 우리를 향해 떠내려오는 것은 뗏목 위에 단단히 고정된 교수대였다. 교수대의 횡목에는 시신 세구가 매달려 있었다. 병적인 호기심이 나를 사로잡았다. 나는 교수형에 처해진 사람들의 얼굴을 보고 싶었다.

나의 지시에 따라 뱃사공들이 쇠로 된 갈고랑이가 달린 장대를 뗏목에 걸자 내가 탄 배가 둥둥 뜬 교수대에 부딪혔다. 나는 훌쩍 뛰어건너 끔찍한 나무 기둥 사이에 섰다. 밝은 달이 형편없는 몰골이 된 불행한 자들의 얼굴을 비추었다. 한명은 늙은 추바시인이었고 다른 한사람은 러시아 농민으로 강하고 건장한 스무살가량의 청년이었다. 그러나 세번째 사람을 쳐다보고는 강한 충격을 받아 나도 모르게 탄식하지 않을 수 없었다. 그것은 반까, 어리석음 때문에 뿌가초프에게 가담한 나의 가엾은 반까였던 것이다. 그들의 머리 위에는 검은 나무판이 붙었는데 그 위에 커다란 흰 글씨로 '강도들과 폭도들'이라고 쓰여 있었다. 사공들은 장대로 뗏목을 버티면서 무심하게 바라보며 나를 기다리고 있었다. 나는 다시 배에 탔다. 뗏목은 강을 따라 아래로 떠내려갔다. 어스름 속에서 교수대가 오랫동안 검게 보였다. 마침내 교수대는 모습을 감추었고 내가 탄 배는 높고 가파른 강기슭에 닿았다……

나는 사공들에게 뱃삯을 후하게 치러주었다. 사공 하나가 나루터 옆에 있는 마을 대표의 집으로 데려다주었다. 나는 그와 함께 농가로 들어갔다. 마을 대표는 말을 요구한다는 이야기를 듣자 꽤나 거칠게 나왔으나 나를 데려온 사공이 그에게 몇마디 조용히 말하자 까다롭던 태도가 서둘러서 도와주려는 태도로 금방 바뀌었다. 일분 만에 삼두마차가 준비되었고 나는 마차에 앉아 우리 마을로 갈 것을 명령했다.

깊이 잠든 마을들을 지나며 큰길로 마차를 달려갔다. 나는 한가지를 걱정했는데 바로 길에서 정지당하는 것이었다. 밤에 볼가 강에서 맞닥뜨린 것이 폭도들의 존재를 증명한다면 동시에 정부의 강력한 반격을 증명하기도 했다. 만일의 경우에 대비해서 나는 주머니 속에 뿌가초프가 발행해준 통행증과 그리뇨프 연대장의 명령서를 지니고 있었다. 그러나 아무도 마주치지 않았다. 아침 무렵이 되자 나는 저 멀리 있는 강과 가문비나무 숲을 알아보았다. 그 숲 너머에 우리 마을이 있었다. 마부가 말들을 채찍으로 때렸다. 그리고 십오분 후 나는 ××로 들어섰다.

지주의 저택은 마을 다른 쪽 끝에 자리했다. 말들이 전속력으로 달렸다. 갑자기 길 한가운데서 마부가 말들을 멈춰세우기 시작했다. "무슨 일이야?" 내가 조급하게 물었다. "초소입니다, 나리." 흥분한 말들을 간신히 멈춰세우며 마부가 대답했다. 실제로 나는 차단물이 세워지고 보초가 몽둥이를 들고 있는 것을 보았다. 한 사나이가 다가오더니 모자를 벗고 통행증을 청했다. "이게 뭐 하는 거지?" 내가 그에게 물었다. "왜 여기를 막아놓았어? 자넨 누구를 감시하는 거야?" "그러니까 저희는, 나리, 폭동을 일으킨 겁니다." 그가 머리를 긁적이며 대답했다.

"자네 주인은 어디 계신가?" 나는 심장이 조여드는 것을 느끼며 물었다……

"우리 나리께서 어디 계시느냐고요?" 사내가 되풀이했다. "우리

나리께선 곡물창고에 계시지요."

"왜 곡물창고에 계시나?"

"그야 마을 자치회에서 일하는 안드류하가 나무 족쇄를 채워서 거기에 가두어놓았지요. 폐하께 끌고 간답니다."

"이럴 수가! 이 멍청아, 차단물을 어서 치워. 뭘 꾸물거리는 거야?"

보초가 꾸물거렸다. 나는 마차에서 튀어나와 그의 귀싸대기를 (미안하지만) 세게 한대 치고는 직접 차단물을 옮겨놓았다. 사내는 어안이 벙벙한 듯 멍청하게 쳐다보기만 했다. 나는 다시 마차에 타고 지주의 저택으로 갈 것을 지시했다. 곡물창고는 마당에 있었다. 꽉 닫힌 대문 옆에 두 남자가 역시 몽둥이를 들고 서 있었다. 마차는 그들 바로 앞에 멈춰섰다. 나는 뛰어내려 그들을 향해 몸을 던졌다. "문을 열어!" 내가 그들에게 말했다. 아마도 내 몰골이 무서웠던 모양인지 두 남자는 몽둥이를 내던지고 도망쳐버렸다. 나는 자물쇠를 쳐서 떨어뜨리고 문을 부숴버리려고 했다. 그러나 문은 참나무로 만들어졌고 커다란 자물쇠는 부서지지 않았다. 이때 몸집이 날렵한 젊은 사내가 머슴 방에서 나오더니 불손한 태도로 어째서 행패를 부리느냐고 내게 물었다. "마을 일 보는 안드류시까가 어디 있어?" 내가 그에게 소리쳤다. "그놈을 불러와."

"내가 바로 안드레이 아파나시예비치요. 안드류시까가 아니라."[1]

---

1 러시아에서 정식 성명은 이름, 부칭, 성의 세 부분으로 이뤄지는데, 편한 관계에서는 이름을 애칭으로 부르고 예의를 갖출 때는 이름과 부칭을 함께 부름. 즉 안드레이는 이제 자신을 애칭으로 부르지 말고 예의를 갖춰 부르라고 요청하는 것임.

한 손을 허리에 올리고 그가 시건방지게 대꾸했다. "무엇을 원하시오?"

대답 대신에 나는 멱살을 움켜쥐고 창고 문으로 끌고 가 문을 열라고 지시했다. 자치회에서 일하는 사내는 뻗대며 고집을 피웠지만 아버지식으로 으르는 것이 이자에게도 효과가 있었다. 그는 열쇠를 꺼내 창고를 열었다. 나는 문지방을 넘어 안으로 달려들어갔고 천장에 난 좁은 틈새로 들어온 약한 빛 아래 어두운 한구석에 웅크린 아버지와 어머니를 발견했다. 그들의 손은 묶이고 발에는 족쇄가 채워져 있었다. 나는 몸을 던져 두분을 껴안았고 한마디 말도 하지 못했다. 두분은 모두 몹시 놀라 나를 바라보고만 있었다. 군인으로 보낸 삼년의 세월이 나를 몹시도 바꾸어놓아서 알아보지 못한 것이다. 어머니가 아아 하고 외치고는 눈물을 흘렸다.

갑자기 나는 귀에 익은 사랑스러운 목소리를 들었다. "뾰뜨르 안드레이치! 당신인가요!" 나는 충격으로 굳었다…… 고개를 돌려 바라보자 다른 구석에서 역시 묶여 있는 마리야 이바노브나를 발견했다.

아버지는 자기 눈을 믿지 못하겠다는 듯이 아무 말 없이 나를 바라보았다. 그의 얼굴에서 기쁨이 환하게 빛났다. 나는 그들을 묶은 밧줄 매듭을 군도로 서둘러 잘랐다.

"잘 있었느냐, 잘 있었어, 뻬뜨루샤." 나를 가슴에 꽉 껴안으며 아버지가 말했다, "하느님 덕분에 마침내 너를 만났구나……"

"뻬뜨루샤, 내 아들아," 어머니가 말했다. "네가 이곳에 오다니!

그래, 몸은 건강하니?"

나는 서둘러서 그들을 감금 장소에서 빼내려고 했다. 그러나 문으로 가보니 다시 잠겼다는 것을 알았다. "안드류시까," 내가 외쳤다. "문 열어!" "그렇게는 못해." 자치회에서 일하는 자가 문밖에서 대꾸했다. "너도 거기 앉아 있도록 해. 폐하의 관리에게 행패를 부리면서 끌고 다니면 어떻게 되는지 이제 너한테 가르쳐줄 참이야!"

나는 여기서 빠져나갈 방법이 없는지 찾으며 창고를 살펴보기 시작했다.

"공연히 애쓰지 마라." 아버지가 내게 말했다. "나는 내 집 창고를 도둑처럼 개구멍으로 드나드는 주인이 아니다."

내가 나타난 것에 잠시 동안 기뻐하던 어머니는 온 가족의 파멸이라는 운명을 나도 함께 짊어지게 된 것을 보자 절망에 빠졌다. 그러나 나는 부모님과 마리야 이바노브나와 함께 있게 된 그 순간부터 더욱 침착해졌다. 나는 군도 한자루와 권총 두자루를 가지고 있어서 아직 포위를 견디어낼 수 있었다. 저녁 무렵이면 그리뇨프가 때맞춰 올 것이고 우리를 구해줄 것이었다. 나는 이 사실을 전부 부모님께 알렸고 어머니를 안심시켜드릴 수 있었다. 그들은 재회의 기쁨에 완전히 푹 빠졌다.

"그런데, 뾰뜨르," 아버지가 내게 말했다. "네가 퍽이나 장난을 치는 통에 나도 제대로 화가 났었다. 하지만 지난 일을 마음에 둘 필요는 없어. 이제는 너도 잘못을 뉘우치고 마음을 새롭게 다잡았으리라 기대한다. 네가 명예로운 장교답게 복무한 것을 알고 있다. 고맙구나. 이 늙은 나에게 위안이 돼주었다. 만약에 네 덕에 이곳에서 벗어날 수 있다면 내 인생이 두배로 즐거워지겠구나."

나는 눈물을 흘리며 아버지의 손에 입을 맞추었고 내가 그 자리에 있다는 사실에 몹시도 기뻐하는 마리야 이바노브나를 바라보았다. 그녀는 완전히 행복하고 평온해 보였다.

정오 무렵 우리는 굉장히 시끌벅적한 소음과 비명을 들었다. "이게 뭘까?" 아버지가 말했다. "설마 네가 말한 대령이 벌써 온 것일까?" "그건 불가능합니다." 내가 대답했다. "저녁 이전에는 올 수 없을 겁니다." 시끄러운 소리가 한층 더 커졌다. 큰북을 두드리고 있었고 말 탄 사람들이 마당을 뛰어다녔다. 그때 벽에 난 좁은 틈으로 싸벨리치의 백발이 어른거리더니 이 가엾은 하인이 슬픔에 찬 목소리로 말했다. "안드레이 뻬뜨로비치, 아브도찌야 바실리예브나, 나의 뾰뜨르 안드레이치 도련님, 마리야 이바노브나 아가씨, 큰일 났습니다! 악당들이 마을로 들어왔어요. 그런데 뾰뜨르 안드레이치, 누가 그들을 데려왔는지 아십니까? 바로 시바브린, 알렉세이 이바니치예요! 악마가 그놈을 잡아갔으면!" 증오스러운 이름을 듣자 마리야 이바노브나는 두 손을 번쩍 쳐들더니 얼어붙었다.

"잘 들어." 내가 싸벨리치에게 말했다. "누구 한명을 말에 태워서 × 나루터로 기병 연대를 찾으러 보내. 그리고 연대장에게 우리가 위험하다는 것을 알리라고 해."

"하지만 누구를 보낸단 말입니까, 도련님! 젊은이들은 죄다 폭동을 일으킨 판이고 말들도 모조리 빼앗아간걸요. 어이구, 이런! 벌써 마당에 들어왔어요. 창고로 오는 참입니다."

이때 문 너머로 몇사람의 목소리가 들려왔다. 나는 말없이 어머니와 마리야 이바노브나에게 구석으로 몸을 피하라는 신호를 보냈고 군도를 빼어들고 문 바로 옆에 있는 벽에 몸을 기댔다. 아버지는 양손에 권총을 들고 공이치기를 올리고는 내 옆에 섰다. 자물쇠가 덜컹거리더니 문이 열리고 자치회에서 일하는 자의 머리가 들어왔다. 나는 군도로 그의 머리를 내리쳤고 그는 입구를 막으며 쓰러졌다. 바로 그 순간 아버지가 문을 향해 권총을 발사했다. 우리를 막고 있던 사람들이 욕설을 퍼부으며 달아났다. 나는 다친 자를 문간에서 끌어당기고 안에 있는 걸쇠로 문을 잠가버렸다. 마당은 무기를 든 사람들로 가득했다. 나는 그들 가운데서 시바브린을 알아보았다.

"무서워하지 마세요." 나는 여자들에게 말했다. "희망은 있어요. 그리고 아버지, 더이상 쏘지 마세요. 마지막 탄환을 아껴야 합니다."

어머니는 말없이 기도하고 있었다. 마리야 이바노브나는 우리의 운명이 결정되길 천사처럼 평온하게 기다리며 어머니 옆에 서 있었다. 문 너머로 협박과 욕설, 저주가 들려왔다. 나는 첫번째로 머리를 들이미는 용감한 사람을 벨 준비를 갖춘 채 제자리에 서 있었다. 갑자기 악당들이 입을 다물었다. 나는 내 이름을 부르는 시바브린의 목소리를 들었다.

"여기 있다. 뭘 원하느냐?"

"항복해라, 불라닌. 저항해봤자 소용없다. 늙은 부모를 생각해라. 고집을 부린다고 네 목숨을 구할 수는 없어. 네 버릇을 고쳐주지!"

"어디 해보시지, 이 변절자야!"

"허투루 내 머리를 들이밀지도 않으려니와 부하들 목숨을 허비하지도 않겠다. 그 대신 창고에 불을 지르도록 할 생각이야. 그러면 네가 어떻게 하는지 두고 보기로 하지. 벨로고르스끄의 돈 끼호떼 양반. 지금은 점심때니 한가하게 앉아서 잘 생각해봐. 그럼 잘 계시오. 마리야 이바노브나, 당신한테는 사과하지 않겠어. 깜깜한 데서 기사와 함께 있으니 지루할 일은 없지 않겠소."

시바브린은 자리를 뜨면서 창고 앞에 감시를 붙여두었다. 우리는 아무 말도 하지 않았다. 각자 자신의 생각을 다른 사람에게 알릴 엄두를 내지 못한 채 속으로 생각만 하고 있었다. 나는 악에 받친 시바브린이 저지를 만한 일을 모조리 상상해보았다. 나 자신에 대해서는 거의 걱정하지 않았다. 사실을 말하자면 부모님의 운명보다 마리야 이바노브나의 운명이 나를 더욱 고통스럽게 했다. 나는 어머니가 농민들과 하인들로부터 사랑받고 있음을 알고 있었다. 아버지 역시 엄격한 태도에도 불구하고 그들로부터 사랑받았는데, 매사에 공정하고 아버지 수하에 있는 사람들이 진정으로 필요로 하는 것이 무언지 알고 계셨기 때문이었다. 그들의 폭동은 판단 착오이자 일시적인 술주정 같은 것이었지 분노의 표현이 아니었다. 부모님은 관대한 대접을 받을 것 같았다. 그러나 마리야 이바노브나는? 저 방탕하고 파렴치한 인간이 그녀에게 어떤 운명을 준비해두었을지? 나는 이 무시무시한 생각을 파고들 용기가 없었다. 그래서 두번째로 원수의 손아귀에 들어간 그녀를 보느니 차라리 하느님께 자비를 구하며 내 손으로 그녀를 죽이리라 결심했다.

그러고 나서 한시간가량이 흘렀다. 술 취한 자들의 노랫소리가 마을을 시끄럽게 했다. 우리를 감시하던 자들은 그들이 부러웠던지 우리에게 화풀이를 하면서 욕을 퍼부었고 고문을 하겠다느니 죽여버리겠다느니 하며 협박을 했다. 우리는 시바브린의 위협에 이어질 행동을 기다리고 있었다. 마침내 마당에서 커다란 움직임이 있는 듯하더니 다시 시바브린의 목소리가 들렸다.

"그래, 실컷 생각들 해보았나? 자진해서 나에게 항복들 하시겠나?"

아무도 대답하지 않았다. 잠시 기다린 후 시바브린은 짚단을 가져오라고 지시했다. 몇분 뒤 불꽃이 확 피어오르더니 어두운 창고를 밝혔고 문틈으로 연기가 스멀스멀 스며들어왔다. 그때 마리야 이바노브나가 다가와 내 손을 잡고서 조용히 말했다.

"이젠 그만둬요, 뾰뜨르 안드레이치! 저 때문에 당신과 부모님을 망치지 마세요. 나를 내보내주세요. 시바브린이 제 말을 들어줄 거예요."

"절대로 안됩니다." 나는 진심으로 소리쳤다. "당신을 기다리는 것이 무엇인지 알고나 있습니까?"

"모욕을 당하고 있지는 않겠어요." 그녀가 침착하게 대답했다. "하지만 어쩌면 제가 절 구해준 사람과 불쌍한 고아인 저를 너그러이 돌봐준 가족을 구할 수도 있을 거예요. 그럼 안녕히, 안드레이 뻬뜨로비치. 안녕히 계세요, 아브도찌야 바실리예브나. 두분은 저에게 은인 이상이었어요. 저를 축복해주세요. 뾰뜨르 안드레이치, 당신도 저를 용서해주세요. 이것만은 믿어주세요, 바로…… 바로……" 그녀는 울음을 터뜨리고 두 손으로 얼굴을 가렸다…… 나는 미친 사람 같았다. 어머니도 눈물을 흘렸다.

"쓸데없는 소리는 이제 그만해라, 마리야 이바노브나." 아버지가 말했다. "누가 널 혼자 강도들에게 내보낸단 말이냐! 앉아서 잠자코 있어라. 죽어야 한다면 모두 함께 죽는 거다. 들어보자, 밖에서 또 뭐라고 하는 거냐?"

"항복하겠나?" 시바브린이 소리쳤다. "보고 있어? 오분 뒤면 당신들은 통구이가 될 거야."

"항복하지 않아, 이 악당 놈아!" 아버지가 단호한 목소리로 답했다.

주름으로 덮인 그의 얼굴이 놀랄 만큼 생기를 발하며 빛났고 잿빛 눈썹 아래에서 눈동자가 무섭게 번쩍거렸다. 아버지는 나를 돌아보며 말했다.

"지금이야!"

아버지가 문을 열었다. 불길이 안으로 밀려들어와 마른 이끼를 쑤셔박은 통나무들을 타고 올라가며 넘실거렸다. 아버지는 권총을 발사했고 활활 타오르는 문간을 넘어서며 외쳤다. "모두 내 뒤를 따라라." 나는 어머니와 마리야 이바노브나의 손을 움켜쥐고 재빨리 신선한 공기가 있는 밖으로 데리고 나왔다. 시바브린이 문간에 누워 있었다. 아버지가 늙은 손으로 쏜 총알이 관통한 것이었다. 우리가 급작스레 뛰쳐나온 것에 놀라 도망갔던 폭도 무리가 금방 기운을 회복하고 우리를 에워싸기 시작했다. 나는 몇차례 공격을 가하는데 성공했지만 누군가 잘 노리고 던진 벽돌에 가슴을 정통으로 맞고 말았다. 나는 쓰러져 잠깐 동안 정신을 잃었다. 정신이 돌아오자 피투성이가 된 풀밭 위에 앉은 시바브린과 그 앞에 있는 우리 가족이 보였다. 누군가 내 팔을 잡아 붙들고 있었다. 농민들과 까자끄들, 바시끼르인들의 무리가 둘러싸고 있었다. 시바브린은 굉장히 창백했다. 그는 한 손으로 부상당한 옆구리를 누르고 있었다. 얼굴에는 고통과 악의를 드러냈다. 그는 천천히 고개를 들고 나를 쳐다보더니 약하고 알아듣기 힘든 음성으로 말했다.

"저자를 매달아라…… 다른 사람들도…… 그 여자만 빼놓고……"

그러자 악당 패거리가 즉시 달려들어 소리를 지르며 대문으로 끌고 갔다. 그런데 갑자기 그들이 우리를 내버려두고 사방으로 달아났다. 대문 안으로 그리뇨프와 군도를 빼든 기병 중대가 들어오고 있었다.

사방팔방으로 도망치는 폭도들을 기병들이 쫓으며 칼로 베었고

포로로 잡기도 했다. 그리뇨프가 말에서 뛰어내려 아버지와 어머니께 인사했고 뜨겁게 손을 잡았다. "내가 때맞춰 왔군그래." 그가 우리에게 말했다. "아! 바로 이분이 자네 약혼녀로군." 마리야 이바노브나가 귀까지 새빨개졌다. 아버지가 그에게 다가가 감사의 말을 했다. 차분한 모습이었지만 감동받은 듯했다. 어머니는 그를 구원의 천사라 부르며 포옹했다. "우리 집으로 들어갑시다." 아버지가 그에게 말했고 집으로 데려갔다.

시바브린의 옆을 지나가던 그리뇨프가 발걸음을 멈췄다. "이자가 누구지?" 부상당한 그를 바라보며 그리뇨프가 물었다. "이자가 바로 우두머리요, 패거리 두목이라오." 노병다운 면모를 보이며 어떤 자부심을 담아 아버지가 대답했다. "하느님이 이 늙은이를 도와서 새파란 악당을 처벌하게 하셨고 자식이 흘린 피값을 그에게 치르도록 하셨소."

"이자가 바로 시바브린일세." 내가 그리뇨프에게 말했다.

"시바브린이라고! 아주 잘됐어. 경기병! 이자를 데려가! 우리 의사한테 이자의 상처를 잘 묶어주고 눈동자처럼 지키라고 해. 시바브린은 까잔에 있는 비밀 위원회에 반드시 출석시켜야 하네. 이자는 주요 반란자 중의 하나니까 분명히 그의 증언이 중요할 거야."

시바브린이 흐리멍덩한 눈을 떴다. 그의 얼굴에는 육체의 고통 외에는 아무것도 드러나 있지 않았다. 기병들이 그를 망또로 운반해 갔다.

우리는 방으로 들어갔다. 나는 떨리는 마음으로 어린 시절을 떠올리며 주변을 둘러보았다. 집 안에는 아무것도 변한 것이 없었고 모든 것이 제자리에 놓여 있었다. 시바브린은 스스로 그런 비굴한 처지에 떨어졌으면서도 몰염치한 탐욕을 무의식적으로 혐오하는 마음이 남아 있어 가재도구 약탈을 금지했던 것이다. 하인들이 현관방에 모습을 나타냈다. 그들은 폭동에 참가하지 않았고 우리가 무사한 것을 진심으로 기뻐했다. 싸벨리치는 의기양양했다. 그도 그럴 것이 폭도들의 습격으로 모두들 혼비백산해 있을 때 그는 시바브린의 말이 있는 마구간으로 달려가 안장을 얹고 살짝 끌고 나갔다. 그리고 북새통에 모두들 정신이 없는 틈을 타서 눈에 띄지 않게 말을 몰아 나루터로 달려간 것이다. 그는 이미 볼가 강을 건너와 휴식을 취하고 있던 연대 병력을 만났다. 싸벨리치로부터 우리가 위험하다는 것을 전해들은 그리뇨프는 말에 올라탈 것을 명령했고 앞으로가, 구보로가, 하며 행군을 지휘했다. 그리하여 천만다행으로 때맞춰 도착한 것이다.

경기병들이 몇명을 포로로 잡아가지고 추격에서 돌아왔다. 그리고 우리가 기념할 만한 봉쇄를 견디어냈던 바로 그 창고에 그들을 가두었다.

그리뇨프는 자치회에서 일한 자의 머리를 긴 장대에 매달아 술집 옆에 몇시간 동안 효수해야 한다고 주장했다.

우리는 각자 자신의 방으로 흩어졌다. 노인들에게는 휴식이 필요했다. 밤새 한잠도 자지 못한 나는 침대에 몸을 던지자 곯아떨어지고 말았다. 그리뇨프는 자기 업무를 처리하러 갔다.

저녁에 우리는 거실 싸모바르 옆에 다시 모여서 이제는 지나가버린 위험에 대해 즐겁게 이야기를 나누었다. 마리야 이바노브나가 모두에게 차를 따라주었는데 나는 그녀 옆에 앉아서 그녀만 쳐다보느라 정신이 없었다. 부모님은 우리의 다정한 사이를 기특하게 바라보는 것 같았다. 지금까지도 이날 저녁은 나의 기억 속에 생생하게 살아 있다. 나는 행복했다. 완전하게 행복했다. 인간의 가련한 인생 가운데 그런 순간이 과연 얼마나 될까?

다음날 농민들이 지주의 마당에 사죄하러 왔다고 아버지에게 보고가 들어왔다. 아버지가 그들을 보러 현관으로 나갔다. 아버지가 나타나자 사내들이 무릎을 꿇었다.

"그래, 어때, 이 바보들아," 아버지가 그들에게 말했다. "어째서 네놈들은 폭동을 일으킬 생각을 했느냐 말이다."

"잘못했습니다, 주인 나리." 그들이 한목소리로 대답했다.

"그럼, 그럼, 잘못했고말고. 몹쓸 장난이 지나치면 오히려 재미가 없는 법이지. 하느님께서 내 아들 뾰뜨르 안드레이치를 다시 만나는 기쁨을 주신 데 대한 감사로 너희를 용서해주마. 좋아, 칼은 죄를 뉘우친 머리를 자르지 않는다고 하니까." "잘못했습니다!" "물론이야, 잘못했지. 하느님께서 맑은 날씨를 주셔서 건초를 거두어들여야 할 때인데, 너희들, 이 바보 같은 놈들아, 사흘 내내 대체 뭘 했단 말이냐? 반장! 한사람도 남김없이 죄다 풀베기에 내보내. 잘 들어, 이 빨강 머리 날도둑놈아, 성聖 일리야의 날까지 건초를 몽땅 낟가리로 쌓아두도록 해. 다들 꺼져."

사내들은 허리 숙여 절하고는 마치 아무 일도 없었다는 듯이 부역을 하러 가버렸다.

시바브린의 부상은 치명적이 아닌 것으로 밝혀졌다. 호송병을 붙여서 그를 까잔으로 이송했다. 나는 그를 마차에 눕히는 것을 창을 통해 보았다. 우리 둘의 시선이 마주쳤고 그가 고개를 숙였다. 나는 급히 창가에서 물러섰다. 내가 원수의 불행과 굴욕 앞에서 의기양양한 모습을 보일까 두려웠다.

그리뇨프는 계속해서 진군해야만 했다. 나는 가족의 품 안에서 며칠 더 보내고 싶은 열망이 컸지만 그를 따라가기로 결심했다. 출정하기 전날 밤 부모님께로 가서 풍습에 따라 두분 앞에 무릎을 꿇고 마리야 이바노브나와의 결혼을 축복해줄 것을 청했다. 노인들은 나를 일으켜세웠고 기쁨의 눈물을 흘리며 허락해주었다. 나는 얼굴이 백짓장처럼 하얗게 되어 덜덜 떠는 마리야 이바노브나를 그들에게 데려갔다. 부모님이 우리를 축복했다…… 내가 무엇을 느꼈는지에 대해서는 쓰지 않으려고 한다. 나와 같은 입장에 서본 사람은 쓰지 않아도 익히 이해할 것이다. 서보지 않은 사람에 대해서는 유감을 느끼며 아직 시간이 있을 때 어서 사랑을 하고 부모로부터 축복을 받으라고 충고할 따름이다.

다음날 연대가 집결했고 그리뇨프는 우리 가족과 두루 작별인사를 나누었다. 곧 군사행동이 끝나게 될 것이라고 우리 모두는 확신했다. 한달 후면 나는 이미 남편이 되어 있으리라 기대했다. 마리야 이바노브나는 작별하면서 모두들 보는 앞에서 내게 입을 맞추었다. 나는 말에 올라탔다. 또다시 싸벨리치가 나의 뒤를 따랐다. 그렇게 연대는 떠났다.

나는 다시 한번 놓아두고 떠나가는 시골의 집을 오랫동안 멀리서 바라보았다. 어두운 예감이 불안하게 만들었다. 모든 불행이 다 지나간 것은 아니라고 누군가 내게 속삭였다. 내 가슴이 새로운 폭풍을 직감했다.

우리의 진군과 뿌가초프 내란의 결말을 묘사하지는 않겠다. 우리는 뿌가초프에 의해 파괴된 마을들을 지나가면서 강도들이 그들에게 남겨두고 간 것을 가난한 주민들로부터 부득이하게 징발하지 않을 수 없었다.

그들은 누구에게 복종해야 할지를 몰랐다. 어느 곳에서나 통치 행위가 중단되어 있었다. 지주들은 숲에 숨어 있었다. 반란군 무리들이 여기저기에서 악행을 일삼았다. 그때 이미 아스뜨라한으로 도망치던 뿌가초프 무리를 추격하기 위해 파견된 개별 부대의 대장들이 죄가 있는 자들과 없는 자들을 독단적으로 처벌했다…… 불길이 흉포하게 휩쓸고 간 지역 전체의 상황이 끔찍했다. 신이여, 이 무의미하고 무자비한 러시아의 폭동을 다시는 목격하는 일이 없게 하소서. 이 나라에서 불가능한 대격변을 계획하는 자들은 우리 민족을 알지도 못하는 젊은이들이거나 남의 머리는 사분의 일 꼬뻬이까짜리이고 자기 목은 일 꼬뻬이까짜리라고 생각하는 잔인한 사람들이다.

이반 이바노비치 미헬손에게 쫓기면서 뿌가초프는 패주하고 있었다. 곧 우리는 그가 완전히 패배했다는 것을 알게 되었다. 마침내 그리뇨프는 참칭자가 체포되었다는 소식과 함께 군사행동을 중단하라는 명령을 장군으로부터 받았다. 드디어 나는 집으로 돌아갈 수 있게 된 것이다. 나는 환희에 빠져 있었다. 그러나 이상한 기분이 나의 기쁨에 그늘을 드리웠다.

작품해설

역사의 우연성과 사랑의 필연성

알렉산드르 쎄르게예비치 뿌시낀의 생애

뿌시낀(Александр Сергеевич Пушкин, 1799~1837)은 1799년 모스끄바의 교양 있는 귀족 집안에서 태어났다. 여느 귀족과 마찬가지로 처음에는 집에서 교육을 받았으나, 이후 뻬쩨르부르그에서 멀지 않은 짜르스꼬예셀로(Царское село, 황제의 마을)에 있는, 귀족 자제들의 기숙학교인 리쩨이(Лицей)에서 공부하였다. 뿌시낀은 프랑스어와 프랑스 문학 그리고 18세기 러시아 문학을 잘 알고 있었다. 프랑스 혁명(1789)과 나뽈레옹 군대에 맞서 싸운 조국전쟁(1812)은 당시 리쩨이 학생들에게 큰 영향을 주었다.

뿌시낀은 일찍 시를 쓰기 시작하여 1814년부터 잡지에 게재했다. 그는 유명한 시인인 주꼽스끼(В. А. Жуковский)와 작가 까람진(Н. М. Карамзин)과도 친분이 있었다.

1817년 리쩨이를 마친 뿌시낀은 뻬쩨르부르그에서 생활하였다. 당시 이미 그는 인기 있는 유명한 시인이었다. 1820년 뿌시낀은 자신의 첫 서사시 『루슬란과 류드밀라』(*Руслан и Людмила*)를 발표했다. 이 작품으로 그의 이름은 러시아 전역에 널리 알려지게 되었다. 이 작품은 러시아 구비문학의 모티프를 이용한 우화적 서사시이다.

뿌시낀은 그 시대의 진보적인 귀족들처럼 농노제와 전제정치를 반대했다. 그의 많은 친구들은 뻬쩨르부르그의 비밀결사의 구성원들이었다. 비록 뿌시낀이 쓴 자유애호의 시들은 출판될 수 없었지만, 필사되어 러시아 전역으로 널리 퍼져나갔다. 진보적 젊은이들은 이 시들을 암송했다. 1820년 시인의 자유애호사상 시들에 대해 알게 된 황제 알렉산드르 1세는 그를 남러시아 지방으로 유형 보낸다.

뿌시낀은 1820년부터 1824년까지 4년 동안 남러시아 지방에서 유배 생활을 한다. 그는 깝까스와 끄림 지방을 여행했고, 끼시뇨프와 오데사에 머물렀다. 이 시기가 그의 창작에 있어 가장 낭만적인 시기였다. 이곳에서 그는 남부지역 비밀결사 구성원들과 사귀게 되었고, 자유애호사상을 담은 시들을 비롯한 많은 작품을 썼다. 『깝까스의 포로』(*Кавказский пленник*) 『바흐찌사라이의 분수』(*Бахчисарайский фонтан*) 『집시들』(*Цыганы*) 등과 같은 서사시들이 대표적인 작품들이다. 아울러 1823년 시인은 당시 귀족사회의 현실을 묘사한 운문소설 『예브게니 오네긴』(*Евгений Онегин*)을 창작하기 시작했다.

1824년 황제 알렉산드르 1세는 뿌시낀을 쁘스꼬프 현 근방에 있는 시인의 부모의 영지인 미하일롭스꼬예로 보냈다. 그곳에서 시인은 『예브게니 오네긴』 집필을 계속했으며 비극 『보리스 고두노프』(*Борис Годунов*)의 집필에도 착수했다. 이 작품은 16세기 말과 17세기 초의 사건들을 배경으로 러시아 역사 속에서 민중의 역할과 권력투쟁에 관한 이야기를 그리고 있다.

뿌시낀은 미하일롭스꼬예에서 알렉산드르 1세의 죽음과 1825년 12월 14일 뻬쩨르부르그에서 일어난 제까브리스뜨(12월 당원) 봉기에 대해 알게 되었다. 봉기는 젊은 귀족들과 장교들, 북방 비밀결사 단원들이 조직한 것이었다. 그들은 독재와 농노제에 반대하여 봉기했다. 새로운 황제 니꼴라이 1세는 봉기를 잔인하게 진압했다. 이 봉기를 주도한 5명의 지도자가 교수형에 처해졌고, 120명이 시베리아로 유배당했다. 제까브리스뜨들 중에는 뿌시낀의 친구들도 많이 있었다. 그들은 모두 뿌시낀이 지은 자유애호 시들을 간직하고 있었다. 뿌시낀도 체포를 기다렸다. 그러나 니꼴라이 1세는 그가 비밀결사의 구성원도 아니었고, 봉기에 관해서는 아무것도 알지 못했기 때문에 미하일롭스꼬예를 떠나는 것을 허락하였다. 1826년 시인은 모스끄바로 돌아왔다. 그는 제까브리스뜨들의 사형과 유형을 괴로운 마음으로 지켜보았고, 그들에게 두편의 시 「시베리아로」(В Сибирь)와「뿌신에게」(И. И. Пущину)를 보냈다.

뿌시낀은 1830년 가을을 자신의 영지가 있는 볼지노에서 보냈다. 그곳에서 그는 운문소설『예브게니 오네긴』을 완성했고, 몇편의 철학적인 비극 작품들을 모은『작은 비극들』(*Маленькие Трагедии*)과 산문집『벨낀 이야기』(*Повести Белкина*)를 썼다.

1831년 뿌시낀은 마침내 나딸리야 니꼴라예브나 곤차로바(Н. Н. Гончарова)와 결혼하여 뻬쩨르부르그에서 신혼 생활을 시작하였다. 1830년대에 그는 운문이나 산문에 있어 많은 유명한 작품을 저술했다. 장편소설『두브롭스끼』(*Дубровский*)는 부유한 자들과 가난한 자들 사이의 갈등, 자신의 권리를 찾기 위한 농노들의 투쟁을 그렸다.

이 시기에 뿌시낀은 18세기 러시아 역사를 공부하였다. 그는 뾰뜨르 대제(Пётр Великий) 시대와 농민 봉기의 지도자인 뿌가초프(Пугачёв)에 관심을 갖게 되었다. 소설『대위의 딸』(*Капитанская дочка*)에는 농민 봉기 시기 러시아 귀족들의 삶이 잘 묘사되고 있다. 또 뿌시낀은 서사시『청동 기마상』(*Медный всадник*)에서 뾰뜨르 대제와 그의 개혁 정책의 의미, 국가와 개인 사이의 갈등에 대해 고찰했다.

1836년 뿌시낀은 문학잡지『동시대인』(*Современник*)을 발행하기 시작했다. 그는 이 잡지에 자신의 작품들과 고골, 주꼽스끼, 바젬스끼 등과 같은 많은 유명 작가와 시인 들의 작품을 게재했다.

1837년 1월 27일 뿌시낀은 장교 조르주 당떼스(Georges d'Anthès)

와의 결투에서 치명상을 입고, 이틀 뒤인 1월 29일 숨을 거두었으며 미하일롭스꼬예에 묻혔다.

『대위의 딸』 작품해설

1836년에 잡지 『동시대인』 제4호에 게재된 장편소설 『대위의 딸』은 뿌시낀의 마지막 작품이다. 이 고별 작품은 러시아 역사를 연구해온 뿌시낀의 노력의 결과물이었다. 18세기는 1830년대 초부터 그의 관심을 사로잡았다. 이 시대는 뾰뜨르 1세의 시대였고, 뿌시낀은 『뾰뜨르의 역사』(*История Петра*)에 대한 작업을 진행하고 있었다. 예까쩨리나 2세 치세에서 가장 중대한 사건은 1773~74년에 벌어진 농민 봉기였다. 이 봉기에 관한 자료들 가운데서 탄생한 것이 1833년 가을 볼지노에서 집필된 『뿌가초프 이야기』(*История Пугачёва*)로서 1834년 『뿌가초프 반란사』(*История Пугачёвского бунта*)라는 제목으로 출판되었다. (니꼴라이 1세가 제목을 바꿨다.)

역사에 대한 연구로 인해 이 장편소설은 사실적인 근거와 보편적인 개념을 확보할 수 있었으나 뿌시낀의 『대위의 딸』 집필 과정은 순탄치 않았다. 이 미래의 역사소설의 초안과 초고가 쓰인 시기는 1832~33년이었다. 뿌시낀이 원래 구상한 바에 따르면 작품의 중심인물은 귀족 출신의 육군 중위 시반비치로서 그는 뿌가초프

진영으로 넘어가 충심을 다해 뿌가초프를 위해 싸운 인물이었다. 뿌시낀은 명예로운 죽음보다 비굴한 삶을 선택한 이 귀족에 대한 기록을 최고재판소의 판결문을 보관하는 한 공식문서실에서 발견했다. ('악당과 소통'한 혐의로 체포되었으나 후에 무죄가 인정되어 풀려난 육군 소위 A. M. 그리뇨프에 대한 내용도 바로 그 기록에 담겨 있었다.)

1833년 여름에 뿌시낀은 까잔과 오렌부르그를 여행하면서 농민 봉기에 대한 자료들을 연구했고 그 결과 애초의 구상을 수정했다. 뿌시낀은 모든 사회 계급과 계층 가운데서 유일하게 귀족계급이 정부의 지지 세력으로 남았고 봉기를 지지하지 않았다는 결론에 이르렀다. 변절한 한 귀족의 운명이 폭넓은 예술적 일반화의 기반이 될 수는 없었다. 시반비치는 미완의 장편소설 『두브롭스끼』(1833)에서 블라지미르 두브롭스끼로 등장해 '고결한 강도'로서 더럽혀진 가문의 명예를 위해 싸우는 고독한 영웅이 되었을지도 모른다.

뿌시낀은 새로운 주인공을 찾았다. 그는 뿌가초프에게 가담한 자가 아니라 뿌가초프에게 포로가 된 바샤린이라는 인물로서 병사들의 요청에 의해 참칭자로부터 사면을 받은 사람이었다. 뿌시낀은 서술 형태도 결정했다. 주인공이 손자에게 남기는 회상록 형식이었다. ("사랑하는 나의 손자 뻬뜨루샤야……" 초안 도입부는 이렇게 시작되었다.) 1834년에서 1835년으로 넘어가는 겨울 새로운 작품 안이 떠올랐다. 여기에는 역사적이고 세태를 그리는 자료들이 담겨 있었고 남녀의 애정이라는 플롯도 등장했다. 1835~36년에는 플롯 라인과 주인공들의 성(姓)이 바뀌었다. 그리하여 미래의 그리뇨프의 원형인 바샤린은 발루예프가 되었다가 그다음에는 불라닌이 되었다. (이 성은 '빼버린 장'에 그대로 남았다.) 그리고 뿌시낀은 최종 단계에 가서야 회상록의 저자에게 그리뇨프라는 이름을 붙였다. 그리뇨프에 대적하는 시바브린은 변절한 귀족 시반비치의 성격을 다소 간직한 인물로 역시 최종 편집 단계에 등장했다. 원고는 뿌시낀 자신이 1836년 10월 19일에 정서했다. 소설은 이미 검열에 제출된 후인 10월 말에 '대위의 딸'이라는 제목을 얻게 되었다.

뿌시낀은 역사소설을 집필하면서 영국의 소설가 월터 스콧(그를 숭배한 많은 러시아 독자들 가운데에는 니꼴라이 1세도 있었다)과 최초의 러시아 역사소설가인 M. N. 자고스낀과 I. I. 라제츠니꼬프의 창작방식을 따랐다. 뿌시낀은 "지금 시대에 사람들은 장편소설이라는 단어를 들으면 허구의 이야기 속에서 전개되는 역사적 시대를 떠올린다"라고 역사 테마를 다루는 장편소설의 장르상 기본 특징을 규정했다. 시대와 주인공의 선택, 특히 '허구의 이야기를 전개'하는 방식은 월터 스콧의 러시아 추종자들이 써낸 장편소설들 가운데서만『대위의 딸』을 수작으로 만든 것이 아니었다. N. 고골의 말에 따르면 뿌시낀은 "절제성과 완결성, 형식, 그리고 작은 규모로 세밀하게 인물들과 캐릭터를 그려내는 경이로운 능력으로 (…) 독특하고도 유일무이한 소설"을 써냈다. 예술가 뿌시낀이 역사가 뿌시낀에 대해 경쟁자가 되었을 뿐 아니라 '승리자'가 된 것이다. 러시아의 뛰어난 역사가 V. O. 끌류첸스끼가 지적했듯이 『대위의 딸』에는 『뿌가초프 반란사』에 담긴 것보다 더 큰 역사가 담겨 있으며 『뿌가초프 반란사』는 『대위의 딸』을 위한 긴 주석으로 여겨진다.

『대위의 딸』이 제기하는 광범위한 문제들로 인해 이 작품은 역사소설의 경계를 벗어나 있다. 사료들은 다층적인 작품 창작을 위한 출발점 구실을 했다. 『대위의 딸』은 그리뇨프 가문의 기록이자 회상록의 저자인 뾰뜨르 그리뇨프의 자전소설이며 성장소설(귀족 출신의 '놀기 좋아하는 도련님'이 자신의 특성을 형성해나가는 이야기)인 동시에 우화소설(주인공들의 운명, 이 소설의 제사題詞가 된 도덕적인 격언의 전개—"명예는 젊어서부터 지켜야 한다"7면)이다.

자신의 다른 산문 작품들(미완인 『뾰뜨르 대제의 흑인』*Арап Петра Великого*과 『벨낀 이야기』 『스페이드의 여왕』*Пиковая дама*)과는 달리 뿌시낀은 이 마지막 장편소설에서 역사적 시간과 단절되고 플롯의 틀이나 묘사되는 것의 의미에 의해 제한되지 않는 자유로운 서술을 만들어냈다. 작품의 역사적 배경은 묘사된 역사적 사건들(1772~75)이나 전기상의 사실들(수기의 저자인 주인공의 젊은 시절, 17~19세)보다 더 광범하다. 작가 자신이 강조했듯이 '전해오는 이야기'에 근거한 『대위의 딸』은 러시아의 역사적 삶을 다룬 장편소설이 되었다.

이 작품의 문제의식과 장르상 그리고 플롯 구도상의 특징들은 뿌시낀이 선택한 서술 유형과 화자 자신에 의해 규정되었다. 이 작품은 일인칭 시점으로 기술되었고 허구 인물인 러시아 귀족 뾰뜨르 안드레예비치 그리뇨프의 자전적 수기의 형식이다. 실존 인물인 A. M. 그리뇨프와 주인공을 밀접한 관계로 묶어주는 것은 성(姓)과, 뿌가초프의 포로가 되었다가 후일 변절 혐의로 체포되었다는 몇몇 상황의 유사성뿐이다. 이 수기는 구체적인 수신인을 명기하고 있지 않다. 젊은 시절에 대한 그리뇨프의 회상은 한 가정의 기록의 일부이며 동시에 그 자신의 고백이기도 하다. 마샤 미로노바의 명예를 더럽히지 않기 위해서 법정에서 모든 진실을 밝힐 수 없었던 그는 자기 인생의 기이한 사건들에 대한 고백을 후손들 앞에 털어놓는다.

그리뇨프의 '수기'가 이 작품의 본문 대부분을 구성한다. 맺음말에서 '발행인'은 '원고'를 손에 넣게 된 경위를 밝힌다. 발행인이 '자신의 할아버지가 기록을 남긴 시대와 관련된 자료들'을 연구하고 있다는 사실을 알게 된 그리뇨프의 손자가 원고를 발행인에게 넘겨준 것이다. 발행인은 뿌시낀의 문학적 '가면'이며, '자료'는 『뿌가초프 이야기』를 뜻한다. 그밖에도 작품에는 "1836년 10월 19일"이라는(194면) 완성일이 기입되어 있는데 이는 뿌시낀의 독특한 '자필 서명'이다. (이 작품은 저자 서명 없이 『동시대인』에 무기명으로 게재되었다.) 맺음말에는 발행인이 자신의 수중에 들어왔다는 원고의 출판 작업에 참여한 정도도 밝히고 있다. 그는 이 원고를 자신의 글에 포함시키지 않고 "각장에 어울리는 제사(題詞)를 붙이고 몇몇 고유명사를 바꿔서 이 책을 단행본으로 출판하기로" (194면) 결정했다.

작품의 저자인 뿌시낀이 가상의 인물로서 수기의 저자이자 주인공인 그리뇨프로부터 스스로를 분명히 분리시키고 동시에 그럼으로써 허구를 실제와 의도적으로 연관시키는 것에 맺음말의 의미가 존재한다. 역사소설가로서 뿌시낀이 견지하는 가장 중요한 예술 원칙들 가운데 한가지가 천명되었는데 그리뇨프가 수기에서 이야기한 전부를 독자들이 신뢰할 수 있고 진실한 '인간적인 문서'로 받아들이도록 제안한다는 것이다. 작가는 그리뇨프의 가상의 수기를 『뿌가초프 이야기』에 실린 진짜 기록들과 동렬에 자리매김하고 있다.

『대위의 딸』에서는 화자의 전기적 이야기와 인간적이고 도덕적인 면모 또한 마찬가지로 중요하다. 그리뇨프는 역사적 사건의 목격자이자 참가자인 것이다. 개인적 운명에 대한 진술이 마치 '증언'의 진실성과 객관성을 증명하는 듯하다. 이야기의 서술에서 그리뇨프의 관점이 주를 이룬다. 여제에게 충성을 서약하고 자신의 서약과 장교로서의 의무에 충실한 귀족의 시선으로 시대와 봉기, 뿌가초프를 목격한다. 그에게 농민들의 봉기는 불법 행위이자 폭동이고 '화재'였다. 그리뇨프는 뿌가초프 일당들을 '악당' '강도들'이라고 불렀고 뿌가초프를 '참칭자' '부랑자' '악당' '탈주한 까자끄'라고 불렀다. 벌어지는 사태에 대한 그의 이해는 변하지 않아서 그는 젊은 시절에도, 장년기에도 '러시아의 폭동'을 비난했다.

이것을 주인공의 신분에 따른 편견의 소치라고 치부해버리는 것은 명백한 단순화일 것이다. 왜냐하면 뿌가초프의 난을 피비린내 나는 폭동이라고 평가하는 것이 귀족들뿐이 아니기 때문이다. 농노이자 하인인 싸벨리치와 게라심 신부와 그의 아내 아꿀리나 빰필로브나 역시 뿌가초프 무리를 폭도이자 악당으로 보고 있다. 이 등장인물들이 봉기를 바라보는 관점의 척도는 추상적이고 사회학적인 개념들이 아니라 유혈과 강제와 죽음의 현실이다. 뿌가초프 및 그의 도당들에 대해 이 등장인물들이 내리는 평가와 그들을 향해 못마땅해하며 내뱉는 단어들 속에 그들의 생생한 개인적인 인상이 담겨 있다. 그리뇨프에게도 '뿌가초프의 난'은 봉기한 농민들을 바라보는 기성의 공식적인 관점 가운데 하나의 정리가 아니라 진정으로 인간적인 충격이었다. 그는 폭동을 목격했다. 그래서 전혀 거짓 없는 공포심을 담아 쓰는 것이다. "신이여, 이 무의미하고 무자비한 러시아의 폭동이 다시는 일어나지 않게 하소서!" (174면)

그리뇨프의 이 발언은 많은 논쟁을 불러일으킨다. 몇몇 연구가들은 이 발언에 뿌시낀 자신의 관점이 반영되어 있다고 보고, 다른 연구가들은 주인공의 사회적 무지가 드러난 것이라고 판단한다. 물론 이 문제는 해결이 가능하다. 다만 텍스트의 틀을 벗어나서 뿌시낀이 직접 한 말에 주의를 돌림으로서 가능하다. (1830년대에 뿌시낀은 어떤 종류의 폭력에도 반대한다는 입장을 밝혔다.) 주인공이 말한 모든 것은 주인공 자신의 관점을 반영한다. 그의 견해를 뿌시낀의 관점과 동일시하는 것은 옳지 않다. 저자의 입장은 작품 속에서 회상록의 저자인 주인공을 선택하는 것, 역사적 사건들을 선별하는 것, 주인공들의 운명이 역사적 사건들과 어떻게 관계 맺도록 하는가에서 드러난다.

작품 속에서 뿌가초프의 난은 민족의 비극으로 그려졌다. 이것은 무자비한 내전으로서 봉기 농민들은 승리를 거둘 수 없고 뿌가초프 스스로 그런 운명을 잘 이해하고 있다. 이 봉기를 진압하는 자들 역시 스스로를 승리자로 간주하지 않는다. ("우리는 하릴없이 빈둥대는 가운데 이 폭도들 및 야만인들과의 지루하고 시시한 이 싸움이 곧 끝나리라는 생각으로 위안을 삼고 있었다." 173면) 이 전쟁에는 패배자들만이 있을 뿐이었다. 같은 러시아인들에 맞서 싸우는 러시아인들.

뿌시낀은 작품 속에서 귀족과 농민을 대립시킨 것이 아니라 민중과 권력을 대립시켰다. 그에게 있어 민중이란 장군들을 거느린 뿌가초프만도, 바실리사 예고로브나의 머리를 군도로 내리친 젊은 까자끄만도, 불구가 된 바시끼르인만도, 간교한 하사 막시미치만도 아니었다. 뿌시낀에게는 미로노프 대위도, 마샤도, 신부의 아내도, 싸벨리치도, 미로노프가의 유일한 하녀였던 빨라샤도 민중이었다. 작품의 등장인물들이 권력에 대한 자신들의 태도를 결정한 바로 그 순간에 비극적인 경계선이 그들을 떼어놓는다. 예까쩨리나 2세와 뿌가초프는 권력의 상징이다. '민중'은 관찰자인 그리뇨프가 언급한 것처럼 끈질기게 뿌가초프를 따라다니며 그 주변에 몰려다닌다.

어떤 사람들은 강하고 지혜로우며 공정한 권력이라는 '기적'에 대한 꿈을 실현시켜주는 '민중의 황제'의 모습을 뿌가초프에게서 찾으나, 다른 사람들은 뿌가초프를 강도이자 살인귀로 간주한다. 이 두 무리 모두 인도적이고 자비로운 진정한 권력에 대한 자신들의 지향에서 서로 근접하게 된다. 바로 공정하지 못하고, 어리석고 미련하며 잔혹하고 군중으로부터 분리된 권력이 러시아를 나락의 끝으로 몰고 갔다는 것이다. 되는대로 근근이 훈련받은 보잘것없는 병사들은 터키인들이나 스웨덴 사람들을 공격하게 된 것도 아니고 조국을 방어하게 된 것도 아니며 '이상한 전쟁'에서 싸워야만 하게 된 것이다. 그 전쟁 이후 조국의 땅은 잿더미로 변해버렸다. ("불길이 흉포하게 휩쓸고 간 광대한 지역 전체의 상황이 끔찍했다……"174면)

교수형당한 남편을 목격하고 통곡하는 바실리사 예고로브나가 죽기 직전에 한 말은 악당인 뿌가초프에 대한 비난일 뿐 아니라 권력에 대한 비난으로도 볼 수 있다. "프로이센의 총검도 터키인들의 총알도 당신을 털끝 하나 건드리지 못했는데. 정정당당한 전투에서도 당신이 목숨을 잃지 않았는데 탈주한 죄수의 손에 목숨을 잃다니!"(103면) 역사적 사건들에 대한 그리뇨프의 시각은 대체로 편협한 계급적 관점이 아닌 전인류적인 관점을 반영한다. 그리뇨프는 봉기 농민들을 바라보며 혐오감을 맛보지만 벨로고르스끄 요새

수비군들의 무사안일한 태도 역시 비난하고 있으며 특히 도시를 전멸이라는 운명으로 밀어넣은 오렌부르그 지휘부를 비판한다. 이처럼 전개되는 모든 상황 속에서 그는 피비린내 나는 광란과 폭력의 대혼란, 민족의 진정한 재앙을 목도한다.

그리뇨프는 의무와 명예의 서약으로 자신의 계급과 연결된 귀족이지만 계급의 색안경을 통해 세상과 사람들을 바라보지 않는다. 무엇보다도 그리뇨프는 보고 들은 모든 것을 남김없이 사실 그대로 전달하려고 애쓰는 정직하고 진실된 사람이다. 그는 많은 것들을 간결하고 정확하게 기록했다. 그리뇨프는 천재적인 관객이다. 그는 이 사건의 주요 참가자들과 이름없는 다수의 참가자들, 그리고 세부적 상황들까지 주변의 모든 것을 목격했다. 그리뇨프는 단순히 자신의 인상을 전달하는 데 그치는 것이 아니라 유연하게 사건들을 재건했다. 소박하지만 결코 어리석거나 진부하지 않은 주인공의 이야기는 이야기꾼으로서 뿌시낀의 최고 수준의 수완을 드러낸다. 이 작품의 저자에게 그리뇨프는 말하는 마네킹으로서가 아니라 사상의 대변자로서 반드시 필요했다. 『대위의 딸』에서 화자는 자신의 세계관을 가지고 있는 인물이었다. 그는 다른 사람이 사소한 것으로 넘겨버리거나 주의를 기울일 가치가 없다고 여길 수 있는 것들을 목도하고 글로 남길 수 있는 사람이었다. 그리뇨프는 세세한 부분을 명철하게 포착하고 눈에 잘 띄도록 만든다. (이것은 특히 뿌가초프와 관계가 있다.) 그리뇨프는 비록 상당한 시적 재능과 경험을 가졌지만 미처 꽃피지 못한 시인이었다. 그러나 그는 뛰어난 산문 작가였다. 그에게는 시적 감각이 부족했으나 (4장 '결투'에서 그의 시 "사랑의 상념을 끊으려 하며……"50~51면를 보라) 그 대신 그는 진정한 예술가의 시각으로 세계를 바라보았다.

그리뇨프는 오직 자신이 받은 느낌만을 신뢰한다. 그는 남들로부터 얻어들어 아는 것들에 대해서는 특별히 부언해두거나 지나쳐버렸다. (예를 들어 6장 '뿌가초프의 난'에서 오렌부르그 현의 상황에 대한 이야기나 13장 '체포'에서 뿌가초프의 격멸에 대한 이야기를 보라.) 플롯의 단절은 이에 따른 것이다. 마샤의 뻬쩨르부르그로의 여행에 대한 이야기는 "내가 독자들에게 알려주어야 할 나머지 사항들에 대해서 나 자신이 목격자는 아니다"라는(183면) 말로 시작된다. 그리뇨프는 자신의 '증언'을 '전해오는 이야기'나, '소문', 남의 의견으로부터 구분한다.

뿌시낀은 회상의 서술이 갖는 그 어떤 특수성도 능숙하게 이용한다. 회상의 주체와 대상 사이에 발생하는 거리를 솜씨 좋게 활용하는 것이다. 그리뇨프의 수기에서 관심의 중심에 있는 것은 회상의 주체 자신이다. 따라서 우리 앞에 마치 '두명의 그리뇨프'가 있는 것만 같다. 17살 난 젊은 그리뇨프와 수기의 저자로서 50세의 그리뇨프. 그 둘 사이에는 중요한 차이가 있다. 젊은 그리뇨프는 다양한 인상과 느낌을 받아들이고 주변 상황에서 영향을 받아 변화하며 성격을 발전시켜나간다. 회상하는 그리뇨프는 인생을 살아낸 사람이다. 그의 신념과 사람들에 대한 평가는 시간이 흐르며 검증되었다. 그는 자신이 살아오면서 쌓은 경험과 새로운 시대의 도덕적 척도에 비추어 젊은 시절에 자신이 겪은 모든 일을 돌아볼 수 있다. 젊은 그리뇨프의 소박함과 회상록의 저자인 그리뇨프의 지혜로움이 서로를 보완한다. 그러나 가장 중요한 것은 봉기 시기에 그가 겪은 것의 의미를 바로 회상록의 저자인 그리뇨프가 깨닫게 된다는 것이다. 수기에 나타나는 시간의 경계에 주의를 기울일 필요가 있다. 그의 인생의 '플롯' 일부만이 수기의 플롯이 되었다. 처음의 장들은(1장에서 5장까지) 뿌가초프의 난에 대한 이야기를 위한 서곡이다. 그의 인생에 가장 깊은 족적을 남긴 것은 봉기와 뿌가초프이다. 인생 전체에 큰 영향을 미친 "뜻밖의 사건"에(75면) 관한 이야기가 끝을 맺자 그리뇨프의 수기는 중단된다.

그리뇨프의 전기가 이 작품의 실록과도 같은 플롯의 기초가 된다. 젊은 귀족의 인격이 형성되는 것—이는 그의 명예와 인간적인 바른 품행이 일련의 시련을 겪는 부단한 과정이었다. 집을 떠난 다음 그는 계속해서 도덕적인 선택을 해야 하는 상황에 처하게 된다. 처음에 그 상황들은 누구나 살면서 겪는 것과 전혀 다르지 않았다.

그는 삶에 대해 전혀 준비가 되어 있지 않았고 도덕이라는 의식만 믿어야 했다. 회상록의 저자는 자신만만한 귀족 도련님인 미뜨로파누시까(러시아 극작가 폰비진의 『미성년』에 나오는 무식하고 어리석은 귀족 자제의 이름)가 자신과 그다지 다르지 않다고 생각하면서 자신의 어린 시절과 가정교육을 야유를 담아 살펴본다. 가정이 자신에게 중요한 것, 삶과 사람에 대한 지식을 결국 주지 못했다는 것을 이해한 경험 많은 사람이 스스로를 비웃는 법이다. 집을 떠나기에 앞서 엄격한 부친으로부터 받은 훈계가 그의 인생 경험을 제한하기도 했다.

주인공의 도덕적인 잠재력은 봉기 시기에 발현되었다. 벨로고르스끄 요새가 함락되던 바로 그날 이미 주인공에게는 명예와 파렴치 중에서, 사실상 삶과 죽음 중에서 선택해야 하는 때가 몇번이나 찾아왔다.

그러나 가장 중요한 도덕적 시험은 아직 남아 있었다. 오렌부르그에서 마샤의 편지를 받은 후 그리뇨프는 최종적인 선택을 해야만 했다. 군인으로서의 의무는 장군의 지시에 따르고 봉쇄된 도시 안에 남을 것을 요구했고 명예의 의무는 절망에 빠진 마샤의 요청에 응답해 나설 것을 요구했다. "오직 당신만이 제가 기대고 의지할 수 있는 사람입니다. 이 불쌍한 저에게 힘이 되어주세요."(133면) 인간 그리뇨프가 여제에게 충성을 서약한 군인 그리뇨프를 이겼다. 마침내 그는 오렌부르그를 떠날 것을 결심했고 나중에는 뿌가초프의 도움을 받을 것을 결심했다.

그리뇨프는 명예란 인간의 존엄함이고 사람이 자신의 정당함에 대해 갖는 내적 확신과 양심이 결합된 것이라고 이해한다. 명예와 의무를 그렇게 '인간적인 차원으로' 이해하는 것을 우리는 그의 아버지에게서 볼 수 있는데 그의 부친은 아들이 변절했다는 잘못된 소식을 접하고는 "자신의 양심에 따라 신성하다고 판단한 것을"(184면) 위해 죽어간 선조에 대해 이야기한다. 마샤의 명예를 더럽히지 않으려는 결심에서 그리뇨프는 조사 과정에서 그녀의 이름을 입에 올리지 않는다. ("악당들이 벌이는 역겨운 밀고와 중상 속에 그녀의 이름이 얽혀"든다는181면 생각만으로도 그는 끔찍했다.) 그리뇨프는 인간의 존엄성을 내면에 간직하고서 명예롭게 모든 역경과 시험을 헤쳐나왔다.

뿌시낀의 이 작품에서 명예는 모든 등장인물의 인간성과 바른 품행을 재는 척도가 되었다. 명예와 의무에 대한 태도가 그리뇨프와 시바브린을 갈라놓았다. 그리뇨프의 진정성, 열린 마음, 그리고 정직함이 뿌가초프가 그에게 호감을 갖도록 만들었다. ("보아하니 뿌가초프의 무자비한 영혼이 감동받은 것 같았다"라고160면 회상록의 저자는 적고 있다.)

뿌시낀은 작품에서 가장 복잡한 질문 중 하나인 '인간의 삶이 역사의 진행 방향에 의해 좌우되는가' 하는 문제를 제기했다. 주인공은 자신의 삶을 살아가면서 주된 '기이함'이 줄곧 닥쳐오는 것을 목도하지만 '기이한 일들'이니, '기이한 인연의 얽힘'이니 이야기할 뿐 그 이상 더 나아가지 않는다. "부랑자에게 선물한 작은 털외투가 올가미에서 나를 구하다니. 더구나 여인숙을 빈들거리며 돌아다니던 술주정뱅이가 요새를 포위하고 나라를 뒤흔들다니!"(108면) 그리뇨프 및 다른 등장인물들의 운명은 인간이 역사에 좌우되는 것을 뿌시낀이 어떻게 이해하는지에 대해 결론 내릴 수 있게 해준다.

6장까지 그리뇨프의 인생은 역사의 바깥에서 진행되는 한 개인의 삶이었다. 겨우 저 멀리에서 아득히 울려오는 무시무시한 역사의 격동이 그에게까지 들려오곤 할 뿐이었다. (까자끄인들과 "거의 야만에 가까운 많은 민족"의76면 폭동에 대한 소식.) 작품의 다른 모든 등장인물들도 역사의 바깥에서 살아가고 있었다. 이들은 평범한 사람으로서 그들에게 군대에서의 근무란 버섯 절이기나 사랑의 시구를 짓는 것만큼이나 '익숙한 일'이었다.

무서운 역사적 사건들의 상징적 전조가 된 것은 눈보라와, 그리뇨프가 꾸던 무서운 꿈이다.(2장 '길 안내자') 뿌가초프의 난이 일어난 기간에 2장에서 일어난 일이 지닌 의미의 비밀이 밝혀진다. 운명이나 매한가지로 인간들의 의사와 관계없고 인간에 적대적인 힘인 역사는 확고부동한 것으로 여겨지던 일상생활을 파괴했고 그리뇨프를 비롯한 벨로고르스끄 요새의 모든 주민들을 자신의 소용돌이 속으로 집어삼켰다. 역사는 등장인물들의 의지와 담대함, 의무 및 명예에 대한 신실함, 인간성을 검증하면서 혹독한 시험을 가했다. 봉기 시기에 마샤의 부모와 이반 이그나찌이치가 죽었고 뿌가초프 일당은 죽임과 파괴를 일삼았다. 그러나 이미 서로 결합할 수 있기를 더이상 기대하지 않던 그리뇨프와 마샤 두 연인에게는 바로 역사적 사건들이 축복이 된 셈이었다. 그들의 관계가 행복한 결말을 맞음으로써 뿌시낀은 개별적인 인간과 보편적인 역사의 상호관계를 밝히는 것이 가능했다. 주인공들을 '길이 없는 곳'에서 헤매게 만들었던 역사가 결국에 가서는 그들을 집과 가정, 행복으로 이끄는 길로 나서게끔 한 것이다. 그들의 운명을 '지배하는 사람'

이 된 것은 뿌가초프였다. 그리뇨프는 그를 "알 수 없는 상황 전개 속에서 기이하게 나와 연결된"(150면) 사람으로 받아들인다. 그러나 주인공 자신들도 스스로의 목표에 도달하기 위해 자신이 가진 최선의 자질들을 발휘해야만 했다.

뿌시낀은 작품 속에서 역사의 어두운 면과 밝은 면을 모두 제시했다. 역사는 인간을 파멸시킬 수 있지만 동시에 인간의 영혼에 "강력하고도 유익한 충격"을(75면) 줄 수도 있다. 인간은 역사적 시련을 겪으면서 잠재되어 있던 의지력을 발휘한다.(마샤 미로노바의 경우) 역사는 정직하고 인간적이며 선량한 사람에게 아주 복잡한 시련 속에서도 모면하고 빠져나올 수 있는 기회를 제공한다. 가혹하고 변덕스러운 역사적 현실은 '기적과도 같은' 우연을 배제하지 않는다. 역사 자체는 형벌을 가하고 파멸시킬 뿐만 아니라 인간들을 고양시키고 인간들에게 너그럽기도 한 것으로 여겨진다.

이 이야기는 뿌가초프를 실제로는 끔찍하고 무시무시한 사람이지만 동시에 마법과도 같고 거의 동화와도 같은 상징적인 인물로 만듦으로써 그를 은밀한 가리개로부터 끌어낸 것처럼 보이게 한다. 뿌시낀이 설정한 뿌가초프의 원형은 실존한 역사적 인물로, 참칭자이며 봉기한 농민들의 우두머리이다. 뿌가초프의 역사성은 작품 속에서 그의 체포를 지시하는 공식 문서(6장 '뿌가초프의 난')와 그리뇨프가 언급한 역사적 사실들로 분명히 담보된다.

그러나 뿌가초프는 뿌시낀의 작품 속에서 자신의 역사적 원형과 동일하지 않다. 뿌가초프의 이미지는 역사적, 실제적·일상적,

상징적, 그리고 구비문학적 요소들이 복잡하게 혼합된 것이다. 이는 상징 이미지로서, 그 어떤 상징적인 이미지나 마찬가지로 때로는 서로를 배제하는 몇몇 의미상의 평면 속에서 전개되어나간다. 뿌가초프는 작품의 등장인물이고 플롯 전개의 참가자이다. 그는 그리뇨프의 눈으로 목격되었다. 등장인물로서 뿌가초프는 그의 삶이 회상록 저자의 삶과 교차할 때만 등장한다. 뿌가초프의 외형은 구체적으로 그려졌고 화자는 그의 사회적 신분도 충분히 잘 알고 있다. 뿌가초프는 까자끄인으로, '부랑자'이며 '폭도 패거리들'의 괴수이다.

자신의 '사실성'에도 불구하고 뿌가초프는 다른 등장인물들과 큰 차이가 있다. 그의 등장과 더불어 작품에는 위험하고 수수께끼 같은 분위기가 만들어진다. 봉기 시기에도 그는 깊은 인상을 남기지만 우리는 2장 '길 안내자'에서도 위험하고 믿기 어려운 그의 모습을 보게 된다. 그리뇨프가 목도할 수 있었던 그의 면모보다 내면의 숨겨진 모습이 보다 더 유의미하고 더욱 신비로운 것으로 생각된다. 인간으로서 뿌가초프의 모습은 복잡하고도 모순적이다. 그의 내부에 잔혹함과 관대함, 교활함과 솔직함, 인간을 복종시키고자 하는 열망과 언제라도 사람을 도와줄 준비가 된 모습이 공존한다. 뿌가초프는 위협적으로 얼굴을 찡그릴 수도 있고 '위엄에 찬 태도'를 취해 보일 수도 있으며 미소를 지어 보일 수도 있고 선량하게 윙크할 수도 있다.

뿌가초프는 예측하기 어려운 사람으로 자연력과도 비슷한 인물이다. 뿌가초프의 이미지를 만들어내기 위한 가장 중요한 원칙은 변화와 은유이다. 마치 단조로운 규정으로부터 슬쩍 미끄러져 빠져나오듯 그는 끊임없이 변모한다. '자신의 신원을 감추는' 자로서 그의 입장 자체부터가 이중적이다. 본명을 가진 사람으로서 그는 까자끄인이다. 그리고 남의 이름을, 고인이 된 뾰뜨르 3세의 이름을 자기 것으로 참칭한 자이다. (뿌가초프에게 '뾰뜨르 3세'라는 이름은 권력의 중요 징표이다.) 작품의 플롯에서 그는 '부랑자'에서 '위대한 군주'로 변화한다. 그에게서 교활한 까자끄의 모습이 드러나는가 하면 민중의 지도자이자 장군으로서의 지혜가 드러나기도 한다. 몇몇 일화('초대받지 않은 손님'과 '폭도들의 마을' '고아'를 보라)에서 변신이 연이어 일어나는데, 권력을 손에 쥔 무시무시한 '군주'가 진정성 있고 인자한 구원자가 되어 '나리'와 '예쁜 아가씨'를 도와준다. 성급하고 신속하게 처벌을 내리는 자가 이성적으로 판단하고 중재하는 역할을 하기도 한다.('폭도들의 마을') 변신의 모티프는 구비문학(신화와 마법 이야기)으로부터 소설로 도입되었다.

뿌가초프는 자신의 운명이 앞으로 어떻게 될 수 있는지에 대해 이야기한다. 모스끄바로의 진격("모스끄바로 진격할 때도 운이 좋을지는 두고 보자고"152면)과 가능할지도 모르는 승리("어떻게 알아? 승리할지! 그리시까 오뜨레삐예프도 모스끄바를 다스리지 않았느냐 말이야"153면)에 대해 이야기한다. 전투에서 승리한 것에 도취된 나머지 그는 프로이센 왕 프리드리히와 '맞겨룰' 생각을 하기까지 한다. 그러나 이 가능한 여러가지 변수들 중에 단 하나도 현실화되지 않았다.

뿌가초프는 비극적인 인물이다. 그의 삶은 그리뇨프가 선물한 어린이용 토끼털 외투를 억지로 입을 때처럼 부자유스러웠다. ("나는 운신의 폭이 좁아. 내 뜻대로 할 수 있는 것이 적어." 152면) 그의 권력은 무제한인 듯했지만 그는 비극적인 자기 운명을 잘 알고 있었다. 이것은 뿌가초프가 애창한 노래("소리 내지 마라, 나의 어머니 푸르른 참나무 숲아……" 111~12면)와 그가 들려준 깔미끄의 옛이야기에서 잘 나타난다. 다른 비극적인 영웅들과 마찬가지로 뿌가초프도 영웅적인 후광을 업고 나타난다. 적수들에게 은혜를 베풀면서 그는 "여왕 폐하의 자비에 호소"하라는(153면) 그리뇨프의 충고를 도도하게 거절한다. 그를 움직이는 것은 엄청난 죄를 지었다는 죄책감이 아니라 손상될 수 없는 정당함에 대한 확신이었다. 그는 자기 운명의 주인이었고 어떤 사람이 다른 사람들에게 너그러이 베푸는 것을 받아들일 수 없었다. 그에게 자비란 모욕적인 동냥이었다.

그리뇨프는 자신과 마샤의 운명에서 뿌가초프의 역할을 이해하려고 애를 쓴다. 토끼털 외투와 '인정도 품앗이'라는 말은 일어난 모든 일에 대해 지나치게 단순한 설명이다. (빚은 이자까지 쳐서 다 갚은 셈이다. 뿌가초프는 그리뇨프에게 양털 외투와 말 한마리, 50꼬페이까짜리 은화 한닢을 보냈다.) 회상록의 저자는 이 남자가 어째서인지 군중 가운데서 자신을 구분해내서 구해주고 도와주었고 그에게 개인적인 행복을 마련해주었음을 알게 된다. ("나 한사람을 제외한 모든 이에게 살인귀이자 불한당인 이 무시무시한 사람과 헤어지면서 무엇을 느꼈는지 설명할 도리가 없다." 163~64면) 거기에는 그들 사이에 성립된 인간적인 친밀함이 적지 않은 역할을 했다. ("진실을 말하지 않을 이유가 있을까? 그 순간 그에게 강렬한 동정심을 느꼈다." 164면) 그러나 그리뇨프는 그들의 관계에서 또다른, 드높은 의미를 깨닫게 된다. 그에게 뿌가초프는 지극히 예외적인 인물이자 운명이 자신에게 보내준 사람으로 나타난다. 플롯의 반전마다, 그리뇨프의 삶에서 뿌가초프와 연관된 변화가 있을 때마다 매번 운명에 대한 생각이 따라다닌다. 계몽된 사람답게 주인공은 예언이나 기적을 믿지 않는다. 그렇지만 그에게 있어 뿌가초프는 특별한 우연이며 그는 기적의 생생한 체현이다. 뿌가초프는 그리뇨프를 죽일 뻔한 눈보라에서 나타났고 아버지가 뜻밖에도 길 안내자의 모습을 하고 나온 꿈에서 나타났다. 뿌가초프는 주인공에게 인생의 '안내자'가 되었고 그에게는 건강한 생각과 기적의 논리, 신화의 논리가 공존한다.

뿌가초프는 현실적인 동시에 공상적이며 이해하기 어려운 대상이다. 그는 평범한 인물인 그리뇨프를 신비롭고 수수께끼 같은 세계와 연결시키는, 운명과 역사를 연결시키는 고리이다. 7장 '공격'에서 뿌가초프가 등장하는 것과 동시에 그리뇨프는 자기 삶의 새로운 상황들과, 그가 이전에 본 여러 징조들 사이의 비밀스러운 상호연관성을 감지하기 시작한다. 뿌가초프는 그의 삶에서 익숙한 협소함을 파괴해버린다. 운명에 대한 그리뇨프의 이야기는 하나의 일화에 다음의 일화가 이어지고 새로운 사건은 이전 사건에 단순히 덧붙여질 뿐인 직선상의 운동이길 그만둔다. 작품에는 구도상의 그리고 의미상의 평행선이 발생한다. 이 모든 것은 바로 뿌가초프라는 인물과 연관된다.

비록 주인공은 아니지만 뿌가초프의 이미지는 작품의 중심 이미지이다. 역사와 운명, 인간의 개인적 삶과 역사적 삶 사이의 상호관계에 대한 뿌시낀의 사색이 이 인물과 연관되어 있다. 뿌가초프라는 인물은 뾰뜨르 1세와만 동렬에 둘 수 있다. 뿌시낀은 자신과 같은 시대의 러시아의 역사적 인물들 중에서 그런 존재감의 인물을 찾지 못했다.

『대위의 딸』이 완성된 날, 리쩨이 친구들을 만난 자리에서 뿌시낀은 자신의 마지막 헌시를 낭독했다. "때가 지났다: 우리 젊음의 기쁜 날이……" 회상록의 저자 그리뇨프가 환희에 차서 그 시작을 기록한 시대에 대한 결산이 이 시에서 이루어졌다. "계몽의 신속한 성공과 박애 원칙의 확산에 실로 놀라지 않을 수 없다."(88면) 뿌시낀 역시 정직하고 관심 많은 '증인'의 시각으로 자신의 시대를 들여다보았다.

기억하는가, 친구여, 우리 운명의 행로가
하나로 결합된 그때부터
우리가 무엇의 목격자였는가를!
비밀스러운 놀이의 장난감인

당황한 민중은 우왕좌왕했고;

황제는 높이 솟구쳤다 꺼꾸러졌다;

그리고 영광과 자유, 존엄한

인간의 피가 제단을 붉게 물들였다.

이것은 헌시의 형태로 만들어진 19세기 초 유럽과 러시아의 역사를 그린 장엄한 그림이다. 또 뿌시낀의 신념에 따르면 러시아에서 다시는 일어나서는 안될 무의미하고 무자비한 '러시아의 폭동'을 다룬 소설에 바치는 독특한 시적인 '에필로그'이다.

김성일(청주대 문화콘텐츠학과 교수)

작가연보*

1799년 5월 26일, 12세기까지 거슬러 올라가는 저명한 귀족 혈통이자 모스끄바 위원회 관리인 아버지 쎄르게이 르보비치 뿌시낀과 독일-스칸디나비아 귀족 혈통의 어머니 나제즈다 오시뽀브나 사이에서 출생.

1811년 쌍뜨뻬쩨르부르그 근교 짜르스꼬예셀로에 있는 유명한 귀족 기숙학교 리쩨이 입학.

1812년 나뽈레옹의 러시아 침공에 맞선 조국전쟁을 경험.

1814년 7월, 처음으로 알렉산드르(N. k. sh. p)라는 필명으로 모스끄바에서 발행되는 『유럽통보』(*Вестник Европы*) 13호에 「시인 친구에게」(К другу-стихотворцу)라는 시를 게재.

* 본 연보는 구력(율리우스력)을 기준으로 함.

1815년 1월 8일, 진급시험 심사관으로 온 제르자빈 앞에서 조국전쟁을 주제로 한 시 「짜르스꼬예셀로에서의 회상」(Воспоминания в Царском Селе)을 읊어 재능을 인정받음.

1816년 3월 23일, 학생 신분으로 진보적인 문학단체 '아르자마스' 회원으로 선출.

1817년 6월 9일, 리쩨이 졸업. 6월 13일, 외무성 10등 관리로 임명. 진보적 문학단체 '녹색 램프'에 참여해 활동.

1820년 자유주의적 문학 성향으로 인해 남부 러시아로 유형에 처해짐. 서사시 『루슬란과 류드밀라』(*Руслан и Людмила*) 출간.

1821년 서사시 『깝까스의 포로』(*Кавказский пленник*) 완성.

1822년 서사시 『강도 형제』(*Братья разбойники*) 완성.

1823년 상관이 보론쪼프 장군으로 바뀌면서 오데사로 전보. 운문소설 『예브게니 오네긴』(*Евгений Онегин*) 집필 시작.

1824년 서사시 『바흐찌사라이의 분수』(*Бахчисарайский фонтан*) 출간. 8월 30일, 오데사에서 새 유형지이자 부모님 영지인 쁘스꼬프 현(縣) 미하일롭스꼬예로 옮김. 이후 2년간 유배 생활. 서사시 『집시들』(*Цыганы*) 완성.

1825년 12월 14일, 뻬쩨르부르그의 원로원 광장에서 제까브리스뜨 봉기 발발. 희곡 『보리스 고두노프』(*Борис Годунов*), 서사시 『눌린 백작』(*Граф Нулин*) 완성.

1826년 9월 8일, 니꼴라이 1세와 독대.

1827년 서사시 『집시들』 발표.

1828년 모스끄바의 미인들 중 하나로 손꼽히던 16세의 나딸리야 곤차로바를 만남. 서사시 『뽈따바』(*Полтава*) 완성.

1829년 5월, 나딸리야 곤차로바에게 청혼하나 완곡하게 거절당한 뒤 깝까스로 떠남.

1830년 5월, 나딸리야와 약혼. 8월, 모스끄바를 떠나 니제고로드 현에 있는 볼지노로 떠남. 7년간 집필한 『예브게니 오네긴』 완성. 산문집 『벨낀 이야기』(*Повести Белкина*), 서사시 『꼴롬나의 작은 집』(*Домик в Коломне*), 희곡집 『작은 비극들』(*Маленькие Трагедии*)(「모차르트와 쌀리에리」Моцарт и Сальери, 「인색한 기사」Скупой рыцарь, 「역병 기간 중의 향연」Пир во время чумы, 「석상 손님」Каменный гость), 소설 『고류히노 마을의 역사』(*История села Горюхина*), 서정시 「잠 안 오는 밤에 쓴 시」(Стихи, сочиненные ночью во время бессонницы) 집필.

1831년 희곡 『보리스 고두노프』 출간. 2월 18일, 모스끄바의 예수승천교회에서 나딸리야 곤차로바와 결혼.

1832년 딸 마샤 출생.

1833년 장편소설 『두브롭스끼』(*Дубровский*) 탈고. 딸 사샤 출생. 여름, 4달간 뿌가초프 반란 지역 여행을 허가받고, 오렌부르그와 까잔 현(縣) 여행. 여행 후 볼지노에서 『뿌가초프 이야기』(*История Пугачёва*) 완성. (이듬해 『뿌가초프 반란사』*История Пугачёвского бунта*로 출간.) 서사시 『청동 기마상』(*Медный всадник*) 『안젤로』(*Анджело*) 집필.

1834년 소설 『스페이드의 여왕』(*Пиковая дама*) 『대위의 딸』(*Капитанская дочка*) 초고 완성.

1835년 소설 『이집트의 밤』(*Египетские ночи*) 집필. 아들 그리샤 출생.

1836년 문학계간지 『동시대인』(*Современник*) 발행. 10월, 『대위의 딸』을 완성하고 『동시대인』에 게재.

1837년 1월 27일, 아내 나딸리야에게 치근거리는 조르주 당떼스와 뻬쩨르부르그 교외에서 결투. 1월 29일 오후 2시 45분, 뻬쩨르부르그 모이까 거리의 자신의 아파트에서 사망.

발간사

고전의 새로운 기준, 창비세계문학

오늘날 우리는 인간의 존엄과 개성이 매몰되어가는 시대를 살고 있다. 물질만능과 승자독식을 강요하는 자본주의가 전지구적으로 확산되면서 현대사회는 더 황폐해지고 삶의 질은 크게 훼손되었다. 경제성장만이 최고의 선으로 인정되고 상업주의에 물든 문화소비가 삶을 지배할수록 문학은 점점 더 변방으로 밀려나고 있다. 삶의 본질을 성찰하는 문학의 자리가 위축되는 세계에서는 가진 자와 못 가진 자 할 것 없이 모두가 불행할 수밖에 없다.

이 시대야말로 인간답게 산다는 것의 의미가 무엇인지 근본적인 화두를 다시 던지고 사유의 모험을 떠나야 할 때다. 우리는 그 여정에 반드시 필요한 벗과 스승이 다름 아닌 세계문학의 고전이라는 점을 강조한다. 고전에는 다양한 전통과 문화를 쌓아올린 공동체의 경험이 녹아들어 있고, 세계와 존재에 대한 탁월한 개인들의 치열한 탐색이 기록되어 있으며, 새로운 세상을 꿈꾸는 아름다운 도전과 눈물이 아로새겨 있기 때문이다. 이 무궁무진한 상상력의 보고이자 살아 있는 문화유산을 되새길 때만 개인의 일상에서 참다운 인간적 가치를 실현하고 근대적 삶의 의미와 한계를 성찰하는 지혜를 얻을 수 있을 것이다.

'창비세계문학'은 이러한 문제의식에서 출발한다. 세계문학의 참의미를 되새겨 '지금 여기'의 관점으로 우리의 정전을 재구성해야 할 필요성이 그 어느 때보다 절실하다. '정전'이란 본디 고정된 목록으로 존재하는 것이 아니라 그때그때 주어진 처소에서 새롭게 재구성됨으로써 생명을 이어가는 것이다. 우리는 먼저 전세계 문학들의 다양성과 차이를 존중하면서 국가와 민족, 언어의 경계를 넘어 보편적 가치에 기여할 수 있는 가능성에 주목하고자 한다. 근대를 깊이 성찰한 서양문학뿐 아니라 아시아와 라틴아메리카, 중동과 아프리카 등 비서구권 문학의 성취를 발굴하고 재평가하는 것 역시 세계문학의 지형도를 다시 그리려는 창비의 필수적인 작업이 될 것이다.

여러 전집들이 나와 있는 세계문학 시장에서 '창비세계문학'은 세계문학 독서의 새로운 기준이 되고자 한다. 참신하고 폭넓으면서도 엄정한 기획, 원작의 의도와 문체를 살려내는 적확하고 충실한 번역, 그리고 완성도 높은 책의 품질이 그 기초이다. 독서시장을 왜곡하는 값싼 유행과 상업주의에 맞서 문학정신을 굳건히 세우며, 안팎의 조언과 비판에 귀 기울이고 독자들과 꾸준히 소통하면서 진정 이 시대가 요구하는 세계문학이 무엇인지 되묻고 갱신해 나갈 것이다.

1966년 계간 『창작과비평』을 창간한 이래 한국문학을 풍성하게 하고 민족문학과 세계문학 담론을 주도해온 창비가 오직 좋은 책으로 독자와 함께해왔듯, '창비세계문학' 역시 그러한 항심을 지켜 나갈 것이다. '창비세계문학'이 다른 시공간에서 우리와 닮은 삶을 만나게 해주고, 가보지 못한 길을 걷게 하며, 그 길 끝에서 새로운 길을 열어주기를 소망한다. 또한 무한경쟁에 내몰린 젊은이와 청소년들에게 삶의 소중함과 기쁨을 일깨워주기를 바란다. 목록을 쌓아갈수록 '창비세계문학'이 독자들의 사랑으로 무르익고 그 감동이 세대를 넘나들며 이어진다면 더없는 보람이겠다.

2012년 가을

창비세계문학 기획위원회

김현균 서은혜 석영중 이욱연 임홍배 정혜용 한기욱

창비세계문학 43
대위의 딸

초판 1쇄 발행 / 2015년 7월 24일

지은이 / 알렉산드르 뿌시낀
옮긴이 / 김성일
펴낸이 / 강일우
책임편집 / 권은경
펴낸곳 / (주)창비
등록 / 1986년 8월 5일 제85호
주소 / 413-120 경기도 파주시 회동길 184
전화 / 031-955-3333
팩시밀리 / 영업 031-955-3399 편집 031-955-3400
홈페이지 / www.changbi.com
전자우편 / lit@changbi.com

ISBN 978-89-364-6443-1 03890